Hyewon World Best

황금을 바구니에 가득 담아
후손에게 물려 주는 것보다
한 권의 책을 가르쳐 주는 것이 낫다.
재물은 쓸수록 없어지지만
지식과 지혜는 사용할수록 늘어나기 때문이다.

Hyewon World Best

황금을 바구니에 가득 담아
후손에게 물려 주는 것보다
한 권의 책을 가르쳐 주는 것이 낫다.
재물은 쓸수록 없어지지만
지식과 지혜는 사용할수록 늘어나기 때문이다.

14

The Last Leaf

마지막 잎새

O. 헨리 지음 / 권응호 옮김

惠園出版社

세상의 아가씨들이여, 젊은 남자가 당신을 구슬르려고
기를 쓰는 것이 보고 싶거든 자기의 심장은 다른
남자의 무덤 속에 있다고 고백하시라. 젊은 남자란
본디 무덤 도둑이다.

차 례

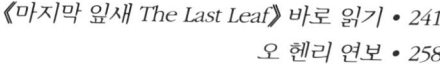

마지막 잎새

워싱턴 스퀘어[1]의 서쪽에 있는 한 작은 구역은 길이 이리저리 마구 얽혀 있어 '플레이스'라고 부르는 길쭉한 조각으로 나뉘어져 있다. 이 '플레이스'들은 기묘한 각과 곡선을 이루고 있어 하나의 길이 한두 번은 그 자신의 길과 교차된다. 일찍이 어떤 한 화가가 이 거리에서 재미있는 일을 할 수 있으리라는 것을 생각해 냈다. 물감이나 종이나 캔버스의 계산서를 든 수금원이 이 거리에 들어와서 외상값 한푼 받지 못하고 어느 새 온 길로 되돌아온다면 어떻게 될까!

그래서 이 색다르고 고색 창연한 그리니치 빌리지[2]에 곧 애호가들이 몰려들어 북쪽으로 난 창문과 18세기 풍의 박공과 네덜란드 풍의 다락방과 세가 싼 방을 찾아서 돌아다녔다.

이윽고 그들은 6번 거리에서 백랍(白蠟) 컵과 탁상용 풍로를 하나 둘 들고 들어와서 여기에 '예술인의 마을'이 하나 생겨났다.

조그마한 3층 벽돌집 꼭대기에 수우와 존지는 화실을 갖고 있었다. '존지'는 조안나의 애칭이다. 수우는 메인 주가 고향이고, 존지는 캘리포니아 출신이었다. 두 사람은 8번 거리에 있는 '델모니아' 식당에서 정식을 먹다가 만나, 예술 감각에 있어서나 꽃상추 샐러드나 주교(主

敎) 소매에 있어서나 취미가 일치한다는 것을 알고, 공동으로 화실을 갖게 되었던 것이다. 그것은 5월의 일이었다.

11월이 되자 의사들이 폐렴이라 부르는 눈에 보이지 않는 냉정한 나그네가 이 마을을 돌아다니면서 그 얼음 같은 차가운 손가락으로 여기저기서 사람들을 만지고 다녔다. 저편 동쪽에서는 이 파괴자가 대담하게 으스대고 다니면서 몇십 명씩 희생자들을 쓰러뜨렸지만, 이 좁고 이끼 낀 '플레이스'의 미로(迷路)에서는 그 걸음걸이도 한결 느렸다.

이 폐렴 씨는 기사도적인 노신사라고 부를 만한 것이 못 되었다. 캘리포니아의 부드러운 바람으로 가냘퍼진 조그만 어린 처녀는, 이 피묻은 주먹의 숨결이 거친 늙은 협잡꾼의 정당한 사냥감이 될 수는 도저히 없었다. 그런데도 그는 존지를 덮친 것이다. 그래서 그녀는 페인트를 칠한 철제 침대에 누운 채 거의 꼼짝도 못하고, 조그만 네덜란드 풍 창 너머로 옆에 있는 벽돌집의 텅 빈 벽을 바라보고만 있었다.

어느 날 아침, 분주한 의사가 털이 숭숭한 반백의 눈썹을 움직여서 수우를 복도로 불러 냈다.

"저 처녀가 살아날 가망은…… 글쎄, 열에 하나야."
하고 그는 체온계를 뿌려 수은을 내리면서 말했다.

"그것도 저 처녀가 살고 싶은 의욕이 없으면 소용없단 말씀이야. 지금처럼 죽고 싶은 심정으로 있어서야, 처방이고 뭐고 다 바보 같은 짓이 되고 말지. 저 처녀는 이제 낫지 않는다고 아예 포기하고 있거든. 무언가 생각하고 있는 일이라도 없나?"

"저 아이는…… 언젠가는 나폴리 만(灣)을 그리고 싶어했어요."
하고 수우는 말했다.

"그림을 그려? 바보같이! 무언가 골똘히 생각할 만한 가치가 있는 것은 없을까? 이를테면 남자 친구 같은 거 말씀이야."

"남자요?"

하고 수우는 유대 하프 같은 소리를 냈다.

"남자가 그럴 만한 가치가…… 없어요, 선생님. 그런 건 아무것도 없어요."

"응, 그렇다면, 그게 좋지 않은 점이군."

하고 의사는 말했다.

"나는 내 힘이 미치는 한 의술의 힘을 다해 보겠어. 하지만 환자가 자기 장례식 행렬의 자동차 수를 세기 시작하게 된다면, 내 효과도 5할은 제할 테야. 아가씨를 잘 구슬려서, 요즘 겨울 외투 소매가 어떤 모양이 유행하는가라도 물어 보도록만 만든다면, 가망성이 열에 하나가 아니라 다섯에 하나라고 약속하지."

의사가 돌아간 뒤 수우는 작업실로 들어가서 종이 냅킨이 흠뻑 젖을 때까지 울었다. 그리고는 아무렇지도 않은 듯이 화판을 들고 휘파람으로 재즈를 불면서 힘차게 존지 방으로 들어갔다.

존지는 이불 속에서 꼼짝도 않고 얼굴을 창문 쪽으로 돌린 채 누워 있었다.

수우는 그녀가 잠들어 있는 줄 알고 휘파람을 그쳤다. 수우는 화판을 세워 어떤 잡지 소설의 삽화로 쓸 펜화를 그리기 시작했다. 젊은 화가는 젊은 작가가 문학에의 길을 개척해 나가기 위해서 쓰는 잡지 소설의 삽화를 그려, 미술에의 길을 개척해 나가야만 한다. 수우가 소설의 주인공인 아이다 호 카우보이에, 말 품평회에 입고 나갈 멋있는 승마 바지와 외안경을 그려넣고 있었는데, 나지막한 소리가 몇 번이나 되풀이해서 들려 왔다. 그녀는 얼른 침대 곁으로 갔다.

존지는 눈을 크게 뜬 채 누워 있었다. 그녀는 창 밖을 내다보며 뭔가를 세고 있었는데, 수를 거꾸로 세는 것이었다.

"열둘."

하고 세고는 조금 있다가 '열하나', '열', '아홉', 그러다가 거의 동시에 '여덟, 일곱.' 하고 세었다.

수우는 궁금해서 창 밖을 내다보았다. (뭐가 있어서 세지?) 그저 살풍경하고 쓸쓸한 안마당과 20피트 저편에 벽돌집의 텅 빈 벽면이 보일 뿐이었다. 거기에 뿌리가 울퉁불퉁하게 옹이져서 썩은 한 그루의 해묵은 담쟁이덩굴이 벽돌벽 중간쯤까지 뻗어 올라가 있었다.

차가운 가을바람이 덩굴 잎사귀를 쳐서 떨어뜨려 앙상한 발가숭이 가지만이 허물어져 가는 벽에 매달려 있었다. 수우가 물었다.

"뭐니, 얘?"

"여섯."

하고 존지는 거의 속삭이듯이 말했다.

"이제 빨리 떨어지기 시작했어. 사흘 전에는 거의 백 개쯤 있었는데, 세고 있으면 머리가 다 아팠는데. 하지만 이젠 쉬워, 아, 또 하나 떨어지네. 이제 남은 것은 다섯 잎뿐이야."

"뭐가 다섯 잎이지? 얘기해 보렴."

"잎사귀야, 담쟁이덩굴 잎. 마지막 한 잎이 떨어질 때는 나도 가는 거야. 나는 사흘 전부터 알고 있었어. 의사 선생님이 그러시지 않데?"

"그런 바보 같은 소린 들은 적도 없다, 얘."

하고 수우는 몹시 경멸하는 듯이 투덜거렸다.

"마른 담쟁이 잎사귀와 네가 낫는 것이 무슨 관계가 있다고 그러니? 그리구 넌 저 덩굴을 아주 좋아했잖아. 이 말괄량이야, 바보 같은 소리

작작해라. 선생님은 말이야, 오늘 아침에 네가 곧 완쾌할 가망성은……
…… 선생님 말씀대로 정확히 말한다면…… 하나에 열이라고 그러셨
어! 그건 뉴욕 시내에서 전차를 타고 가거나 신축 빌딩 밑을 지나갈
때의 위험률과 같은 거야. 자, 이제 국물 좀 마셔 봐. 그래야 내가 다시
그림을 그릴 수 있지. 그러면 그걸 잡지사 편집자에게 팔아서 앓아누운
우리 아기에겐 포도주를 사 주구, 먹성 좋은 나한테는 돼지고기를 사
줄 수가 있잖아?"

"포도주는 이제 사 올 필요 없어."
하고 존지는 계속 창 밖을 내다보면서 말했다.

"또 한 잎 떨어지네! 아니, 국물도 먹고 싶지 않아. 이젠 넉 장뿐이
야. 어둡기 전에 마지막 한 잎 떨어지는 걸 보고 싶어. 그러면 나도 죽
는 거야."

"존지."
수우는 그녀 위에 몸을 숙이며 말했다.

"내가 그림을 다 그릴 때까지, 눈을 감고 창 밖을 보지 않겠다고 약
속해 주지 않겠니? 난 이 그림을 내일까지 넘겨 줘야 한단 말이야. 광
선이 필요해서 그래, 그렇지 않으면 커튼을 내리고 싶다만."

"다른 방에서 그릴 수 없어?"
하고 존지는 차갑게 물었다.

"난 네 옆에 있고 싶어서 그래."
하고 수우가 말했다.

"게다가, 네가 줄곧 저 쓸데없는 담쟁이 잎사귀를 쳐다보고 있는 게
싫어서 그런다."

"다 그리고 나면 금방 알려 줘야 해."

하고 존지는 눈을 감고 쓰러진 조각처럼 창백하게 조용히 누워서 말했다.

"마지막 한 잎이 떨어지는 걸 보고 싶으니까. 난 이제 기다리기에 지쳤어, 생각하는 것도 지쳤구. 모든 것에 대한 집착에서 떠나, 저 가엾고 고달픈 나뭇잎처럼 아래로아래로 떨어져 가고 싶어."

"좀 자도록 해 봐."

하고 수우는 말했다.

"나는 버만 할아버지를 불러다가, 은둔한 늙은 광부의 모델이 되어 달라구 부탁해야겠어. 곧 돌아올게. 내가 돌아올 때까지 움직이지 마."

버만 노인은 이 집 1층에 살고 있는 화가였다. 나이는 육십이 넘었고, 미켈란젤로가 그린 모세의 수염 같은 구레나룻이 반수신(半獸神) 같은 얼굴에서 도깨비 같은 몸으로 곱슬곱슬하게 흘러내려 있었다. 버만은 예술가로선 낙오자였다. 40년 동안 화필을 쥐어 왔지만, 예술의 여신의 치맛자락을 잡을 만큼 가까이 가 보지는 못했다. 언제나 걸작을 그린다고 하면서도 아직 시작해 본 적이 없다. 지난 몇 해 동안 상업용이나 광고용의 서투른 그림을 이따금 그린 것밖에는 아무것도 그리지 못했다. 그는 전문적인 모델을 채용할 힘이 없는 젊은 화가들의 모델이 되어 주고는 근근이 먹고 살았다. 과하게 진을 마셔 대면서도 여전히 머지않아 걸작을 그린다는 말만 되풀이했다. 몸집은 작지만 성격이 꼿꼿한 늙은이였으며, 누구나 유약한 것을 보면 사정없이 비웃는 그는, 특히 위층 화실에 있는 두 젊은 예술가를 지키는 감시견으로 스스로 자인하고 있었다.

수우가 가 보니 버만은 아래층의 어둠침침한 골방에서 노간주나무³⁾ 열매의 냄새를 물씬하게 풍기며 앉아 있었다. 한쪽 구석에는 아무것도 그리지 않은 캔버스가 이젤 위에 얹혀 있었는데, 거기서 걸작의 첫 획을 25년 동안이나 기다려 온 것이었다.

수우는 노인에게 존지의 망상을 애기하고, 존지는 정말 나뭇잎처럼 가볍고 연약해서 이 세상에 대한 가냘픈 집착이 더 약해지면 둥둥 떠서 날아가 버리지 않을는지 걱정스럽다고 말했다. 버만 노인은 핏발이 선 눈에 뚜렷이 눈물을 글썽이면서, 그 어이없는 망상에 큰소리로 경멸과 조소의 말을 퍼부었다.

"뭐라고!"

그는 소리쳤다.

"아니 그래, 다 썩은 덩굴에서 잎이 떨어진다고 저도 죽는다는 그런 얼빠진 소릴 하는 놈이 이 세상에 어딨어? 나는 그런 말 들어 본 적도 없다. 싫어, 나는 아가씨의 그 쓸데없는 숙맥 같은 은둔자의 모델이 되기는 싫다구. 어째서 아가씨를 그런 어처구니없는 생각을 하도록 그냥 내버려 두는 거지? 아아, 가엾은 존지 양."

"걔는 몹시 앓아서 쇠약해졌어요."

하고 수우는 말했다.

"그리구 열 때문에 마음까지 약해져서, 별의별 이상한 망상으로 가득 찬걸요. 좋아요, 버만 할아버지. 제 모델이 되기가 싫으시다면 필요 없어요. 하지만 전 할아버질 정말로 너무나 변덕스러운 할아버지라고 생각할 테예요."

"여자란 금방 저래서 탈이야!"

하고 버만은 소리쳤다.

"누가 모델이 안 돼 준다고 그랬나? 가라구, 나도 따라갈 테니까. 반 시간 전부터 나는 언제라도 모델이 되어 주겠다고 말하려고 했었지.

허, 참! 여긴 존지 양 같은 착한 처녀가 병들어 누워 있을 자리가 못 된다구. 머지않아 나는 걸작을 그릴 거야. 그러면 우리 모두 다른 데로 옮기자. 정말이야! 그렇게 하자."

두 사람이 위층에 올라가 보니 존지는 잠들어 있었다. 수우는 커튼을 창턱까지 끌어내리고, 몸짓으로 버만에게 옆방으로 가자고 했다. 옆방으로 간 두 사람은 겁먹은 얼굴로 창 밖의 담쟁이덩굴을 내다보았다. 그리고 잠시 서로 말없이 바라보았다. 차가운 진눈깨비가 쉴새없이 내리고 있었다. 버만은 낡은 푸른 웃옷을 입고는, 바위 대신 냄비를 엎어 놓고 은둔한 광부의 자세가 되었다.

이튿날 아침 수우가 한 시간쯤 자고 눈을 떠 보니, 존지는 흐릿한 눈을 크게 뜬 채 내려진 녹색 커튼을 바라보고 있었다.

"열어 줘, 보고 싶으니까."

하고 그녀는 속삭이는 소리로 명령했다. 나른한 표정으로 수우는 하라는 대로 했다. 그런데 보라! 기나긴 밤이 새도록 비가 후려치고 바람이 휘몰아쳤는데도 벽에는 아직도 한 장의 담쟁이 잎이 또렷이 남아서 드러나 있지 않은가! 그것은 담쟁이의 마지막 잎새였다. 그 잎자루 가까이는 아직도 진한 초록빛이었지만, 톱니 모양의 가장자리에는 노란 소멸과 조락(凋落)의 빛을 띠고 대견스럽게도 땅 위에서 20피트쯤 되는 가지에 매달려 있었다.

"저게 마지막 잎새야."

하고 존지는 말했다.

"밤중에 틀림없이 떨어질 줄 알았는데, 바람 소리를 들었거든. 오늘은 떨어질 거야. 그러면 동시에 나도 죽을 거야."

"얘, 얘!"

하고 수우는 지친 얼굴을 베개에 얹으면서 말했다.

"네 자신을 생각하고 싶지 않거든, 내 생각이나 좀 해다우. 난 어떡하면 좋으냐?"

그러나 존지는 대답하지 않았다. 이 세상에서 가장 고독한 것은 신비롭고 먼 여행을 떠날 채비를 하고 있는 영혼이다. 그녀를 우정 및 이땅과 연결하고 있는 기반이 하나하나 무너짐에 따라 그 망상이 점점 더 억세게 그녀를 휘어잡는 것 같았다.

그날도 다 지나가고 해거름이 되어도, 그 외로운 담쟁이 잎이 덩굴에 그냥 매달려 있는 것이 보였다. 그러다가 밤이 되더니 북풍이 다시 사납게 휘몰아치기 시작했고, 한편 비는 여전히 창문을 두들겨 나직한 네덜란드 풍 처마에서 뚜둑뚜둑 흘러떨어졌다. 이윽고 날이 새자 존지는 사정없이 커튼을 올리라고 명령했다. 담쟁이 잎은 여전히 그 자리에 있었다. 존지는 드러누워서 오랫동안 그것을 바라보았다. 그러더니 가스 스토브 위의 닭국물을 휘젓고 있는 수우에게 말을 건넸다.

"난 나쁜 계집애였어, 수우."

하고 존지는 말했다.

"내가 얼마나 나쁜 계집애였는가 알려 주려고, 하늘은 저 마지막 잎새를 저 자리에 남겨 둔 거야. 죽고 싶어하다니 죄받을 일이지. 자, 그 국물 좀 갖다 줘, 우유에 포도주를 탄 것도 좀 주구. 그리고 아냐, 손거울부터 갖다 줄래? 그리구 내 등에다 베개 몇 개 받쳐 줘. 일어나 앉아서 네가 요리하는 걸 보고 있을 테야."

한 시간 뒤 그녀는 말했다.

"수우, 난 언젠가 나폴리 만을 그려 보고 싶어."

오후에 의사가 왔다.

의사가 돌아갈 때, 수우는 살그머니 뒤따라나왔다.

"희망은 반반이야."

하고 의사는 떨고 있는 수우의 야윈 손을 잡고 말했다.

"간호만 잘해 주면 당신이 이겨요. 그럼 이제 아래층에 있는 환자를 보러 가야지. 버만인가 하는 사람인데 화가 같더군. 역시 폐렴이오. 나이가 많고 몸도 약한 사람인데 갑자기 당했어. 나을 희망은 없지만 오늘 입원시키면 좀 편해지겠지."

이튿날 의사는 수우에게 말했다.

"이제 위험은 벗어났소. 당신의 승리야, 앞으로 잘 먹고 충분한 휴식만 취하게 해 주면 돼요."

그리고 그날 오후, 수우가 침대로 다가가 보니, 존지는 누운 채 무척 파란 빛깔의 도무지 쓸모없어 보이는 털 숄을 만족스러운 듯이 짜고 있었다. 그런 존지를 수우는 한쪽 팔로 베개와 함께 껴안았다.

"너한테 할 얘기가 있어, 귀여운 아가씨."

하고 수우는 말했다.

"버만 할아버지가 오늘 병원에서 폐렴으로 돌아가셨단다. 겨우 이틀을 앓으셨을 뿐이야. 첫날 아침, 관리인이 아래층에 있는 그분 방에 가봤더니 할아버지가 몹시 괴로워하고 계시더래. 신발과 옷은 흠뻑 젖어서 얼음처럼 차갑구. 날씨가 그렇게 험한 날 밤에 대체 어디를 갔다 오셨는지 아무도 짐작하지 못했어. 그러다가 아직도 불이 켜져 있는 각등과, 언제나 놓여 있는 자리에서 꺼내 온 사다리와, 흩어진 화필과, 초록과 노랑 물감을 푼 팔레트를 발견한 거야. 그리구 애, 창 밖으로 저 벽에 있는 마지막 담쟁이 잎 좀 쳐다봐. 바람이 부는데도, 조금도 흔들리지 않고 움직이지도 않는 게 이상하지 않니? 아아, 애, 저건 버만 할아버지의 걸작이란다. 마지막 잎사귀가 떨어지던 날 밤, 그분이 저 자리에 그려놓으셨단다."

---

1) 워싱턴 스퀘어 ─ 뉴욕 시 맨해튼 5번 거리 공원.
2) 그리니치 빌리지 ─ 워싱턴 스퀘어의 서쪽에 있는 구역. 빌리지(村)라고 하지만 시의 일부이며, 화가나 작가들이 모여 산다.
3) 노간주나무 열매 ─ 측백나무과(科)의 상록 침엽 교목. 열매에서 짠 기름은 진의 향료로 쓴다.

크리스마스 선물

　1달러 87센트, 그것이 전부였다. 그리고 그 중에서도 60센트는 1센트짜리 동전이었다. 이 동전은 식료품 가게와 채소 가게와 고깃간에서 억지로 값을 깎아, 그렇게도 쩨쩨하게 물건을 사다니 이런 인색한 사람이 어디 있을까 하는 무언의 비난에 얼굴을 붉히면서 한푼 두푼 모은 것이었다. 델라는 세 번이나 돈을 세어 보았다. 1달러 87센트. 그런데 내일은 크리스마스였다.

　초라하고 조그만 침대에 엎어져서 엉엉 우는 수밖에 어찌 할 도리가 없었다. 그래서 델라는 울고 말았다. 그러면서 인생이란 흐느낌과 훌쩍거림과 미소로 성립되어 있으며, 그 중에서도 훌쩍거리며 우는 일이 제일 많다는 생각을 했다.

　이 집 안주인이 흐느끼는 단계에서 훌쩍이는 단계로 서서히 가라앉아 가는 동안, 이 가정을 한번 구경해 보자.

　1주일에 8달러의 세를 내는 가구가 딸린 아파트 방이다. 말도 못할 정도로 심하지는 않아도, 확실히 떠돌이들을 단속하는 경찰대가 뛰어들어올까 봐 걱정이 될 만큼 가난했다.

　아래층 현관에는 아무리 봐야 편지가 들어갈 것 같지 않은 우편함과 어떤 손가락이 눌러도 울릴 것 같지 않은 벨이 있었다.

또 거기에는 '제임스 딜링검 영 씨'라고 새겨진 명패가 붙어 있었다.

이 '딜링검'이라는 이름은 그 소유자가 1주일에 30달러나 받고 있던 경기가 좋던 지난날에는 산들바람에 늠름히 펄럭이고 있었다. 그러나 수입이 1주일에 20달러로 줄어든 지금은, '딜링검'이라는 글자도 겸손하고 눈에 띄지 않게 D자 하나로 오므라들어 버릴까 하고 진지하게 생각하고 있는 것처럼 흐릿해 보였다. 그러나, 제임스 딜링검 영 씨가 귀가해서 2층 셋방으로 들어가면 이미 델라라는 이름으로 여러분에게 소개한 제임스 딜링검 영 부인이 '짐!'이라고 부르며 뜨거운 포옹을 해 준다. 이건 매우 좋은 일이다.

델라는 울음을 그치고 분첩으로 얼굴에 분을 발랐다. 그녀는 창가에 서서 잿빛 뒷마당의 잿빛 산울타리 위로 잿빛 고양이가 걸어가는 것을 멍하니 바라보았다. 내일은 크리스마스, 그러나 짐에게 줄 선물을 살 돈은 불과 1달러 87센트밖에 없었다. 몇 달 동안이나 1센트도 허비하지 않고 모아 왔으나, 1주일에 20달러로는 써 볼 데도 없다. 지출은 예산을 훨씬 넘었다. 으레 그런 법이다. 짐의 선물을 살 돈은 불과 1달러 87센트. 그녀의 소중한 짐인데. 짐에게 무언가 근사한 것을 선물할 계획을 세우면서 얼마나 즐거운 시간을 보냈던가! 무언가 훌륭하고 순수하면서 흔치 않은 것, 조금이라도 짐의 것이라는 명예에 알맞은 것을 선물하고픈 마음으로……

방의 창문과 창문 사이에 거울이 있었다. 주세 8달러의 아파트 같은 데서 흔히 볼 수 있는 거울이다.

몹시 야위고 민첩한 사람이라면 자기의 모습을 세로로 길쭉한 단편으로 재빨리 차례로 비추어 봄으로써, 꽤 정확히 자신의 모습을 알 수 있을 것이다. 델라는 몸이 호리호리했으므로 그런 기술은 몸에 배어 있었다.

갑자기 그녀는 창문에서 홱 몸을 돌려 거울 앞에 섰다. 눈은 반짝반짝 빛났지만 얼굴은 20초도 안 되어 창백해졌다. 그녀는 재빨리 머리를 풀어헤쳐 길이대로 늘어뜨려 보았다.

그런데 제임스 딜링검 영 부부에게는 두 사람이 몹시 자랑하는 소유물이 두 가지 있었다. 하나는 일찍이 할아버지 대부터 물려 내려오던 짐의 금시계였고, 또 하나는 델라의 머리였다. 만일 시바의 여왕이 통풍 공간 저편의 아파트에 살고 있어서 어느 날 델라가 머리채를 창 밖에 늘어뜨려 말리고 있는 것을 봤다면 자신의 보석과 보물도 가치가 없는 것으로 여겼을 것이다. 만일 솔로몬 왕이 보화를 지하실에 산더미처럼 쌓아 놓고 이 아파트를 관리하고 있었다면, 짐이 지날 때마다 금시계를 꺼내 보는 것을 보고 부러워서 턱수염을 쥐어뜯었을 것이다.

지금 델라의 아름다운 머리채는 갈색의 폭포처럼 잔잔하게 물결치며 반드르르 몸 주위에 드리워져 있었다. 그것은 무릎 아래까지 흘러내려 마치 긴 웃옷처럼 되었다.

이어 델라는 신경질적으로 재빨리 머리를 땋아올렸다. 그러다 잠깐 망설이며 가만히 서 있더니, 이윽고 눈물을 한 방울 두 방울 낡고 붉은 융단 위로 떨어뜨렸다.

그녀는 낡은 갈색 재킷을 걸치고, 낡은 갈색 모자를 썼다. 스커트 자락을 펄럭이며, 두 눈에 아직도 반짝이는 눈물 방울을 담은 채 문 밖으로 뛰어나가 층계를 내려가서 한길로 나섰다.

그녀가 걸음을 멈춘 곳에는 '마담 소프로니 머리 치장품 일체'라는 간판이 걸려 있었다. 그녀는 층계 한 층을 단숨에 달려올라가서 헉헉

숨을 몰아쉬며 마음을 가라앉혔다.

몸집이 크고 피부가 너무 흰데다가 태도가 냉랭한 여주인은 아무리 보아도 '소프로니(우아한 미인을 연상시키는 말)'라는 이름에는 걸맞지 않았다.

"내 머리카락을 사시겠어요?"

하고 델라가 물었다.

"사죠."

하고 여주인은 대답했다.

"모자를 벗고 머리 모양을 좀 보여 줘요."

갈색 폭포수가 잔잔한 파도를 일으키며 흘러떨어졌다.

"20달러 드리지."

익숙한 솜씨로 머리채를 걷어올리면서 여주인이 말했다.

"돈은 빨리 주세요."

하고 델라는 말했다.

아아, 그 뒤의 두 시간은 장밋빛 날개를 타고 가볍게 날아갔다. 이런 엉터리 비유는 잊어 주기 바란다. 그녀는 짐에게 줄 선물을 찾아서 가게를 샅샅이 뒤지고 다녔다.

마침내 그녀는 그것을 발견했다. 확실히 그것은 짐을 위해서 만들어진 것이며, 다른 누구를 위한 것도 아니었다.

어떤 가게에도 그런 물건은 없었다. 가게란 가게를 모조리 들추어 본 것이다. 그것은 디자인이 산뜻하고 고상한 플라티나 시곗줄이었는데, 지저분한 장식에 의해서가 아니라 품질만으로 그 진가를 정당하게 인정받을 만한 것이었다. 무릇 좋은 물건은 다 그래야 하지만, 그것은 '그 시계'에도 썩 잘 어울릴 만한 물건이었다. 그것을 보는 순간 그녀는 이 거야말로 짐의 것이어야 한다고 생각했다.

그것은 짐에게 꼭 맞았다. 품위와 가치, 이 표현은 짐과 시곗줄 양쪽에 적합했다. 그녀는 시곗줄에 21달러를 지불하고 87센트를 들고 부랴부랴 집으로 돌아왔다. 그 시계에 이 줄을 단다면 짐은 누구 앞에서나 떳떳이 시계를 꺼내 볼 수 있을 것이다. 시계는 훌륭했지만 쇠줄 대신 헌 가죽끈에 달아 놓고 있었으므로 짐은 몰래 시계를 들여다보는 일이 많았다.

집으로 돌아온 델라는 흥분이 좀 가라앉아 이성과 분별심이 되살아났다. 그녀는 머리를 지지는 인두를 꺼내어 가스에 불을 붙이고 애정에 보탠 관용 때문에 엉망이 되어 버린 머리의 수리 작업을 시작했다.

이런 것은 언제나 대단한 작업이라오. 친애하는 여러분, 무서운 대작업이라오.

40분이 안 되어 델라의 머리는 촘촘하게 찬 조그만 고수머리로 덮이고, 학교를 빼먹는 개구쟁이를 놀랍도록 닮은 얼굴이 되어 버렸다. 그녀는 거울에 비친 자신의 모습을 오랫동안 뚫어지게 들여다보았다.

"짐은."

하고 델라는 혼자 중얼거렸다.

"나를 첫눈에 보고 죽이진 않더라도 아마 코니아일랜드의 합창대 소녀 같다고 할 거야. 하지만 하는 수 없었는걸. 아아! 1달러 87센트로 무얼 할 수 있었겠어?"

7시에 커피가 끓고, 스토브 위의 프라이팬은 뜨거워져서 언제라도 고기 도막을 요리할 수 있게 되었다.

짐은 늦게 돌아온 적이 없다. 델라는 시곗줄을 둘로 접어 손에 쥐고, 그가 언제나 들어오는 문 가까운 탁자 끝에 앉았다. 이어 그녀는 층층

대의 첫 단을 밟는 그의 발자국 소리를 들었으며 한순간 하얗게 핏기를 잃었다. 그녀는 나날이 아주 사소한 일이라도 반드시 짧은 묵도를 드리는 버릇이 있었다. 그래서 지금도 소곤거렸다.

"오오 하나님, 제가 여전히 곱다고 그이가 생각하게 해 주세요."

문이 열리고, 짐이 들어와서 문을 닫았다. 그는 야윈 체구에 매우 성실해 보이는 사람이었다. 가엾게도 그는 이제 겨우 22살이다. 그런데도 가정이라는 무거운 짐을 지고 있는 것이다. 외투도 새로 지어야 하고 장갑도 없었다. 짐은 문 안쪽에 들어와서 메추라기의 냄새를 맡은 세터개처럼 꼼짝도 않고 서 있었다. 그의 눈은 델라에게서 떨어지지 않았으며, 그 눈에는 델라가 읽을 수 없는 표정이 떠올라 있어서 그녀는 무서워졌다. 그것은 노여움도, 놀라움도, 책망도, 공포도 아니었으며, 그녀가 각오하고 있던 그 어떤 감정도 아니었다. 그는 그 기묘한 표정을 얼굴에 띤 채 꼼짝도 않고 그녀를 응시하고 있을 뿐이었다.

델라는 몸을 꿈틀거리며 탁자에서 떨어져 남편 앞으로 다가섰다.

"여보, 짐."

하고 그녀는 외쳤다.

"절 그렇게 보지 마세요. 당신에게 선물도 드리지 않고 크리스마스를 보낼 순 없어서, 머리카락을 잘라서 팔았어요. 제 머리는 금방 자라요. '메리 크리스마스!'라고 그래 주세요, 짐. 그리고 유쾌하게 지내세요. 당신은 내가 당신께 드리려고 얼마나 근사하고…… 얼마나 아름답고 멋진 선물을 사 왔는지 모르실 거예요."

"머리를 잘랐다구?"

짐은 아무리 열심히 생각해 봐야 그 명백한 사실이 아직 납득이 가지 않는 것처럼 간신히 물었다.

"잘라서 팔았어요."

하고 델라는 대답했다.

"어쨌든 당신은 전과 다름없이 절 사랑해 주시겠죠? 머리카락이 짧아졌어도 전 역시 저예요. 그렇잖아요?"

짐은 이상한 듯이 방 안을 둘러보았다.

"당신 머리카락은 이제 없어졌단 말이지?"

하고 그는 넋이 나간 표정으로 멍청하게 말했다.

"찾아보실 것도 없어요."

하고 델라가 말했다.

"팔아 버렸다니까요, 팔아서 이제 없어진걸요. 오늘 밤은 크리스마스 이브예요, 여보. 저한테 다정하게 대해 주세요, 그건 당신을 위해서 없어진걸요. 제 머리카락은 하나님이 세어 주셨는지 모르지만."

갑자기 그녀는 정답게 그리고 진지하게 말을 이었다.

"하지만 당신에 대한 제 사랑은 아무도 셀 수 없어요. 고기를 불에 올려 놔요, 짐?"

짐은 그 순간 제정신이 든 것 같았다. 그는 델라를 껴안았다. 우리는 한 10초쯤 점잖게 이들과 관계없는 다른 방면의 그리 중요하지 않은 일이나 살펴보기로 하자. 1주일에 8달러거나 1년에 1백만 달러거나, 그게 무슨 차이가 있을까? 수학자나 재담꾼에게 물어 봐야 옳은 대답은 얻지 못할 것이다. 동방의 현자들은 값진 선물을 갖고 왔지만, 이 대답은 그 선물 속에도 없었다. 이 애매한 말의 뜻은 나중에 알게 될 것이다.

짐은 외투 주머니에서 조그만 꾸러미 하나를 꺼내어 탁자 위에 던졌다.

"나를 오해하지 말라구, 델라."

하고 그는 말했다.

"머리카락을 잘랐거나 면도로 밀었거나 감았거나 당신에 대한 내 사랑은 달라지지 않아. 아무튼 그걸 끌러 보라구. 그러면 왜 내가 아까 넋이 나갔었는지 알 수 있을 테니까."

하얀 손가락이 재빨리 끈을 풀고 종이를 펼쳤다. 그리고 황홀한 기쁨의 탄성이 터져나왔다. 그리고 아아! 그것은 금방 여자다운 신경질적인 눈물과 통곡으로 변하고, 이 방의 주인은 즉시 모든 힘을 다하여 달래지 않으면 안 되게 되었다.

왜냐하면 짐의 선물은 머리빗이었기 때문이다. 델라가 오랫동안 브로드웨이의 진열창에서 보고 동경하던 옆빗과 뒷빗 한 세트. 가장자리에 보석을 아로새긴 진짜 별갑으로 만든 아름다운 빗이었으며, 지금은 잃어버린 그녀의 아름다운 머리에 꼭 어울리는 빛깔이었다. 비싼 물건이라는 것을 그녀는 알고 있었으며, 그러기에 그저 가슴속으로만 열망했지 자신이 갖는다고는 꿈에도 생각지 못하고 동경하던 빗이었다. 그런데 지금 그것이 그녀의 것이 된 것이다. 그러나 그 동경의 장식품을 장식할 삼단 같은 머리채는 이제 간 곳이 없는 것이다.

그러나 그녀는 빗을 가슴에 꼭 안고, 마침내 눈물이 글썽한 눈을 들어 방긋이 웃으면서 말할 수 있었다.

"내 머리는 아주 빨리 자라요, 짐!"

그리고 델라는 털이 그을은 고양이 새끼처럼 팔짝 뛰어오르면서 소리쳤다.

"어머나, 어머나!"

짐은 아직도 자기의 아름다운 선물을 보지 못했다. 델라는 그것을 손

바다 위에 얹어 진지하게 그 앞에 내밀었다.

둔한 빛깔의 귀금속은 그녀의 밝고 열렬한 정신을 반영하여 반짝이는 것같이 보였다.

"멋있죠, 짐? 온 시내를 다 쏘다니면서 찾은 거예요. 앞으로는 하루에 백 번도 더 시계가 보고 싶어질 거예요. 시계 이리 주세요. 이 줄이 그 시계에 얼마나 잘 어울리나 보고 싶어요."

그러나 짐은 침대에 벌렁 드러눕더니 두 손을 머리 밑에 베고는 빙그레 웃었다.

"델."

하고 그는 말했다.

"우리들의 크리스마스 선물은 당분간 잘 간직해 둡시다. 당장 쓰기에는 너무 고급이야. 나는 머리빗을 사는 데 돈이 필요해서 시계를 팔아 버렸지. 자, 이제 고기를 불에 올려 놓지 그래?"

여러분도 다 알다시피 동방 박사들은 현명한 사람들이었다. —— 말 구유의 갓난아기에게 선물을 들고 온 —— 놀랍게 현명한 사람들이었다. 그 사람들이 크리스마스에 선물을 하는 기술을 생각해 냈다. 현명한 사람들이었으므로 그 선물도 틀림없이 현명한 선물이었으며, 아마도 중복되었을 때는 바꿀 수 있는 특전을 갖고 있었을 것이다. 그런데 여기서 나는 자신들의 가장 소중한 보물을 서로를 위해서 가장 현명하지 않은 방법으로 희생시켜 버린 아파트 방에 사는 이 두 어리석고 유치한 사람들의 별로 신통치도 않은 이야기를 불충분하지만 늘어놓았다. 그러나 마지막으로 한마디, 선물을 하는 모든 사람들 중에서 이 두 사람이야말로 가장 현명한 사람들이었다고 오늘날의 현명한 사람들에게 말하고 싶다. 선물을 주고받는 사람들 중에서 이런 사람이 가장 현명하다. 어디를 가거나 이런 사람들이 가장 현명하다. 이들이야말로 현자인 것이다.

벽돌가루 연립주택

　블링커는 불쾌했다. 욕지거리를 마구 내뱉고 싶었지만 교양과 자제심이 있는 재산가로서 그럴 수도 없었다. 블링커는 언제나 자기가 신사라는 것을 잊지 않았다(만일 진짜 신사라면 그럴 수 없는 일이지만……). 그는 그 마음 내키지 않는 곳으로 마차를 타고 가는 동안에도 그저 지겹다는 얼굴로 비웃음을 띠고 있을 뿐이었다. 그가 가고 있는 곳은 브로드웨이에 있는 변호사 올드포트의 법률 사무소였다. 그 법률가는 블링커의 재산 관리인이었다.

　"나는 왜."

하고 블링커는 말했다.

　"왜 언제나 이런 지긋지긋한 서류에 서명하지 않으면 안 되는지, 그 까닭을 모르겠습니다. 나는 짐도 다 꾸려 놓고, 오늘 아침에 노스우즈로 떠나게 되어 있었단 말입니다. 이렇게 되면 다시 내일 아침까지 출발을 연기할 수밖에 없습니다. 원래 나는 밤차를 아주 싫어하니까요. 잘 드는 면도칼은 어느 트렁크 밑바닥에 들어 있는지 모르니, 싫어도 싸구려 향수와, 혼자서 중얼거리는 그 서툰 이발사의 손에 얼굴을 내맡겨야 하거든요. 긁히지 않는 펜을 주시오. 긁히는 펜은 싫습니다."

"아무튼 좀 앉게나."

하고 이중턱에 머리가 하얗게 센 변호사 올드포트는 말했다.

"가장 싫은 얘기는 아직 하지도 않았으니까. 부자란 정말 힘들군. 서류는 아직도 서명할 단계가 되어 있지 않네. 내일 오전 11시에는 준비가 다 될걸세. 하루 더 출발을 연기해야지, 별수 있나. 가엾지만 블링커라는 인물의 코가 두 번 이발사의 손에 잡히게 되는 셈인데, 서글프긴 하겠지만 면도만을 할 뿐 머리까진 안 깎아도 되는 게 그나마도 다행인 줄 알게나."

"만일."

하고 블링커는 일어서면서 말했다.

"지금보다 더 많은 서류에 서명해야 하는 성가신 일이 없다면, 재산 관리 업무를 지금 당장 빼앗아 버리겠는데. 엽궐련이나 한 개비 주십시오."

"만일."

하고 변호사 올드포트도 말했다.

"옛 친구의 외아들이 상어에 덥석 삼켜 버려지는 것을 예사로 보고 있을 수만 있다면, 나도 벌써 옛날에 재산 관리 업무를 자네 손에 넘겨주었을걸세. 그런데 알렉산더, 농담은 이만 하고 내일은 30통쯤 되는 서류에 서명하는 귀찮은 일 말고도 또 하나 사무적인 용건이 있다네. 사무적인 문제이기도 하고, 또 굳이 말한다면 인도상 또는 인권상의 문제이기도 하네. 이에 대해서는 5년 전에도 자네에게 말한 적이 있네만, 자네는 귀담아듣지 않더군. 그때 마차 여행을 떠난다든가 하여 무척 바빴던 것 같아. 그 문제가 다시 머리를 든걸세. 그 부동산은……"

"아이 참, 또 부동산입니까."

하고 블링커는 변호사의 말을 가로막았다.

"저 올드포트 씨, 아까 내일이라고 하셨지요? 그 얘기도 내일 한꺼 번에 하기로 합시다. 서명이고, 토지·가옥이고, 탁 튀는 고무 밴드고, 불쾌한 냄새가 나는 피봉용 밀랍이고 뭐고 다 한꺼번에 해 버립시다. 점심 식사도 함께 하시는 거지요? 그럼 내일 오전 11시에 잊지 않고 오겠습니다. 안녕히 계십시오."

블링커 집안의 재산은 법률 용어로 말한다면, 토지·가옥, 그리고 상 속 재산이었다. 변호사 올드포트는 전에 한번 알렉산더를 자기의 소형 자동차에 태워서, 그가 이 도시에서 소유하고 있는 건물과 연립주택 등 을 보여 준 적이 있었다. 왜냐하면 알렉산더는 오직 한 사람의 상속인 이었기 때문이다. 알렉산더는 매우 재미있어 했지만, 그러한 가옥들이, 자기 혼자서 쓰기 위해 변호사 올드포트가 은행에 예금해 준 그 막대한 돈을 생산해 낸다고는 도저히 생각할 수 없었다.

저녁때, 블링커는 식사를 하려고 그가 소속된 한 클럽으로 갔다. 그 곳에서는 머리가 낡은 몇몇 사람들이 트럼프 놀이를 하고 있을 뿐, 그 밖에는 아무도 없었다. 그들은 인사만은 몹시 정중하게 했지만, 무례하 게 경멸하는 눈으로 그를 훑어보았다. 이런 계절에 시내에 남아 있는 사람은 아무도 없었다. 그런데 자기는 초등학교 아동처럼 시내에 붙들 려서, 서류에 서명이나 되풀이하고 있어야 하는 것이다. 그는 몹시 속 이 상했다.

"사이먼즈, 나 코니아일랜드[1]에 갔다 오겠네."

그 어조는 마치 '모든 일이 다 끝났어. 나는 투신 자살이나 할 테야.' 하고 말하는 것처럼 들렸다.

이 농담은 사이먼즈를 기쁘게 만들었다. 그는 실례가 되지 않을 정도로 쿡 하고 웃었다.

"그렇습니까?"

하고 그는 소리 없이 웃었다.

"정말 선생님은 코니에서나 만나 뵐 그런 인물이십니다, 블링커 선생님."

블링커는 신문을 집어 일요일의 기선 시간을 찾아보았다. 그리고 첫 길모퉁이에서 전세 마차를 발견하고, 노스리버 선창으로 달리게 했다. 그는 일반 승객과 똑같이 민주적으로 줄을 서 표를 사고는 밀리고 밟히면서 간신히 기선 상갑판에 올라가 있었는데, 어느 새 접는 의자에 혼자 앉아 있는 웬 처녀를 체면도 없이 바라보고 있는 자신을 발견했다. 물론 블링커는 무례하게 행동할 생각은 없었다. 단지 그 처녀가 너무도 아름다웠으므로, 자기가 미복 잠행하는 귀공자이고, 사교계에서나 다름없는 행동을 취해야 한다는 것을 그만 깜박 잊어버린 것이다.

그녀도 그를 쳐다보았는데, 비난하는 눈빛은 아니었다. 그때 바람이 확 불어와 블링커의 밀짚모자가 날아갈 뻔했다. 그는 조심스레 모자를 눌러 머리 위에 붙어 있게 했다. 그 동작은 마치 인사하는 모습처럼 보였다. 처녀는 고개를 끄덕이고 미소를 지었다. 다음 순간 그는 그녀 곁에 앉아 있었다. 처녀는 새하얀 드레스를 입고 있었는데 여태까지 그가 소젖 짜는 처녀나 신분이 낮은 여자들한테서 상상하고 있던 것보다 얼굴빛은 파리했지만, 벚꽃처럼 청초하고 차분하며 앳된 잿빛 눈동자가 고생을 모르는 밝고 대담한 마음을 반영해 주고 있었다.

"선생님은 왜 모자에 손을 대고 저한테 인사를 하셨어요?"

하고 그녀는 비난하는 말투를 미소로 부드럽게 하며 물었다.

"아니, 나는 별로……."

라고 말하려다가, 그는 얼른 말을 바꾸어 그녀의 착각을 얼버무렸다.

"아가씨를 보고 첫눈에 인사하지 않을 수 없었기 때문이지요."

"저는 정식으로 소개받지 않은 남자와 나란히 앉아 있을 순 없어요."

그녀는 별안간 태도가 오만해지면서 말했다. 그는 그 말에 눌려 유감스러운 듯이 자리에서 일어났다. 그러나 곧 그녀의 밝고 놀리는 듯한 웃음소리에 다시 용기를 얻어 그 자리에 도로 주저앉았다.

"선생님은 무례한 행동을 하실 분이 아니신 것 같아요."

그녀는 아름다운 여인 특유의 굉장한 자신감을 보이면서 말했다.

"아가씨는 코니아일랜드에 가시는 길이지요?"

"저요?"

하고 그녀는 장난기 어린 놀라움이 깃든 눈을 크게 뜨고 그를 보았다.

"어머나 무슨 말씀을 하세요? 제가 공원에서 자전거를 타고 돌아다니는데도 모르세요?"

그녀는 장난하듯 일부러 말괄량이 같은 거동을 해 보였다.

"그렇다면 나는 뻔히 아는 일을 물어 보는 멍청이인 셈이군요."

하고 블링커는 말했다.

"아무튼 함께 코니를 구경하러 안 가시겠습니까? 나는 아직 혼자서 코니에 가 본 적이 없습니다."

"그건."

하고 처녀는 말했다.

"선생님의 거동에 달렸어요. 선생님의 제의를 저쪽에 닿을 때까지 생각해 보겠어요."

블링커는 자기의 제의가 거절당하지 않도록 여러 가지로 마음을 썼다. 처녀의 비위를 맞추기 위해서 그가 할 수 있는 노력을 다 기울였다. 그의 어처구니없는 비유를 빌린다면, 봉사의 높다란 굴뚝 위에 다시 봉사의 벽돌을 한 장 한 장 쌓아 가서, 마침내 이제 틀림없다는 데까지 몰고 갔던 것이다. 상류 사교계의 예의범절이란 결국 소박함 하나에 귀착되는데, 이 처녀가 또한 천성이 소박했으므로 두 사람은 처음부터 터놓고 이야기를 나눌 수 있었다.

그는 처녀의 나이가 스물이고, 이름은 플로랜스이며, 어느 부인 모자점에서 모자에 장식을 다는 일을 하고 있다는 것, 어느 가구가 딸린 셋방에서 구두가게 경리를 보고 있는 엘라라는 친한 친구와 둘이서 살고 있다는 것, 창문 턱 위에 배달되는 우유병에서 비운 한 잔의 밀크와, 머리를 매만지는 동안에 익은 달걀 한 개면 충분히 아침 식사가 된다는 것을 알았다. 플로랜스는 젊은이가 자기 이름을 '블링커'라고 한다고 말하는 순간 웃음을 터뜨렸다.

"어머나."

하고 그녀는 말했다.

"그 말씀만 들어도 선생님이 공상가라는 걸 넉넉히 알 수 있어요. 아무튼 그런 이름을 내세우시는 동안에는 스미스니 뭐니 하는 진짜 이름은 잠시 쉴 수 있겠네요."

두 사람은 코니아일랜드에 상륙했는데, 미친 듯한 관광객단의 커다란 물결에 휩쓸려서, 마치 극장처럼 변해 버린 선경(仙境)의 큰길로 밀려나갔다.

블링커는 호기심에 찬 눈과 비평적인 마음으로 제법 신중한 판단을 하며, 이름난 사원(寺院)과 탑, 조그마한 정자 같은 것들을 구경하며 걸어갔다. 군중은 그를 짓밟고 밀어붙이고 꼼짝도 못하게 가두어 버리곤 했다. 도시락 바구니를 들고 다니는 사람과 부딪치기도 했다. 얼굴과 손이 엿으로 온통 찐득해진 어린아이들이 발 아래 넘어져서 울부짖고, 그의 옷에 엿물을 문질러 댔다. 없는 돈을 털어 지팡이를 사서 옆에 끼고, 값비싸게 사귄 젊은 여자와 팔짱을 낀 채 노점 사이를 어슬렁거리는 건방진 젊은이들은 싸구려 엽궐련 연기를 체면도 없이 그의 얼굴에 뿜어 댔다. 메가폰을 든 거리의 노점 상인들은 저마다 알량한 상품 앞에 서서, 나이아가라 폭포 같은 우렁찬 소리를 그의 귀에 울려 댔다. 금관 악기, 피리, 북, 현악기 등이 악을 쓰고 짜내는 온갖 소리가 공중에서 서로 경쟁 상대를 굴복시키려고 욱시글거렸다. 그러나 무엇보다도 블링커의 마음을 강하게 끈 것은, 외치며 몸부림치며 재촉해 대며 헐레벌떡 체면도 예의도 없이 잔뜩 흥분되어 겉만 번지르르하게 번쩍번쩍 장식된 사이비 환락의 전당으로 앞을 다투어 쏟아져 들어가는 이 군중, 이 서민 계급의 사람들이었다. 동시에 그 야비함과, 그가 속하는 상류 사회가 신봉하는 취미의 교의(敎義)를 조금도 서슴지 않고 예사로 무참하게 짓밟는 그 방식은 몹시 그를 불쾌하게 만들었다.

심한 혐오감을 느끼면서 그는 고개를 돌려 나란히 걸어가고 있는 플로랜스를 보았다. 그녀는 얼른 방긋이 미소를 띠어 보이면서, 송어를 기르는 냇물처럼 밝고 맑은 행복스러운 눈을 들어 그의 눈을 바라보았다. 그 눈은 행복에 빛나는 것이 당연한 권리임을 나타내고 있었다. 왜냐하면 그 눈의 임자는——비록 오늘만의 것이라 하더라도——자기만의 남성, 남자 친구, 재미있는 환락의 도시에 들어가는 열쇠를 쥔 사람과 함께 걸어가고 있었기 때문이다.

블링커는 그녀의 표정을 정확히 읽을 수는 없었지만, 어떤 이상한 힘으로 별안간 코니를 똑똑히 이해할 수 있었다.

야비한 환락을 찾는 속물들의 무리로 보이던 것도 이제 그렇게는 보이지 않게 되었다. 지금은 또렷이, 엄청난 이상가(理想家)의 집단으로 보이는 것이었다. 불쾌한 면은 깨끗이 지워졌다. 번쩍번쩍하게 장식된 전당의 화려한 환락이 겉으로 보이는 것에 불과했지만, 그 도금한 표면 밑의 깊숙한 곳에서는 그것이 불안한 사람들의 마음에 구원과 적절한 위안과 만족을 주고 있다는 것을 깨달았다. 거기에는 적어도 낭만이 얼마쯤 남아 있었다. 또한 옛 무협세계(武俠世界)의 그 덧없고도 빛나는 면모가 남아 있었다. 안전하기는 했지만 공중으로 튀어오르고 물 속으로 뛰어내리고 하는 아찔아찔한 모험이 있었다. 그곳으로 가는 길은 빈약하게도 겨우 몇 야드밖에 안 되었지만, 그들을 동화의 나라로 데려다주는 마법의 양탄자가 있었다. 그의 눈에 비치는 것은 이제 거친 군중이 아니라 이상(理想)을 찾는 동포들이었다. 거기에는 시나 예술의 매력은 없었지만, 그들 공상의 마력은 노란 사라사를 비단으로 바꾸고, 메가폰을 환락을 예고하는 은나팔로 바꾸어 놓고 있었다. 블링커는 오만한 기분을 버리고 마음의 예복을 벗어 던지고는, 이상가들 속으로 뛰어들어갔다.

"당신은 선생님이십니다."

하고 그는 플로랜스에게 말했다.

"이 유쾌한 동화의 나라를 어디서부터 어떻게 구경하면 좋을지 가르쳐 주십시오."

"저기서부터 시작하기로 해요."

하고 공주님은 사람의 바다 끝에 서 있는 기묘한 모양의 5층탑을 가리키며 말했다.

"그런 다음 여기 있는 것을 모두 하나하나 구경하기로 해요."

두 사람은 8시에 섬을 떠나는 기선을 탔는데, 뱃머리의 난간에 기대어 이탈리아 인이 켜는 바이올린과 하프에 귀를 기울이며 두 사람 다 흐뭇한 피로에 젖어 있었다. 블링커는 모든 근심을 깡그리 잊고 있었다. 노스우즈 따위는 인간이 살 수 없는 황무지처럼 여겨졌다. 서명하는 하찮은 일로 왜 그런 소동을 피웠을까— 어이가 없다. 그까짓 것 몇백 번이라도 서명해 주겠다. 그리고 그녀의 이름은 그녀 자신처럼 아름다웠다— 플로랜스— 그는 이 이름을 몇 번이나 입 속으로 중얼거려 보았다.

기선이 노스리버 선창 가까이까지 갔을 때 굴뚝이 두 개 있는 원양 항로의 외국선으로 보이는 갈색 배 한 척이 만을 향해 강을 내려왔다. 관광객을 태운 기선은 부두 쪽으로 뱃머리를 돌렸다. 외국선은 강 가운데로 내려가려는 듯이 방향을 바꾸었으나, 곧 항로에서 벗어나 속력이 빨라진 듯 코니 섬을 왕래하는 이 정기선의 고물에 가까운 옆구리에 충돌하여 심한 충격과 무서운 파괴음을 내면서 옆구리를 뚫었다.

관광선에 탄 600명의 승객들이 공포에 질려 비명을 지르면서 갑판 위를 우왕좌왕하고 있는 동안에, 선장은 외국선을 향해 물러서면 부서진 틈으로 물이 들어오니 잠시 그대로 있으라고 소리치고 있었다. 그런데 외국선은 사나운 톱상어처럼 난폭하게 관광선의 옆구리에 뱃머리를 떼냈다. 그리고는 몰인정하게도 파도를 헤치면서 전속력으로 달려가 버렸다.

관광선은 고물에서부터 가라앉기 시작하면서 선창을 향해 느릿느릿 움직여 갔다. 선객들은 보기에도 역겨운 미친 군중으로 돌변했다.

블링커는 배가 바로 설 때까지 플로랜스를 꼭 껴안고 있었다. 그녀는 조금도 떠들지 않았으며 공포의 빛도 보이지 않았다. 그는 접는 의자에 올라서서 머리 위의 얇은 널빤지를 뜯어 많은 구명구를 내리고, 그 중의 하나를 플로랜스의 몸에 두르고 쇠고리로 죄기 시작했다. 그러자 썩은 범포(帆布)가 찢어지면서 바스라진 모조 코르크가 가루가 되어 흘러 나왔다. 플로랜스는 그것을 한 주먹 손에 받아 재미있다는 듯이 웃었다.

"꼭 아침 식사에 쓰는 밀가루 같아요."

하고 그녀는 말했다.

"끌러 주세요. 이런 것, 아무 소용도 없어요."

그녀는 자기 손으로 구명구를 갑판 위에 던졌다. 그리고는 먼저 블링커를 앉히고는 자기도 그 옆에 앉아 손을 그의 손 위에 포갰다.

"선생님은 무사히 선창까지 갈 수 있으리라고 생각하세요?"

이렇게 말하고 그녀는 입 속으로 나직이 노래를 부르기 시작했다.

선장은 이제 승객들 사이를 돌아다니면서 진정하라고 외치고 있었다. 배는 틀림없이 부둣가에 닿으니 여자와 어린애는 금방 상륙할 수 있도록 이물 쪽으로 가 있으라고 그는 명령했다. 배는 고물을 물 속에 담근 채, 늠름하게 선장의 약속을 지키려고 몸부림치고 있었다.

"플로랜스."

하고 블링커는 그녀가 그의 팔과 손에 매달렸을 때 말했다.

"나는 당신을 사랑하고 있소."

"남자들은 다 그렇게 말하죠."

하고 그녀는 가볍게 받아넘겼다.

"나는 그 많은 사람들 속의 한 사람이 아니오."

하고 그는 주장했다.

"나는 지금까지 내가 사랑할 만한 여자를 만나지 못했소. 평생을 당신과 함께 생활할 수 있다면, 나날을 행복하게 살 수 있을 것 같소. 나는 재산도 있소. 무엇이든 당신이 하고 싶은 대로 할 수 있소."

"남자들은 다 그렇게 말하죠."

처녀는 건성으로 콧노래를 부르고 난 다음에 이 말을 다시 한번 되풀이했다.

"다시는 그런 말을 해서는 안 돼."

블링커의 말투가 뜻밖에 단호했으므로 처녀는 분명히 놀라는 빛을 띠며 그를 돌아다보았다.

"그런 말 하면 안 되죠?"

하고 그녀는 조용히 물었다.

"남자들은 모두 같은 말을 하잖아요?"

"남자라니, 누굴 말하는 거야?"

처음으로 질투를 느끼면서 그가 되물었다.

"내가 아는 남자들이죠, 뭐."

"당신은 그렇게 많은 남자들을 알고 있나?"

"그러믄요, 저는 아무도 거들떠보지 않는 '벽의 꽃'이 아니거든요."

처녀는 조금 자랑스러운 듯이 말했다.

"어디서—— 그 남자들과는—— 어디서 만나지? 집에서?"

"물론 아녜요. 선생님과 만났듯이 밖에서 만나는 거예요. 기선에서 만나는 수도 있고, 공원에서 만나는 수도 있고, 길거리에서 만나는 수도 있죠. 이래보여도 제법 남자들을 보는 눈이 있는걸요. 첫눈에 그 사람이 이상한 짓을 할 사람인지 아닌지 금방 알아요."

"이상한 짓이라니?"

"아이 참, 입맞추고 싶어하는 일 말예요. 다른 사람이 아니라, 저한테 그러는 거예요."

"누구나 그렇게 하고 싶어하나?"

하고 블링커는 슬그머니 이를 악물며 물었다.

"그러믄요. 남자들은 다 그래요. 잘 아시면서."

"그래, 입맞춤을 하게 하나?"

"상대에 따라서죠, 뭐. 하지만 그리 많진 않아요. 그렇게 하지 않으면, 아무 데도 데려가 주지 않는걸요."

그녀는 고개를 돌려 살피듯 블링커를 쳐다보았다. 그 눈은 어린아이처럼 순진했다. 다만 거기에는 상대방의 속셈을 알 수 없다는 당황의 빛이 떠돌고 있었다.

"남자와 만나는 게 뭐가 나빠요?"

하고 플로랜스는 이상하다는 듯이 물었다.

"뭐든지 다 나빠."

하고 거의 골이 난 투로 블링커는 말했다.

"왜 자기가 사는 집에 손님을 초대하지 않는 거야! 길거리에서 톰이나 딕이나 해리를 만날 필요가 어디 있단 말야?"

처녀는 순수하고 솔직한 눈으로 블링커의 눈을 똑바로 쳐다보았다.

"제가 사는 집을 보시면 선생님도 그런 말씀을 못하실 거예요. 저는 벽돌가루 연립주택에 살고 있어요. 온 집 안에 뻘건 벽돌가루가 떨어져서 모두들 그렇게 부른답니다. 저는 벌써 4년이 넘도록 거기서 살고 있죠. 손님이 들어올 방이 어디 있어요. 그런 데선 선생님도 자기 방에 누구를 초대할 수는 없을 거예요. 그러니 어떡해요? 젊은 여잔걸요. 남자와 만나지 않을 수는 없잖아요?"

"그야 그렇지."

하고 그는 쉰 목소리로 말했다.

"젊은 여자니까, 남자와 —— 아니 남자들과 만나지 않을 수 없다는 건 당연하지."

"처음 길거리에서 남자가 말을 걸어 왔을 때는."

하고 그녀는 말을 이었다.

"저는 막 집으로 달려와서 밤새도록 울었답니다. 하지만 사람이란 금
방 길이 드나 보죠. 저는 근사한 남자들과 교회에서도 많이 사귀었어
요. 비오는 날에는 우산을 든 남자가 오기를 입구에 서서 기다린 적도
있었어요. 우리 집에 객실이 있다면 좋을 텐데—— 그러면 선생님을
우리 집에 가시자고 권할 수도 있을 텐데—— 저, 블링커 씨, 선생님
은 아직도 '스미스'가 아니라 '블링커'라고 우기실 참이세요?"

기선은 무사히 선창에 닿았다. 블링커는 조용한 골목을 처녀와 나란
히 걸어가는데 웬지 곤혹스러움을 느꼈지만, 이윽고 그녀는 큰길 모퉁
이에 이르자 걸음을 멈추고 손을 내밀었다.

"제가 사는 곳은 여기서 한 블록 더 가요."

하고 처녀는 말했다.

"선생님 덕분에 아주 즐거운 오후를 보냈어요. 고마워요."

블링커는 입 속으로 무언가 중얼거리면서 북쪽으로 달려가, 겨우 전
세 마차를 발견하고 올라탔다. 오른쪽으로 커다란 교회가 희미하게 보
이기 시작했다. 블링커는 창 너머로 그 건물을 향해 주먹을 휘둘렀다.

"나는 지난 주일 네놈에게 1천 달러나 기부했어!"

하고 그는 소리를 죽여 외쳤다.

"그런데, 그 처녀는 네놈 문간에서 남자와 만나고 있었단 말야. 우습
지 않나? 뭐가 우스워."

이튿날 아침 11시, 블링커는 변호사 올드포트가 마련해 준 새 펜으로
30통쯤 되는 서류에 서명했다.

"그럼, 이제 노스우즈에 가기로 할까요?"

하고 그는 시무룩하게 말했다.

"얼굴빛이 좋지 않군 그래."

하고 변호사 올드포트는 말했다.

"여행은 자네 건강에 좋은 약이 될걸세. 그런데 미안하지만 어제도 말했고 5년 전에도 말한 적이 있는 그 사무상의 일에 대해서 잠시 귀를 기울여 주게나. 실은 열다섯 채쯤의 가옥이 있는데, 그게 이번에 다시 5년 동안의 임대 계약을 맺게 되어 있네. 자네 부친은 그 계약 조항을 변경할 생각이었네만, 실행을 못하고 돌아갔지. 부친이 생각한 것은, 그 가옥에 붙어 있는 객실은 다시 남에게 빌려 줄 수 없으며 세든 사람 자신의 응접실로써 사용해야 한다는 조항을 덧붙이고 싶어했지. 그 가옥은 상점 거리에 있어서 주로 젊은 여점원들이 세들어 있네. 지금 그 여자들은 부득이 밖에서 친구들과 만나고 있다네. 이 붉은 벽돌의 연립 주택은……"

블링커는 별안간 뚱딴지같이 큰소리로 웃으면서 변호사의 말을 가로막았다.

"벽돌가루 연립주택 말이죠?"

하고 그는 외쳤다.

"그리고 그건 내 것이죠? 안 그렇습니까?"

"세든 사람들은 뭐 그런 이름으로 부르는 모양이더군."

하고 변호사 올드포트는 말했다.

---

1) 코니아일랜드─뉴욕 시 남쪽의 브룩클린 구 서남단에 있는 서민들이 잘 가는 해수욕장 겸 유흥지이다.

블링커는 일어서서 모자를 푹 눌러썼다.

"좋을 대로 하십시오."

하고 그는 사나운 어조로 말했다.

"새로 수리하시든지, 불살라 없애든지, 두들겨 부수든지…… 그러나
이제 늦었습니다. 다 틀렸습니다. 너무 늦었단 말입니다."

백작과 결혼식의 손님

어느 날 밤, 앤디 도노반이 2번 거리에 있는 하숙집에 저녁을 먹으러 내려가니 안주인 스카트 부인이 새로 든 하숙인을 소개했다. 콘웨이 양이라는 젊은 여자였다. 콘웨이 양은 몸집이 작고 소박한 처녀였다. 수수한 암갈색 드레스를 입고 별로 흥미도 없는 듯이 나른하게 쟁반 쪽으로 눈을 내리깔고 있다가, 망설이듯 고개를 들어 맑고 영리해 보이는 눈으로 도노반 군을 한 번 보고 얌전하게 자신의 이름을 중얼거리고는 다시 양고기 요리를 먹기 시작했다. 도노반 군은, 사교에서나 사업에서나 정치에 있어서나 급속히 그의 인기를 올려 주고 있는 그 정중한 태도와 환한 웃음으로 그녀에게 인사했다. 그리고는 암갈색 드레스의 처녀를 마음의 수첩에서 지워 버렸다.

2주일 후, 앤디는 혼자 층계에 걸터앉아 엽궐련을 피우고 있었다. 그때 등 위쪽에서 부드럽게 치맛자락이 스치는 소리가 들렸다. 앤디는 뒤돌아보았다. 그리고는 고개를 돌리지 못했다.

문에서 나온 사람은 콘웨이 양이었다. 그녀는 밤처럼 새까만 크레프 드…… 크레프 드…… 아무튼 그 검고 얇은 천……으로 된 옷을 입고 있었다. 모자도 새까맣고, 그 모자에서 거미줄처럼 얇은 막 같은 새까만 베일이 쳐져서 한들거리고 있었다. 그 의상에는 한 점의 흰색도 다른 색도 없었다. 풍부한 금빛 머리카락은 부드럽게 파도치며 목덜미에서 넘실거리고 아래쪽에서 품위 있게 묶어 반지르르 윤이 났다. 얼굴은 아름답다기보다 오히려 평범했다. 그러나 지금은 그 큼직한 잿빛 눈이 그녀를 아름답게 돋보이게 하고 있었다. 그 눈은 사람의 마음에 강하게 호소하는 슬픔과 우수를 띤 채, 지붕들 너머로 멀리 하늘 저편을 바라보고 있었다.

세상 아가씨들이여. 당신들도 취향을 좀 바꿔 보면 어떠실까? 위에서 아래까지 온통 새까만 빛깔, 그것도 천은 크레프 드…… 맞았어, 크레프 드 신[1]…… 이 크레프 드 신을 택할 것. 이렇게 온통 새까맣기만 한 의상을 입고 슬픈 듯 무관심한 표정으로, 검은 베일 아래 반지르르한 머리카락(물론 머리는 블론드라야 한다)에 윤기를 자르르 흘리면서, 마치 이제 자기의 젊디젊은 생명은 시들고, 지금부터 3단뛰기로 인생의 문턱을 뛰어넘으려 하고 있는 듯한 태도를 보일 것. 다만 같이 공원이라도 산책하면 퍽 즐겁겠다는 기분을 살짝 비칠 것. 그리고 결정적인 순간에 문간에 모습을 나타낼 것…… 그러면 언제라도 반드시 남자의 마음을 휘어잡을 수 있을 것이다. 그러나, 아무리 필자가 비꼬기를 잘한다고 하더라도 이건 너무 심한 게 아닐까.…… 상복에 대해서 이런 말을 한다는 것은.

도노반 군은 부랴부랴 마음의 수첩에 다시 콘웨이 양의 이름을 적어 넣었다. 그리고 1인치 4분의 1쯤 남아 있는 엽궐련을 던졌다. 여느 때 같으면, 8분은 충분히 피울 수 있는 길이다. 그리고는 얼른 고급 가죽 단화에 힘을 주며 일어섰다.

"참으로 기분 좋게 갠 저녁입니다, 콘웨이 양."

하고 그는 말했다. 만일 관상대가 들었더라면, 틀림없이 네모난 흰 기상 신호판을 지고 올라가 높다란 기둥에 걸어 놓을 만큼 자신만만한 말투였다.

"좋은 날씨를 즐길 수 있는 마음을 가진 분에게는 그렇겠지요, 도노반 씨."

하고 콘웨이 양은 한숨을 쉬며 말했다.

도노반 군은 마음 속으로 갠 하늘에 대해 저주했다. 이 얼마나 무정한 하늘인가? 콘웨이 양의 마음에 맞추어 진눈깨비가 내리고, 찬바람이 휘몰아치고, 눈이 펑펑 쏟아져야 할 게 아닌가.

"혹시 가족 중에…… 불행한 일이라도 있는 게 아닙니까?"

하고 도노반 군은 큰마음 먹고 물어 보았다.

"돌아가신 분은."

하고 콘웨이 양은 조금 망설이면서 대답했다.

"가족이 아니고, 저…… 하지만 제 슬픔을 선생님께 강요하고 싶진 않아요, 도노반 씨."

"강요라니요?"

하고 도노반 군은 이의를 제기했다.

"천만에요, 그게 무슨 말씀이십니까. 콘웨이 양을 위로해 드릴 수만 있다면 저는 무슨 일이든지 기쁘게 하겠습니다. 저 이상 진정 콘웨이 양을 동정해 드릴 수 있는 사람은 없으리라고 저는 믿고 있습니다."

콘웨이 양은 가냘프게 미소를 지었다. 그것은 그녀를 가만히 있을 때보다 훨씬 더 슬퍼 보이게 했다.

"…… 웃어라, 그러면 세상은 그대와 더불어 웃으리라. 울어라, 그러면 사람들은 그대에게 울음을 주리라……."

콘웨이 양은 어디선가 인용한 말을 중얼거렸다.

"이 말을 이제야 절실히 깨달을 수 있겠어요, 도노반 씨. 저는 이곳엔 친구도 없고 아는 사람도 없어요. 선생님은 제게 친절히 해 주셨어요. 진심으로 고마워요."

그는 식사 때 두 번인가 그녀에게 후춧가루를 집어 준 적이 있었다.

"뉴욕에서 혼자 산다는 건 잔인한 일입니다.…… 정말 잔인합니다."
하고 도노반 군은 말했다.

"그렇지만…… 이 조그만 해묵은 도시가 터놓고 친근함을 보여 준다면, 쓰라린 일도 없어질 것입니다. 공원이라도 거닐어 보시면 어떨까요, 콘웨이 양?…… 그러면 얼마쯤 울적함을 떨쳐 버릴 수도 있을 텐데요. 상관없으시다면, 제가……."

"고마워요, 도노반 씨, 가슴속에 슬픔이 차 있는 여자도 상관없으시다면, 기꺼이 따라가겠어요."

일찍이 선택된 사람들이 거닐었던, 철책이 둘러쳐진 해묵은, 번화가에 있는 공원의 열려 있는 문으로 두 사람은 걸어 들어가서 조용한 벤치를 찾아 앉았다.

젊은이의 슬픔과 늙은이의 슬픔은 다음과 같은 차이가 있다. 젊은이의 무거운 짐은 남이 나누어 짐으로써 그만큼 가벼워지지만, 늙은이는 아무리 그 슬픔을 남에게 나누어 주어도 여전히 같은 슬픔이 남는다.

"돌아가신 분은 제 약혼자예요."

한 시간쯤 뒤에 콘웨이 양은 털어놓았다.

"내년 봄에 결혼할 예정이었죠. 공연한 말이라고 생각하시면 곤란하지만, 그이는 틀림없이 백작이었어요, 도노반 씨. 이탈리아에 영지와 성이 있죠. 페르난도 마티니 백작이라고 했어요. 고상하기로는 그

이보다 더한 분을 본 적이 없었어요. 물론 아버지는 반대하셨습니다. 한 번은 둘이서 도망치기까지 했지만, 아버지가 뒤쫓아오셔서 저는 다시 끌려와 버렸죠. 아버지와 페르난도는 틀림없이 결투라도 벌일 것 같았어요. 아버지는 말을 빌려 주는 사업을 하고 계세요. 아버지도 결국 고집을 꺾으시고 우리의 결혼을 허락하시면서, 내년 봄에는 결혼식을 올려도 좋다고 말씀해 주셨어요. 페르난도는 아버지에게 작위와 재산을 증명하는 서류를 보여 드리고는 우리의 신혼 생활에 대비하여 성을 손질하러 이탈리아로 돌아갔죠. 아버지는 아주 긍지가 높으셔서, 페르난도가 내 결혼 준비금으로 몇천 달러를 증정하겠다고 했을 때 무서운 얼굴로 거절하셨어요. 반지 한 개, 선물 하나 허락하지 않으셨어요. 페르난도가 배를 타고 떠났을 때, 저는 이 도시에 왔죠. 그리고 캔디 상점의 경리직을 구한 거예요. 사흘 전에 이탈리아에서 온 편지가, 피키프시에서 전송되어 왔습니다. 페르난도가 곤돌라 사고로 죽었다는 소식이었습니다. 제가 상복을 입고 있는 것은 그런 까닭에서죠. 제 심장은 영원히 그의 무덤 속에 있어요, 도노반 씨. 어쩌면 저를 음침한 여자라고 생각하실 거예요. 하지만 저는 이제 어떤 사람에게도 흥미를 느낄 수가 없어요. 명랑한 기분으로, 그리고 웃는 얼굴로 선생님을 즐겁게 해 드릴 친구가 있을 텐데, 언제까지나 선생님을 붙들어 놓아서는 안 되겠죠? 아마 선생님은 이제 슬슬 하숙집으로 돌아가고 싶으실 거예요, 그렇죠?"

자아, 세상의 아가씨들이여, 젊은 남자가 당신을 구슬르려고 기를 쓰는 것이 보고 싶거든 자기의 심장은 다른 남자의 무덤 속에 있다고 고백하시라. 젊은 남자란 본디 무덤 도둑이다. 어느 미망인에게나 물어보시라. 크레프 드 신을 입고 우는 천사들의 잃어버린 기능을 회복시키려고 별별 노력이 다 이루어지고 있는 것은 틀림없으니까. 죽은 사람이란 아무래도 짓밟히고 걷어차이는 변을 당하게 마련인가 보다.

"정말 안됐습니다."

라고 앤디는 정답게 말했다.

"아니, 아직 하숙집에 돌아가지 않아도 됩니다. 나는 진심으로 콘웨이 양의 친구라는 것, 그리고 진심으로 콘웨이 양에게 동정하고 있다는 것을 믿어 주십시오."

"이 로켓 속에 그이 사진이 들어 있어요."

콘웨이 양은 손수건으로 눈을 닦고 나서 말했다.

"여태까지 아무한테도 보이지 않았지만 선생님에겐 보여 드리겠어요, 도노반 씨. 선생님을 정말 친구로 믿고 있으니까요."

콘웨이 양이 옆에서 보여 준 로켓 속의 사진을 도노반 군은 오랫동안 깊은 관심을 가지고 들여다보았다. 마티니 백작의 얼굴은 참으로 그의 관심을 끌 만했다. 수염도 없고, 지적이고, 밝고 잘생긴 남자라 해도 좋을 용모, 친구들의 지도자로 추대될 만한 굳세고 늠름하고 싱싱한 모습이었다.

"제 방에는 더 큰 사진을 틀에 넣어서 걸어 놓았죠."

하고 콘웨이 양은 말을 이었다.

"하숙집에 돌아가면 보여 드리겠어요. 제가 페르난도를 추억할 수 있는 것은 이것뿐이에요. 하지만 그이는 언제까지나 제 마음 속에 살아 있어요. 이것만은 확실해요."

참으로 미묘한 작업에 도노반 군은 부닥쳤다 —— 불운한 백작을 콘웨이 양의 마음 속에서 쫓아 내는 작업이다. 그녀를 찬미하는 마음이 이 작업을 해 낼 결심을 굳혀 주었다. 그러나 이 작업의 무게가 그의 정신을 억누른 것 같지는 않았다. 자기는 다정하고 쾌활한 친구라는 것이 그가 시도하는 역할이었다. 그는 이 역할을 보기좋게 해 냈다. 그래서 그로부터 30분 후에는, 콘웨이 양의 큼직한 잿빛 눈이 여전히 슬픔을 품고 있기는 했지만 두 사람은 두 개의 아이스크림 접시를 사이에 두고 정답게 말을 나누고 있었던 것이다.

그날 저녁, 홀에서 헤어지기 전에 그녀는 2층으로 달려올라가서, 하얀 비단천에 소중하게 싼 사진틀을 들고 내려왔다. 도노반 군은 매우 착잡한 수수께끼 같은 눈으로 그것을 들여다보았다.

"그이가 이탈리아로 떠나던 날 밤, 이걸 제게 주었어요."
하고 콘웨이 양이 설명했다.

"로켓의 사진은 이걸로 만들었죠."

"참으로 훌륭한 풍채를 가진 분이군요."
하고 도노반 군은 말했다.

"그런데 오는 일요일 오후, 코니아일랜드에 모시고 갈 수 있으면 영광이겠는데요. 어떻습니까, 콘웨이 양?"

그리고 한 달 뒤, 두 사람은 스카트 부인과 다른 하숙인들에게 약혼을 발표했다. 콘웨이 양은 여전히 검은 드레스를 입고 있었다.

이 발표가 있은 지 1주일 뒤, 두 사람은 번화가의 공원에 있는 언젠가의 그 벤치에 나란히 앉아 있었다. 바람에 흔들거리는 나뭇잎들이 달빛 속에서 두 사람의 모습을 초기 영화의 화면처럼 흐릿하게 드러내고 있었다. 그러나 도노반 군은 이날따라 온종일 얼빠진 듯 침울한 표정을 짓고 있었다. 오늘 밤 그가 너무나 말이 없으므로, 그를 사랑하는 마음으로 가득 찬 콘웨이 양은 의문을 제기하지 않을 수 없었다.

"왜 그러세요, 앤디? 오늘 밤엔 몹시 기분이 언짢아 보여요."

"아무것도 아니야, 매기."

"그렇지 않아요. 제가 모를 줄 아세요. 여태까진 결코 이런 일이 없으셨어요. 정말 왜 그러세요?"

"별거 아냐, 매기."

"아니, 안 그래요. 전 이유를 알고 싶어요. 아마 다른 아가씨를 생각하고 계시나 보죠. 만일 그 아가씨를 사랑하신다면, 망설일 것 없이 그 사람을 쫓아가시면 되잖아요? 제발 이 팔 좀 놓으세요."

"그럼 말하지."

하고 도노반 군은 생각에 잠겨 말했다.

"어차피 정확히 이해해 주지 못할 줄은 알지만, 매기는 마이크 설리반이라는 사람 얘기를 들은 적이 있소? 모두들 대(大) 마이크 설리반이라고 부르는 인물인데?"

"아뇨, 몰라요."

하고 매기는 말했다.

"그리고, 그 사람 때문에 앤디가 지금처럼 되셨다면, 그런 사람 얘긴 더더욱 듣고 싶지 않아요. 어떤 사람이에요?"

"뉴욕에서 제일 가는 거물이야."

하고 도노반 군은 거의 숭배하는 듯한 투로 말했다.

"태머니 홀[2]이거나 다른 어떤 정치 집회거나, 뭐든지 마음대로 할 수 있는 사람이라구. 키는 1마일이나 되고, 몸의 넓이는 이스트리버 만큼이나 클걸. 무엇이든 대 마이크의 기분에 거슬리는 말이라도 하는 날엔 2초도 안 되어서 그 말한 사람의 빗장뼈 위에 1백만 명은 덮칠 거야. 그 사람이 잠시 옛 집에 들르면 다른 거물이라는 인간들은 모두 토끼처럼 슬금슬금 구멍으로 들어가 버린다구. 그 대 마이크와 나는 잘 아는 사이거든. 하기야 그 사람의 세력 범위 안에 들어가면, 나 같은 건 문제도 되지 않지만 말야. 오늘 바워리에서 그 사람을 만났는데, 그 사람이 나한테 어떻게 했는지 알아? 내 앞으로 다가오더니 악수를 청하면서 말하지 않겠어. '앤디, 나는 줄곧 주의깊게 자네를 지켜 보고 있는데, 자네의 영역에선 썩 잘하고 있는 것 같더군. 나는 자네를 자랑스럽게 생각하네. 언제 한잔 하지 않겠나?' 하구 말야. 그 사람은 엽궐련을 피우고, 나는 하이볼[3]을 마셨지. 그때 나는 앞으로 1주일이면 결혼한다는 얘기를 했지. 그랬더니 '나한테도 청첩장을 보내 주게, 그러면 잊지 않고 결혼식에 갈 테니까.' 이렇게 말하는 거야. 그런데 그 사람은 말한 것은 꼭 실행하는 사람이라구. 무슨 말인지 잘 못 알아듣겠지, 매기? 나는 우리 결혼식에 대 마이크를 참석시키기 위해서라면 팔 하나쯤 떨어져 나가도 좋다고까지 생각하고 있어. 아마 그날은 내 평생에 자랑스러운 날이 될 거야. 그 사람이 결혼식에 참석한다는 것은, 신랑으로서는 한평생 운이 트이는 결혼을 한 게 되거든. 그래서 오늘 밤 나는 걱정스러운 얼굴을 하고 있는 거야."

"아니, 그렇게 고마운 분이라면 초청하시면 되잖아요?"

하고 매기는 밝게 말했다.

"그런데 초청 못 할 까닭이 있어."

하고 앤디는 슬픈 듯이 말했다.

"그 사람이 참석해서는 안 될 이유가 있단 말야. 그 이유는 묻지 말아 줘. 내 입으로는 말할 수 없으니까."

"전 조금도 상관없어요."

하고 매기는 말했다.

"물론 뭔가 정치적인 일인가 보죠? 그렇다고 해서 그것이 앤디가 웃는 얼굴을 보여 주지 못할 이유가 되지 않잖아요."

"매기!"

이윽고 앤디는 말했다.

"나를 사랑하고 있소? 전에 매기가 그 사람을······ 그 마티니 백작을 사랑한 것만큼 말야."

그는 오랫동안 기다렸다. 그러나 매기는 대답하지 않았다. 별안간 그녀는 앤디의 어깨에 얼굴을 기대며 흐느끼기 시작했다.······ 그의 팔을 꽉 움켜잡고, 크레프 드 신을 눈물로 적시면서 부들부들 떨며 흑흑 흐느껴 울었다.

"아니, 매기!"

앤디는 자기의 걱정거리를 제쳐놓고 그녀를 달랬다.

"대체 왜 이러는 거야?"

"앤디."

하고 그녀는 훌쩍였다.

"전 거짓말을 했어요. 이제 앤디는 저와 결혼도 안 해 주실 거구, 사랑도 안 해 주실 거야. 하지만 이젠 사실을 말하지 않을 수 없어요. 앤디, 제가 백작이니 뭐니 했지만 실제로 그런 사람은 없었어요. 다른 애들은 모두 연인이 있어서, 모두 연인 얘기를 하잖겠어요? 남자들은 그런 여자가 더 좋아지나 봐요. 그리고 앤디, 전 검은 드레스가 아주 썩 잘 어울려요. 앤디도 그렇게 생각하시죠? 사진은 사진관에서 사서 로켓에 넣으려고 축소시킨 거예요. 그리고 백작이니, 백작이 죽었으니 하는 얘기는 꾸민 것이고 검은 드레스를 입고 있으려고 만든 얘기예요. 하지만 아무도 거짓말쟁이 여자를 사랑할 까닭이 없어요. 앤디도 이젠 저를 버리시겠죠. 부끄러워서 죽고만 싶어요. 전 앤디 말고는 아무도 좋아한 사람이 없어요. 이게 전부예요."

그녀는 앤디가 자기를 뿌리칠 줄 알았으나 뜻밖에도 자기를 힘껏 껴안는 것을 느꼈다. 눈을 들어 보니, 그의 얼굴은 환하게 밝아져서 미소를 띠고 있었다.

"…… 절, 절 용서해 주시는 거예요, 앤디?"

"아무렴."

하고 앤디는 말했다.

"까짓거 아무 상관없어. 백작 따위는 무덤으로 쫓아 보내라고, 매기. 덕분에 모든 일이 잘 해결됐어. 실은 매기가 결혼식 날까지는 그 얘기를 실토해 주길 바라고 있었지. 매기는 정말 근사해!"

"앤디."

그가 용서해 준 것을 확인하자, 매기는 조금 겸연쩍은 미소를 띠며 말했다.

"백작에 대한 얘기, 모두 거짓말인 줄 아셨어요?"

"그럼, 별로 곧이듣지 않았지."

담배 케이스로 손을 뻗으면서 앤디는 말했다.

"그럴 수밖에. 매기가 로켓에 넣고 다니는 사진은 대 마이크 설리반의 사진이거든."

---

1) 크레프 드 신(crépe de chind) — 프랑스 특산인 얇은 명주를 말한다.
2) 태머니 홀 — 1789년 뉴욕 시에 설립된 민주당의 강력한 정치 단체 태머니 협회의 회관.
3) 하이볼 — 위스키에 소다수 또는 물을 넣고 얼음을 띄운 음료.

요술쟁이 제프

 사우스캐롤라이나 주의 찰스턴에는 쌀 요리법이 무척 많지만, 제프 피터스는 그에 못지않은 온갖 돈벌이 방법을 실행해 온 사람이다. 그의 이야기 중에서도 나는 특히 그의 젊었을 때 행적에 관한 이야기를 즐겨 듣는다. 그 무렵의 나는 바르는 약이나 기침약 같은 것을 길모퉁이에서 팔아 그날 벌이로 그날 먹고 살았으며, 누구하고나 서슴없이 사귀고, 언제나 마지막에 남은 동전 한 닢을 던져 앞면이 나오냐 뒷면이 나오냐 에 생활의 운명을 걸어 보곤 했다.
 "내가 아칸소의 피셔힐에 갔을 때는."
하고 그는 말하는 것이었다.

 사슴가죽 옷을 입고, 사슴가죽 구두를 신고, 머리는 길게 기르고, 30캐럿짜리 다이아몬드 반지를 끼고 있었지. 이 반지는 텍사캐너에서 어느 순회 배우한테서 얻은 것인데, 내가 반지와 교환해 준 주머니칼은 그 친구가 어떻게 처리했는지, 그건 나도 짐작이 안 가는구먼. 나는 유 명한 인디언 요술사 워프 박사로 행세하고 다녔지. 내가 가진 비장의 수단이라고는 가장 우수하고 한 종류밖에 없다고 선전하는 물건이었는데, 돈벌이의 재수를 거기에다가 걸고 있었을 때라구. 그 물건이란 별게 아니구, 소생고미정기(蘇生苦味丁幾)라는 거야. 촉트 족의 추장 마누라로 인물 좋기로 이름난 타쿠아라가 해마다 옥수수춤을 출 때 대접하는 개고기찜 요리에 곁들여서 내놓는, 산나물을 뜨러 산에 갔을 때 우연히 발견한 강장식물과 약초로 만든 특효약이라는 게 선전 문구였지.

그전 마을에서는 장사가 별로 신통찮아서, 그때 내 주머니에는 겨우 5달러밖에 없었다구. 그래서 즉각 피셔힐의 약국에서, 코르크 마개가 달린 8온스짜리 빈 병을 6다스쯤 외상으로 샀지. 레테르와 원료는 쓰다 남은 게 여행가방에 들어 있었으니까. 여관방으로 돌아가서, 수도꼭지에선 힘차게 물이 쏟아지고 테이블 위에 소생고미정기가 몇 다스나 쭉 늘어섰을 때는 다시 인생이 장밋빛으로 빛나기 시작하는 기분이더군.

가짜 약이 아니냐구? 천만에. 그 6다스의 고미정기에는, 기나 용액 2달러어치와 아닐린 10센트어치가 들어 있었는걸. 그 뒤 몇 해인가 지나서 옛날에 고미정기를 팔러 다니던 마을엘 갔더니 마을 사람들이 그 약 좀 더 갖다 달라고 그러더라니까. 아무튼 나는 그날 밤, 대형 짐마차를 빌려 갖구 당장 마을 큰거리에서 고미정기 장사를 시작했지. 피셔힐이라는 마을은 지대가 낮아서 말라리아에 걸리기 쉬운 고장이야. 그래서 나는 이 마을 사람들은 무엇보다도 먼저 조제 가설 폐심장괴혈병 강장제(調製假說肺心臟壞血病强壯劑)를 복용해야 한다고 떠들어댔지, 뭐. 그랬더니 소생고미정기가 어찌나 잘 팔리는지, 마치 채소 요리밖에 안 나오던 식탁에 송아지 내장에다 토스트 빵이 나온 것처럼 없어지더군. 한 병에 50센트씩 받고 2다스쯤 팔았을 때, 누가 내 옷자락을 잡아당기지 않겠나? 나는 금방 눈치를 채고 짐마차에서 내려, 옷깃에 은성

휘장을 단 놈의 손에 5달러짜리 지폐를 슬쩍 쥐어 줬지 뭐야.

"안녕하슈, 순경 아저씨."

하고 내가 인사하니까,

"당신은 약이라면서 엉터리 상품을 팔고 있는 모양이던데."

하고 경관은 말하더군.

"시장 허가증을 갖고 있나?"

"그런 것 없는데요."

하고 나는 말했지.

"여기는 마을이 아니라 시였군요. 그런 줄 몰랐습니다. 그럼 낼 여기가 시라는 걸 똑똑히 확인한 다음 필요하다면 허가증을 받아 오도록 하죠, 뭐."

그러나 경관은 "허가가 날 때까지 장사는 중지해." 하고 말하지 않겠어.

그래서 장사를 그만두고 여관으로 돌아갔는데 여관 주인에게 이 얘기를 했더니, 주인은 이렇게 말하는 거야.

"이 피셔힐에서는 아마 그런 장사는 해 먹기 어려울걸요. 여기는 의사가 호스킨스 한 사람뿐인데, 그이가 시장과 처남 매제간이거든. 그러니까 여기서는 돌팔이 의사 노릇을 하고 싶어도 절대로 허가가 나오지 않을 거요."

"의사 개업을 하자는 게 아니오."

하고 나는 설명했지.

"주 정부의 행상 허가증이 있으니까, 시의 허가증이 필요할 때는 언제라도 시청에 가서 허가증을 받으면 돼요."

이튿날 아침에 시청에 가 봤더니, 시장은 아직 출근하지 않았고 언제

올지도 모른다는 얘기더군. 그래서 워프 박사님은 여관에 돌아가서 응접실 의자에 푹 가라앉아서는 가짜 리게리아 엽궐련에 불을 붙여 물고 잠시 기다리게 된 거야.

그러고 있는데 파란 넥타이를 맨 웬 젊은 녀석이 옆에 있는 의자에 와 앉더니, 지금 몇 시냐구 묻잖겠어?

"10시 반이야."

하고 나는 대답했지.

"그런데 자넨 앤디 터커지? 자네 일하는 걸 본 적이 있네. 자네가 남부 주에서 큐핏의 모음 주머니로 사기 장사를 하지 않았나? 칠레 산 다이아몬드 약혼반지와, 결혼반지와, 포테이토매셔와, 진통제 한 병과, 《도로시 배넌》과…… 이런 걸 모두 주머니 하나에 모아서 50센트인가 받았을 거야."

앤디는 내가 자기를 기억하고 있다는 것을 알고 무척 좋아하더군. 놈은 꽤 솜씨 있는 거리의 흥행사였는데 —— 그뿐 아니라 자기 직업을 아주 소중하게 생각했다구. 300퍼센트의 돈벌이에 만족한 거야. 그때까지도 가짜 약을 팔라든가, 원예의 종자 장사를 하라든가 하고 여러 가지 권유도 받았지만 한 번도 그런 일을 해 본 적도 없고, 그저 자기 직업만 소중히 지켜 온 사나이라구.

마침 나도 짝이 하나 있었으면 하던 참이라, 앤디와 나는 함께 일을 하기로 의견의 일치를 본 거야. 나는 앤디에게 지금 내가 피셔힐에서 당하고 있는 사정을 이야기하고, 이 도시의 시정(市政)과 하제(下劑)의 혼합²⁾ 덕분에 지금 호주머니가 매우 허전하다는 말을 했지. 앤디도 호주머니가 텅텅 비어 있었고. 그래서 마침 유리카스프링즈에서 전투함 건조를 위한 모금 운동이 벌어지고 있던 판이라, 여기서도 꼭 협력해 달라고 속이고 몇 달러 슬쩍 하자는 꿍심이었다는 거야. 나와 앤디는 앞쪽 베란다로 나가서 의자에 앉아, 이 일에 대해서 여러 가지를 의논했지.

이튿날 아침 11시쯤 내가 혼자 여관 의자에 앉아 있는데, 흑인 하나가 다리를 질질 끌듯이 하며 오더니, 나보고 의사 선생님이라며 뱅크스 판사님을 진찰해 달라고 부탁하러 왔다지 않겠어. 뱅크스 판사는 그 시장인데, 병으로 몹시 괴로워하고 있다는 거야.

"나는 의사가 아니야."

하고 나는 말했지.

"의사한테 가서 부탁하지 그러나?"

"선생님."

하고 흑인이 설명하더군.

"호스킨스 선생님은 다른 환자를 진찰하시려고 20마일이나 떨어진 시골에 가셨는걸요. 시내에는 의사가 그 선생님밖에 없습니다요. 그런데 우리 뱅크스 나리는 지금 몹시 편찮으시단 말씀입니다. 그래서 나리가 선생님께 꼭 와 주시도록 부탁드리라고 저를 보내신 겁니다요. 제발 가 주십쇼, 선생님."

"그렇다면 한 인간으로서."

하고 나는 말했지.

"가 보기로 하지."

그래서 나는 소생고미정기를 한 병 주머니에 쑤셔넣고, 언덕 위에 있는 시장 저택을 찾아가지 않았겠어. 시장댁은 시내에서 가장 훌륭한 집이었으며 지붕은 2단 경사로 되어 있고, 정원 잔디밭에는 쇠를 부어서 만든 개의 동상이 두 개나 있더군.

뱅크스 시장은 발끝만 이불 밖으로 내놓고 침대에 누워 있었는데 샌프란시스코 시민이라면 또 지진이냐고 깜짝 놀라 당장 공원으로 피신하고 싶어질 만큼, 무시무시한 신음 소리를 내고 있지 않겠나. 침대 곁에는 젊은이 하나가 물을 담은 컵을 들고 서 있고 말이야.

"의사 선생."

하고 시장이 말하더군.

"지독한 병에 걸려서 애를 먹고 있소. 당장 죽을 것만 같구려. 어떻게 좀 해 주시오."

"시장님."

하고 나는 말했지.

"저는 SQ라피우스[3]의 정당한 후계자가 될 만한 운명으로 태어나지 못했습니다. 의학교의 문 앞에도 가 본 적이 없으니까요. 다만 인간 대 인간으로서, 혹시 제가 도움이 되어 드릴 수 있다면, 하고 찾아왔을 뿐입니다.

"참으로 고맙소, 감사하오."

하고 시장은 말하더군.

"워프 선생, 여기 있는 이 사람은 내 조카 비들이오. 아까부터 내 고통을 덜어 주려고 무던히 애는 쓰고 있지만, 도무지 효과가 없구려. 으음, 아이구 죽겠다! 으음."

하고 시장은 자꾸만 앓는 소리를 내는 거야.

나는 비들 씨에게 눈으로 인사하고는 침대 옆에 걸터앉아 시장의 맥을 짚어 봤지.

"간장…… 아니, 혓바닥…… 혓바닥을 좀 보여 주십시오."

이렇게 말하고 나는 시장의 눈꺼풀을 뒤집어서 눈동자를 살펴봤지.

"언제부터 좋지 않으십니까?"

"지난 밤부터요.…… 아이구…… 갑자기 심해지네. 선생님, 빨리 어떻게 좀 해 주시오."

"그 창문 블라인드를."

하고 나는 젊은이에게 말했지.

"좀 열어 주지 않겠습니까, 피들 씨?"

"비들이오."

하고 젊은이는 말하더군.

"제임스 아저씨, 햄에그를 과식하신 게 아녜요?"

"시장님."

하고 나는 시장의 오른쪽 견갑골(肩胛骨) 근처에 귀를 갖다 대고 자세히 들어 본 다음 말했지.

"오른쪽 하프시코드[4] 빗장뼈가 아주 센 염증을 일으킨 것 같습니다."

"그거 큰일났구나."

하고 시장은 신음 소리를 내더군.

"무슨 약을 바르든지 붙이든지, 아무튼 약 좀 써 주구려."

나는 모자를 집어들고 문가로 걸어가기 시작했지.

"아이고, 선생님. 이대로 두고 가시면 어떡합니까!"

하고 시장이 허겁지겁 소리치더군.

"선생님, 내가 그…… 클랩보드[5] 과다……로 괴로워하고 있는 걸 본 체 만 체 이대로 가 버릴 참이오?"

"워워[6] 선생."

하고 비들 씨도 한몫 끼어들며,

"동포의 한 사람이 괴로워하고 있는 것을 그대로 내버려 두시다니, 인간으로서 할 도리가 못 된다고 생각합니다."

하고 거들었지.

"밭갈이 작업이 끝나거든, 부디 워프라고 불러 주시면 좋겠소."

하고 나는 대꾸하고, 다시 침대로 돌아가서 긴 머리카락을 쓸어올리며 '시장님.' 하고 나는 시장에게 다시 말했지.

"시장님을 구하는 방법이 꼭 한 가지 있습니다. 약은 아무 소용 없습니다. 약도 물론 높은 효능을 갖고 있지만, 약보다 훨씬 근사하게 잘듣는 게 있지요."

"그게 뭔가요?"

"과학적 선언입니다. 말하자면 사르사파릴라[7]에 대한 정신의 승리지요. 고통이나 질환이라는 것은 몸의 상태가 좋지 않을 때 자기 스스로 만드는 것이지 실은 존재하지 않는다고 믿는 것입니다. 지금 여기서 당장 선언해 보십쇼. 분명하게 선언하는 것입니다."

"선생이 말씀하시는, 그 파라펠나리[8]인가 뭔가 하는 것이 대체 무엇이오? 설마 선생은 사회주의자는 아니실 테지?"

"제가 말씀드리는 것은 심령사술(心靈詐術)[9]의 대원리 —— 허망증이나 뇌막염을 원격적·잠재양심적[10]으로 치료하는 최신 학설 —— 에 대한 것입니다. 다시 말해서 수면술[11]이라고 알려져 있는 그 신기하기 짝이 없는 정신요법에 대한 것이지요."

"선생은 그 요법으로 치료하시오?"

"저는 그 교단의 종합 최고법원 및 교의선포(敎義宣布) 심의회의 회원입니다. 제가 한번 손을 대기만 하면 벙어리는 금방 입을 열고, 장님은 목을 뽑고 두리번거리게 되지요. 저는 영매자(靈媒者)인 동시에 콜로라투라[12] 수면술사이고, 주정적(酒精的)[13]인 영(靈)입니다. 일전에는 앤아

버에서 개최된 강신술(降神術) 대회에서, 고인이 된 소생고미정기회사의 사장이 다시 나타나 누이동생인 제인 부인과 교신했는데, 그것도 제가 영매 역할을 했기 때문입니다. 저는 거리에서 가난한 사람들에게 약을 팔고는 있지만 그런 사람들에겐 결코 수면술로 시료하진 않습니다. 이 도술을 보잘것없는 것으로 만들고 싶지는 않으니까요. 그 사람들은 돈이 없습니다."

"나한테는 그 치료를 해 주시겠소?"

"그전에 잠깐 제 말씀부터 들어 보십시오."

하고 나는 말했지.

"저는 어디를 가나 그 지방 의사회와 반드시 문제를 일으킵니다. 그래서 치료는 하지 않고 있지요. 그러나 시장님의 생명을 구하기 위해서라면, 저도 어떻게든 정신요법으로 치료해 드리고 싶습니다. 다만 이에 대해서 시장님은 의료허가증에 대해 이러쿵저러쿵 거론하지 않겠다고 약속해 주시지 않으면 곤란합니다."

"물론 약속하겠소."

하고 시장은 말했지.

"그러니까 얼른 좀 시작해 주오. 아이고 으음, 또 아프기 시작하네."

"치료비는 250달러입니다. 그 대신 두 번 치료로 완쾌되신다는 것을 보장합니다."

"좋소. 치료비는 지불하지요. 내 생명도 그만한 값어치는 있을 테니까."

그래서 나는 침대 옆에 기대앉아 그의 눈을 똑바로 쏘아보았지.

"자아."

하고 나는 시작했지.

"이제 병을 머리에서 다 떨쳐 버리시오. 당신은 지금 병들어 있지 않소. 당신은 이제 심장도 빗장뼈도 척골(脊骨) 끝도 뇌수도 아무것도 아니오. 고통도 아니오. 그것은 착각이라고 선언하십시오. 자, 있지도 않은 고통이 지금 사라져 가는 것을 당신도 알 수 있을 것이오. 어떻소, 알 수 있잖소?"

"과연 얼마간 나아지는 듯한 기분이 드는군."

하고 시장도 인정하더군.

"하기야 안 나으면 곤란하지. 이번에는 왼쪽 옆구리에 난 이 종기도 정말은 없는 것이라는 주문을 두어 마디 해 주지 않겠소? 그러면 누가 부축만 해 주면 일어날 수 있을 것 같고, 소시지와 메밀과자 한두 개는 먹을 수도 있을 것 같은 기분이 드는구려!"

나는 다시 이번에는 최면술 흉내를 조금 내 보였지.

"자, 이제 염증은 다 없어졌소. 그 근처의 부기도 빠졌소. 당신은 차츰 졸리기 시작하오. 이제 당신은 더 눈을 뜨고 있을 수 없소. 병의 뿌리는 이제 완전히 뽑혔소. 지금 당신은 잠자고 있소!"

시장은 천천히 눈을 감더니 이윽고 코를 골기 시작하더군.

"이제 아시겠소, 피들 씨. 이 현대 과학의 경위를?"

"비들입니다. 큰아버지의 다음 치료는 언제 해 주시겠습니까, 푸프 선생님?"

"워프라고 부르시오. 내일 오전 11시에 다시 오겠소. 백부님께서 눈을 뜨시거든, 테레빈 유 여덟 방울과 비프스테이크를 3파운드쯤 드리십시오. 그럼 실례합니다."

이튿날 아침, 나는 그 시간에 찾아갔지. '안녕하시오, 비들 씨.' 그 젊은이가 병실 문을 열어 주었을 때 나는 인사하고 '오늘 아침 백부님의 용태는 어떠시오?' 하고 물었지.

"훨씬 나아지셨습니다."

정말 시장의 얼굴빛도 맥박도 훨씬 좋아졌더군. 내가 다시 한번 치료를 해 줬더니, 시장은 고통이 아주 싹 가셨다고 좋아하지 않겠어.

"그러나."

하고 나는 말했지.

"앞으로 하루 이틀은 그대로 침대에 누워 계시는 게 좋습니다. 그러면 깨끗이 회복되실 것입니다. 그러나저러나 제가 마침 이 피서힐에 와 있어서 참으로 다행이었습니다. 시장님, 보통 의학교에서 가르치는 코뉴코피아[14]로는 어떤 약을 써도 시장님을 구할 수는 아마 없었을 것입니다. 그런데 이것으로 시장님의 착각도 싹 가셨고 고통도 가짜라는 것이 판명된 이상은, 이제 얘기를 명랑한 화제로 돌리기로 합시다.…… 말하자면, 250달러의 치료비 말씀입니다. 수표는 안 되겠습니다. 수표에 제 이름을 쓰는 것은, 앞에는 물론이거니와 뒤에 쓰는 것도 전 좋아하지 않으니까요."

"물론 모두 현금으로 마련해 두었소."

하고 시장은 말하고 베개 밑에서 지갑을 꺼내더군.

그리고는 50달러짜리 지폐를 다섯 장 세어서 들고, 비들을 돌아보더니 '영수증을 가져오너라.' 하고 말하는 거야.

내가 영수증에 서명하자 시장이 돈을 넘겨 주기에 나는 조심스레 안주머니에 넣었지.

"자, 형사님, 이제 당신 임무를 수행하시오."

별안간 시장은 이런 말을 하더니, 도저히 병자라고는 여겨지지 않는 표정으로 빙글빙글 웃지 않겠어.

그러자 비들이 느닷없이 내 팔을 꽉 움켜쥐는 거야. "워프 박사, 다시 말해서 제프 피터스." 하고 형사는 말하더군.

　"허가 없이 의료 행위를 한 혐의로 주법(州法)에 의해 당신을 체포한다."

　"당신은 대체 누구요?"

하고 나는 되물었지.

　"이 양반이 누구라는 것은 내가 설명하지."

하고 시장이 침대 위에서 일어나 앉더군.

　"이 양반은 주 이사회에서 파견된 형사야. 5개 군에 걸쳐서 줄곧 자네 뒤를 밟아 오셨다네. 어제 나한테 찾아오셔서는, 자네를 현행범으로 체포하려고 한다기에 둘이서 이런 책략을 꾸민 거라네. 자아, 돌팔이 의사 선생, 자네도 이쯤 되면 이 근처에선 의사 흉내를 내지 못할걸. 그런데 선생, 선생의 진찰로는 내 병명이 뭐더라?"

하고 시장은 웃더군.

　"복합…… 아무튼 뇌연화증(腦軟化症)이 아닌 것만은 확실한 것 같은데."

　"형사라구?"

하고 나는 놀라며 말했지.

　"그렇다. 지금부터 당신을 지방경찰에 인도하겠다."

라고 비들이 말하지 않겠어.

　"해 보려면 해 봐라."

하고 나는 비들의 멱살을 움켜쥐고 거의 창문 밖으로 밀어낼 뻔했는데, 그때 비들이 권총을 꺼내어 내 턱에 들이대는 바람에 하는 수 없이 얌전하게 물러섰지, 뭐. 그랬더니 형사가 내게 수갑을 채우고는 내 안주머니에서 아까 받은 지폐를 꺼내잖겠어.

"뱅크스 판사님."

하고 비들은 말하더군.

"이건 시장님과 제가 표를 한 지폐가 틀림없습니다. 경찰서에 가서 이걸 서장에게 인계하게 되면, 수령증은 서장이 시장님께 보내 드리게 될 겁니다. 지폐는 이 사건의 증거물로 경찰에서도 필요할 테니까요."

"좋습니다, 비들 씨."

하고 시장은 말하고, 이번에는 나를 돌아보더니

"그런데 워프 선생, 왜 그 주문을 외지 않나? 자네의 수면술인가 뭔가 하는 것의 마개를 이빨로 뽑고 그까짓 수갑 따위는 주문으로 끌러 버리면 되지 않나?"

하더군.

"자, 형사님."

하고 나는 큰소리쳤지.

"갑시다. 이렇게 된 이상 나도 얌전히 따라가지요."

그리고 뱅크스 노인을 돌아보며 수갑의 사슬을 찰칵찰칵 흔들어 보였지.

"시장님, 언젠가 당신도 수면술의 효능을 믿어야 할 때가 반드시 올 거요. 그때 가면 이 사건도 결국 수면술이 이겼다는 것을 똑똑히 알게 될 거요."

사실 그대로였다고 나는 생각한다구.

우리가 문 밖으로 나왔을 때 나는 말했거든.

"자, 이제 보는 사람이 없겠지, 앤디. 이제 슬슬 이 수갑을 끌러 줘도 되잖아? 그리고……"

한바탕 연극을 한 거야. 아무튼 덕분에 우리 두 사람은 공동사업 밑천을 손에 넣었다는 이야기야.

---

1) 《도로시 배넌》 - 찰스 메이저가 지은 통속 소설.
2) 시장과 의사가 처남 매제간이라는 뜻.
3) SQ 라피우스 - 로마 신화에 나오는 의술과 의학의 신 아스클레피우스를 말한다.
4) 하프시코드 - 피아노의 전신인 건반 악기를 말하는데, 물론 여기서는 엉터리로 지껄인 것.
5) 클랩보드 - 벽에 대는 널빤지. 앞에서 말한 하프시코드를 다시 또 엉터리로 받은 것.
6) 위워 - 말(馬)을 모는 소리.
7) 사르사파릴라 - 강장제.
8) 파라펠나리 - 사르사파릴라를 잘못 말한 것.
9) 심령사술 - 심령 요법이라고 말할 것을 엉터리로 말한 것.
10) 잠재양식적 - 잠재 의식적이라고 말할 것을 엉터리로 말한 것.
11) 수면술 - 최면술을 엉터리로 말한 것.
12) 콜로라투라 - 성악의 극히 화려한 기교 장식으로 마구 지껄이로 있는 것.
13) 주정적 - 스피리추얼(정신적)이라고 할 것을 이렇게 말한 것.
14) 코뉴코피아 - 파마코피아라고 할 것을 엉터리로 말한 것.

손해 본 연인

    비게스트 백화점에는 3천 명의 여점원이 있었다. 메이시도 그 중의 한 사람이었다. 나이는 18살, 신사용 장갑 매장의 점원이다. 여기서 그녀는 두 부류의 인간을 알게 되었다. 하나는 백화점에서 자기 장갑을 사는 신사들이고 다른 하나는 불행한 신사들을 위해서 장갑을 사 주는 여성들이다. 인간에 관한 이 해박한 지식에 덧붙여서 메이시는 다른 지식들도 습득하고 있었다. 그녀는 다른 2천 9백 99명의 여점원들이 털어놓는 지혜의 말에 귀를 기울여서 마르타 섬에서 나는 고양이의 두뇌처럼 비밀을 좋아하여 조심스럽게 그것들을 머릿속에 죄다 간직해 둔 것이다. 아마도 하느님은 메이시에게 현명한 의논 상대가 없다는 것을 미리 알고, 값진 모피를 가진 은빛 여우에게 다른 동물에게는 없는 교활함을 주었듯이 그녀에게는 그 미모와 더불어 빈틈없는 자기방어적인 본능을 내려준 모양이다.

    메이시는 매우 아름다웠다. 짙은 빛깔의 금발을 가진, 창문 저편에서 버터케이크를 굽는 주부처럼 태도가 차분한 아가씨였다. 그녀는 이 비게스트 백화점에서 언제나 진열대 안에 서 있었다. 신사들은 손의 크기를 재기 위해 손을 줄자 위에 내밀 때는 혜베[1]를 생각하고, 그런 다음

무심코 눈을 들면, 그녀가 미네르바[2]의 아름다움을 가졌다는 것을 발견하고 놀라는 것이었다.

매장 감독이 보지 않을 때는, 메이시는 과일 설탕절임을 씹고 있었다. 감독이 보면 하늘에 뜬 구름이라도 쳐다보듯 눈을 치켜뜨고 그를 바라보면서 의미 있는 미소를 방긋이 띠는 것이었다.

이것이 여점원의 미소라는 것이다. 무감동한 마음으로 무장하거나, 캐러멜이라도 빨거나, 아니면 사랑의 큐피드의 변덕을 가볍게 받아넘길 만한 기분으로 있지 않는 한 이런 미소는 피하는 것이 무난하다 할 것이다. 이런 수법의 미소를 메이시는 휴식 시간 때는 사용했지만, 매장에 섰을 때는 사용하지 않는다. 그러나 매장 감독의 입장에서 본다면, 그 자신의 은밀한 즐거움이 없으란 법도 없다. 그는 백화점의 샤일록이었다. 백화점 안을 냄새맡고 돌아다닐 때의 그의 콧마루(브리지)는 유료 다리(브리지)이다. 예쁜 여자를 볼 때의 그는 야비한 눈으로 '좋아, 관대하게 봐 주지.' 하고 신호를 보낸다. 물론 매장 감독이라고 다 그렇다는 건 아니다. 그러나 바로 며칠 전의 신문에도, 80살이 넘은 매장 감독에 관한 기사가 지면을 장식했을 정도다.

어느 날 화가이자 백만장자이며 여행가이자 시인으로서, 언제나 자동차를 타고 돌아다니는 어빙 카터가 불쑥 비게스트 백화점에 나타났다. 그가 스스로 이 백화점을 찾아온 것이 아닌 것은 그를 위해서도 밝혀 둘 필요가 있을 것이다. 그의 어머니가 청동조각과 테라코타 조각을 여기 저기 물색하고 다니는 바람에 효도라는 의무에 목덜미를 잡혀서 어쩔 수 없이 백화점에 끌려들어왔던 것이다.

카터는 되도록 시간을 헛되이 보내지 않으려고 성큼성큼 백화점 안을 가로질러 장갑 매장으로 걸어갔다. 그가 장갑을 사겠다는 생각을 한 것은 그럴 필요가 있었기 때문이다. 깜빡 잊고 장갑을 갖고 나오지 않았던 것이다. 그러나 그 뒤의 그의 거동에 대해서는 거의 변명할 필요가 없을 것이다. 왜냐하면 여태까지 그는 장갑 매장에서 연애를 할 수 있다고는 생각조차 해 본 적이 없었기 때문이다.

그는 장갑 매장으로 가까이 가려다 순간적으로 좀 망설였다. 사랑의 신이 하려고 하는, 별로 가치도 없는 미지의 작업을 문득 깨달았기 때문이다. 경망한 싸구려 옷차림의 싸구려 신사들 서너 명이 중매자인 장갑을 만지작거리면서 진열대에 기대어 서 있었다. 여점원들도 킥킥거리며 남자들에게 맞장구를 쳐주면서, 아양을 떠는 떠들썩한 소리로 명랑하게 알토를 연주하고 있었다. 카터는 되돌아서려고 했으나 그때는 이미 너무 가까이 가 있었다. 메이시가 진열대 저쪽에서 남극의 바다에 떠도는 빙산 위에 반짝이는 한여름의 햇빛처럼 차갑고 아름답게, 그리고 따뜻한 갈색 눈에 궁금한 듯한 표정을 띠며 지그시 그를 바라보고 있었다.

화가이자 백만장자이고 그 밖에 여러 가지인 어빙 카터는 자기의 귀족적인 흰 얼굴이 뜨겁게 달아오르는 것을 느꼈다. 그러나 그것은 기가 죽은 탓이 아니었다. 얼굴이 붉어진 원인은 완전히 지적인 자각 때문이었다. 다른 진열대에서 킥킥거리고 있는 여점원들의 환심을 사려고 애쓰고 있는 기성품 같은 젊은 남자들이나 자기와 같은 부류의 인간이라는 것을 그때 문득 깨달았기 때문이다. 그 자신 또한 속으로 은근히 장갑 매장 여점원의 호의를 차지하고 싶어하면서 떡갈나무로 만든, 큐피드의 데이트용 진열대에 끈적하게 기대어 서 있었다. 그 역시 우리 주변에 흔한 빌이나 잭이나 미키와 조금도 다를 것이 없었던 것이다. 그러자 그는 그런 젊은이들에 대해서도 별안간 너그러운 기분이 들기 시작했다. 이어 여태까지 겪어 온 온갖 인습에 대해서, 몹시 맹렬한 경멸감이 치솟아 올랐다. 그리하여 조금도 망설이지 않고 이 완벽한 미의 화신을 자기 것으로 만들겠다고 결심했던 것이다. 장갑 값을 치르고 나서 싸주는 것을 받아든 카터는 잠시 그 자리에서 우물쭈물했다. 메이시의 연분홍 입매에 보조개가 푹 패였다. 장갑을 산 신사들은 모두 이렇게 우물쭈물하기 때문이었다. 메이시는 소매 끝에서 나온 사이키[3] 같은 팔을 굽혀 진열대 위에 팔꿈치를 세웠다.

지금까지 카터는 어떤 상황에서든지 자기가 완전한 지배자의 위치에 있어 왔다. 그런데 이때만은, 우리 주변에 흔한 빌이나 잭이나 미키보다 훨씬 어색한 모습으로 우두커니 서 있어야만 했다. 이 아름다운 처녀와 사귈 실마리가 도무지 잡히지 않았던 것이다. 그의 머릿속은 지금까지 책에서 읽었거나 사람들한테서 들은 여점원의 기풍과 습관을 생각해 내려고 안간힘을 썼다. 간신히 여점원이란, 정규적인 소개 절차에 그리 까다롭게 구애받지 않는다는 말을 어디선가 읽었는지 들었는지 한 생각이 났다. 이 사랑스럽고 순결한 처녀에게 형식에 구애되지 않는 방법으로 데이트를 신청할 것을 생각하니, 그의 심장은 몹시 두근거리기 시작했다. 이 심장의 격동이 그에게 용기를 주었다.

그는 슬쩍 평범한 화제에 대해서 그녀에게 친근히 말을 건네 보고 그녀가 상냥하게 응답해 주자, 진열대에 올려놓은 메이시의 손에 자기의 명함을 놓았다.

"뻔뻔스럽다고 생각하실지 모르겠습니다만."
하고 그는 말했다.

"실례를 용서해 주십시오. 이것은 진심으로 부탁드리는 소원인데, 아가씨와 다시 한번 만날 수 있다면 얼마나 기쁠지 모르겠습니다. 이것이

제 이름입니다. 저는 맹세코 최대의 경의로써 말씀드립니다. 제발 제
친구가…… 아니, 당신 친구의 한 사람으로 저를 끼워 주십시오. 그
특권을 제게 주실 수 없겠습니까?"

메이시는 남자들에 대해서, 특히 장갑을 사는 남자들에 대해서 잘 알
고 있었다. 그녀는 주저하지 않고 솔직하게 미소를 띠면서 그의 눈 속
을 들여다보며 말했다.

"좋아요. 선생님은 믿을 수 있을 것 같으니까요. 하지만 평소에 전
모르는 남자분하고 같이 나가진 않아요. 그건 숙녀답지 않거든요. 그러
면, 언제 만나죠?"

"되도록 빨리."

하고 카터는 대답했다.

"만일 댁을 방문해도 괜찮으시다면, 저는……."

메이시는 아름다운 목소리로 웃었다.

"아녜요, 그건 안 돼요!"

하고 그녀는 강한 어투로 말했다.

"아파트를 보시면 아마 깜짝 놀라실 거예요. 방 셋에 다섯 명이나 살
고 있는걸요. 남자 친구를 집에 데리고 들어갔다간, 엄마가 어떤 얼굴
을 하실지 모르겠어요."

"그렇다면 어디라도 좋습니다."

하고 완전히 혼을 빼앗겨 버린 카터는 말했다.

"아가씨 형편이 좋은 곳에서."

"그러시면."

하고 메이시는 복숭아처럼 아름다운 얼굴에 환한 표정을 띠며 말했다.

"목요일 밤이 전 편하겠어요. 7시 반에 8번 거리와 48번 거리 모퉁

이로 와 주시겠어요? 전 그 모퉁이 가까이에 살아요. 하지만 11시까지
는 집에 돌아가야 해요. 11시가 넘도록 돌아다니는 건 엄마가 절대로
허락하지 않아요."

카터는 기꺼이 이 데이트를 약속했다. 그리고 청동으로 된 다이아나
상을 사는 데 아들의 양해를 얻으려고 카터를 찾고 있던 어머니에게로
갔다.

눈이 조그맣고 코끝이 동그란 여점원이 악의 없는 곁눈질을 하면서
메이시 곁으로 다가왔다.

"그 황금의 표적을 잘 쏘아 맞혔니?"
하고 그녀는 친근하게 물었다.

"그 신사, 우리 집을 방문해도 좋으냐던걸."
하고 메이시는 카터의 명함을 허리 주머니 속으로 살며시 밀어넣으면서
좀 뻐기는 태도로 대답했다.

"방문해도 좋으냐구?"
눈이 조그만 처녀는 킥킥거리면서 같은 말을 되풀이했다.

"그리고는 월도프⁴⁾에서 만찬을 하고, 자동차로 드라이브나 하자고
하진 않던?"

"그만둬, 애!"
하고 메이시는 귀찮은 듯이 대꾸했다.

"넌 뭐든지 과장해서 말하더라. 그 소방 호수차 운전사와 싸구려 참
수이 집에 한 번 갔다오더니, 너 아주 자신만만해졌구나. 그이는 월도
프 이야긴 한마디도 하지 않았어. 하지만 명함에는 5번 거리의 주소가
씌어 있어, 애. 그러니까 그가 저녁을 산다면, 적어도 주문을 받으러
오는 웨이터의 머리가 변발(辮髮)인 그런 음식점⁵⁾이 아닌 것만은 틀림

없어."

카터는 소형 전기 자동차에 어머니를 태우고 비게스트 백화점에서 미
끄러져 나오며, 가슴에 둔한 아픔을 느끼고는 입술을 깨물었다. 그는
29년의 생애에 처음으로 사랑이 찾아온 것을 깨달았다. 그러나 그 사랑
의 상대가 그렇듯 선뜻 길모퉁이에서 만날 약속을 해 준 데 대해서, 그
것이 자기의 소망이 실현되는 첫걸음이라고는 하더라도 약간의 의혹과
불안을 느끼지 않을 수 없었던 것이다.

그는 이 여점원에 대해서 아는 것이 아무것도 없었다. 그녀의 집이
그녀의 가족이 살기에는 너무 좁다는 것도 알지 못했고, 툭하면 집안
친척들이 몰려와서 넘칠 듯이 꽉 차 버린다는 것도 몰랐다. 정말 메이
시에게는 길모퉁이가 응접실이고, 공원이 객실이며, 한길이 정원의 산
책길이었다. 그러나 그런 곳에 살면서도, 그녀의 생활은 우아한 저택에
서 사는 귀부인의 그것처럼 거의 더러움을 몰랐다.

두 사람이 처음 만난 지 2주일이 지난 어느 날 저녁때, 카터와 메이시
는 팔짱을 끼고 희미하게 가로등이 켜져 있는 공원 안으로 어슬렁어슬
렁 걸어들어갔다. 그들은 나무 밑에 별로 눈에 띄지 않는 벤치를 발견
하고는 거기에 앉았다.

그는 처음으로 그녀의 등에 정답게 팔을 둘렀다. 그녀는 금발머리를
살짝 그의 어깨에 기댔다.

"아아!"

하고 메이시는 즐거운 듯이 한숨을 쉬었다.

"어째서 더 빨리 이렇게 해 주실 생각을 못하셨을까요?"

"메이시!"

카터는 열성적으로 말했다.

"내가 메이시를 사랑하고 있다는 건 이제 알아 주겠지. 나는 진심이야. 나와 결혼해 줘요. 나라는 사람에 대해서는 이제 의문의 여지가 없을 만큼 잘 알았을 거야. 나는 메이시를 갖고 싶어. 메이시 없이는 이제 살 수 없소. 두 사람의 신분의 차이쯤은 나는 아무렇지도 않아요."

"신분의 차이가 뭐예요?"

"아니, 그런 건 없소."

하고 카터는 좀 당황하며 말했다.

"그런 것은 어리석은 인간들의 마음 속에만 있는 거요. 난 메이시에게 어떤 사치스러운 생활이라도 시켜 줄 수 있는 힘이 있소. 나의 사회적 지위에 대해서는 의문의 여지가 없을 것이고, 재산도 남아돌아갈 만큼 있단 말이오."

"남자들이란 모두 그런 말을 하는가 봐."

하고 메이시는 말했다.

"그리곤 여자를 놀리는 거야. 선생님도 사실은 식료품 가게에서 일하거나, 아니면 경마라도 하고 계시죠? 전 보기보다 그렇게 어리석진 않아요."

"원한다면 어떤 증거라도 다 보여 주겠어."

하고 카터는 부드럽게 말했다.

"나는 당신을 갖고 싶어, 메이시. 처음 보았을 때부터, 나는 메이시를 사랑하게 되었소."

"남자가 여자를 구슬릴 때는……"

하고 메이시는 재미있다는 듯이 웃으면서 말했다.

"모두 똑같은 말을 해요. 세 번째 만났을 때 비로소 내가 좋아졌다는 남자가 있으면, 난 그 사람을 좋아해도 괜찮겠죠."

"제발 그런 소린 하지 말아 줘요."

하고 카터는 애원하듯 말했다.

"내 말 좀 들어 봐요. 처음 메이시의 눈을 본 뒤로, 내게는 메이시가 이 세상에서 오직 하나밖에 없는 여성이 되어 버린 거요."

"선생님은 말씀도 참 잘하세요."

하고 메이시는 웃었다.

"여태까지 몇 사람의 처녀들에게 그런 말씀을 하셨죠?"

그러나 카터는 끈질기게 설득했다. 그리하여 마침내 이 여점원의 귀여운 가슴속 어딘가에 잠겨 있는, 불안정하게 흔들리는 조그만 영혼을 찾아 내고 말았다. 그 가벼운 유연성을 가장 안전한 호신구로 삼고 있던 그녀 마음의 중심부가, 마침내 그의 진심 어린 설득으로 뚫렸던 것이다. 그녀는 가만히 살피는 눈으로 그를 쳐다보았다. 그러자 그 차가운 볼이 따뜻이 상기되어 왔다. 그녀는 나비가 떨리는 날개를 접으면서 머뭇머뭇 사랑의 꽃 위에 막 앉으려고 하는 것처럼 보였다. 가냘픈 생명의 빛과 그 가능성이 장갑 매장의 진열대 너머로 그녀를 찾아온 것이다. 카터는 이 변화를 깨닫고 기회를 놓치지 않으려고 마지막 공세를 폈다.

"나와 결혼해 줘요, 메이시."

하고 그는 나직이 속삭였다.

"결혼하면 이런 구질구질한 거리를 떠나서 깨끗한 곳으로 갑시다. 일이나 장사 따위는 다 잊어버려요. 인생은 우리들에겐 긴 휴일이 될 거요. 메이시를 어디로 데려가야 할지, 난 벌써 정해 놓고 있소. 내가 자주 가 본 곳이오. 상상해 봐요, 잔잔한 파도가 쉴새없이 아름다운 물가로 밀려오고 있는 늘 여름인 해안을. 사람들은 어린아이처럼 행복하고 자유롭지. 우리는 배를 타고 그런 해안으로 가, 마음 내킬 때까지 그곳에 머물러 있는 거요. 그런 먼 도시에는 아름다운 그림과 조각이 많이 있는 근사한 궁정과 탑이 있지. 길은 물이고, 사람들이 오고갈 때."

"저도 알고 있어요."

갑자기 몸을 일으키며 메이시는 말했다.

"곤돌라를 타는 거죠?"

"응."

하고 카터는 미소를 지었다.

"그럴 줄 알았어요."

"그런 다음."

하고 카터는 계속했다.

"우리는 여행을 계속해서, 온 세계의 보고 싶은 것들을 모두 구경하고 다니는 거야. 유럽의 도시를 다 보고 나면, 그 다음엔 인도로 가서 아직도 고대의 모습 그대로 보존되어 있는 도시를 찾아가 봅시다. 코끼리를 타고 돌아다니면서 힌두교와 바라문교의 훌륭한 사원들을 구경하고, 그러고 나서는 일본의 정원과, 낙타의 대상(隊商)과, 페르시아의 전차경주(戰車競走)와, 그 밖에 외국의 여러 가지 진기한 경치들을 남김없이 보고 다니는 거요. 그렇게 하고 싶지 않아요, 메이시?"

메이시는 일어섰다.

"이제 집으로 돌아가는 게 좋을 것 같아요."

그녀는 차갑게 말했다.

"너무 늦었어요."

카터는 그녀가 하자는 대로 했다. 엉겅퀴의 관모(冠毛)처럼 가볍고 변덕스러운 그녀의 마음도 이제는 납득이 가기 시작했고 그것에 거역해 봐야 소용이 없다는 것을 알게 되었다. 그러나 그는 어떤 행복한 승리감을 느끼고 있었다. 아주 짧은 한순간이기는 했지만, 더욱이 명주실처럼 가느다랗기는 했지만, 아무튼 한 번은 이 야생적인 정신의 영혼을 붙잡을 수가 있었던 것이다. 한 번은 그녀도 날개를 접고 그 차가운 손으로 그의 손을 감쌌던 것이다.

그 이튿날, 비게스트 백화점에서는 메이시의 친구 룰루가 진열대 모퉁이에서 그녀를 기다리고 있었다.

"그 근사한 친구와는 어떻게 됐어? 잘됐니?"

룰루는 물었다.

"아, 그 남자?"

메이시는 돌돌 말린 옆머리카락을 손으로 쓸어올리면서 말했다.

"도무지 말이 안 돼, 얘. 글쎄, 룰루, 그 남자가 나더러 뭐라고 했는지 아니?"

"여배우라도 되라던?"

룰루는 이런 짐작을 하고 숨을 삼켰다.

"천만에, 그런 말을 할 만큼 고상한 사람도 못 돼. 글쎄 자기와 결혼해서 신혼여행을 코니아일랜드로 가자는 거야."

---

1) 헤베 – 그리스 신화에 나오는, 제우스와 헤라의 딸로 청춘의 여신.
2) 미네르바 – 로마 신화에 나오는, 미술·공예·전쟁·지혜의 여신.
3) 사이키 – 그리스 신화에 나오는, 에로스의 사랑을 받은 아름다운 소녀.
4) 월도프 – 뉴욕의 일류 호텔인 월도프 아스토리아를 말한다.
5) 중국 음식점.

가문을 팔아먹은 사나이

앤시 골리의 변호사 사무실에서 무엇보다도 평판이 나쁜 사람은 삐걱거리는 낡은 안락의자에 반듯이 앉아 있는 골리 자신이었다. 붉은 벽돌로 지은 곧 쓰러질 듯이 낡은 그 빈약한 사무실은 거리…… 말하자면 베델 읍의 중심가와 같은 평면에 서 있었다.

베델 읍은 블루리지 산맥 기슭의 언덕에 있는 마을이었다. 그 맞은편에는 잇달은 산이 하늘 높이 솟아 있고, 아득히 아래쪽에는 탁한 커토버 강의 물결이 음울한 골짜기를 따라 누렇게 빛나고 있었다.

6월의 한낮은 매우 더웠다. 베델 읍은 후텁지근한 응달 속에서 졸고 있었다. 장사는 정지해 있었다. 너무나 조용해서 의자에 기대앉은 골리의 귀에, '법원의 불한당들'이 포커를 하고 있는 배심원실에서 점수를 계산하는 패조각 소리가 똑똑히 들려 왔다. 사무실 뒤쪽의 열어젖혀진 문에서 빈터를 가로질러 무성하게 나 있는 풀이 사람들에게 짓밟혀서 굳어진 오솔길이 꼬불꼬불 법원까지 뻗어나가 있었다. 그간 이 오솔길을 밟고 뻔질나게 포커 판에 드나들던 골리는 일체의 소유물 —— 처음에는 몇천 달러의 유산을, 다음에는 해묵은 저택을, 그리고 최근에는 그 자신의 자존심과 사내다움의 마지막 한 조각까지 빼앗겨 버렸다.

'불한당들'은 그를 껍데기까지 홀랑 벗겨 버린 것이다. 이 파멸한 노름꾼은 주정뱅이가 되고 기생충 같은 존재가 되었다. 살아남기는 했지만, 자기를 파멸시킨 인간들로부터 승부의 자리에 끼는 것을 거부당하는 서글픈 신세가 되고 말았다. 그의 말은 이제 누구도 신용하지 않았다. 트럼프의 승부는 날마다 골리 없이 마련되었으며 그에게 주어진 것은 구경꾼이라는 불명예스러운 역할이었다. 보안관, 군(郡) 주사, 놀기 좋아하는 판사보, 쾌활한 지방검사, '골짜기'에서 나온 분필 같은 얼굴의 사나이 등이 테이블에 둘러앉고, 털이 모두 쥐어뜯긴 양은 다시 가지런히 털이 날 때까지 나오지 말라는 무언의 권고를 받았다.

이 패각 추방에 못 견디어, 골리는 곧 사무실로 돌아왔다. 무언가 입 속으로 투덜거리면서, 불운의 오솔길을 불안한 걸음으로 더듬어 왔다. 테이블 밑에서 데미존¹⁾을 꺼내어 옥수수 위스키를 한 모금 들이켜고는 의자에 몸을 던졌다. 눈물이 어린 듯한 흐릿한 눈으로 여름철의 뿌연 안개 속에 가라앉은 먼 산들을 바라보았다. 블랙잭의 산허리 저편으로 조그맣고 하얗게 보이는 것이, 그가 태어나서 자란 로럴 마을 부근이었다. 그곳은 또한 골리 집안과 콜틀레인 집안의 암투의 발생지이기도 했다. 골리 집안의 직계 상속인은 이제 깃이 뜯기고 털이 불살라진 이 불운한 시골뜨기말고는 한 사람도 남아 있지 않았다. 콜틀레인 집안 역시 남자 후계자는 단 한 사람밖에 없었다 —— 주 의회 의원이자 재산도 지위도 있고, 골리의 아버지와 같은 연배인 애브너 콜틀레인 대령이다. 두 집안의 암투는 우리 주변에서 흔히 볼 수 있는 그런 종류의 것이기는 했지만, 증오와 오해와 살육의 피비린내 나는 기록을 남겼다.

그러나 앤시 골리가 생각하고 있는 것은 두 집안의 암투가 아니었다. 술에 취한 머릿속에서는 앞으로 자기 자신과 자기의 도락을 어떻게 적당히 둘러맞추어 나가느냐 하는 문제를 막연히 궁리하고 있었던 것이다. 요즈음에는 골리 집안의 오랜 연고자들도 그가 먹고 자는 일은 걱정해 주었지만, 위스키까지 사 주지는 않았다. 그런데 그는 위스키 없이는 잠시도 견딜 수가 없는 알코올 중독자가 되어 있었다.

그의 변호사 사무실은 항상 개점 휴업 상태다. 지난 2년 동안 한 건의 사건도 의뢰해 오는 사람이 없었으며, 돈을 빌리고 폭음하는 것이 그의 직업이 되었다. 그가 만약 더 타락하지 않고 있다면, 그것은 다만 더 타락할 기회가 없기 때문일 뿐이라고까지 여겨졌다. 다시 한번 해 볼 기회만 있으면…… 하고 그는 혼잣말로 중얼거렸다. '다시 한번 돈을 걸 수만 있으면 틀림없이 딸 텐데' 하고 그는 생각했다. 그러나 팔아서 돈 될 것은 이제 아무것도 남아 있지 않았고, 신용도 거의 빵점이었다.

이런 비참함 속에서도, 여섯 달쯤 전에 오래 된 골리네 저택을 산 사나이를 생각하면 그는 저절로 미소를 짓지 않을 수 없었다. 산 속 '오지(奧地)'에서 기묘한 두 사람의 인간인, 파이크 거베이라는 사나이와 그의 마누라가 나타난 것이다. 산의 방향을 가리키며 '오지'라고 말하면 산사람들 사이에서는 멀리 마을에서 떨어진 산 속의 오두막집, 깊이를 모르는 골짜기, 범죄자의 소굴, 이리 떼의 집, 그리고 곰 굴을 가리키는 것으로 정해져 있었다. 이런 벽지 중에서도 가장 황량한 곳, 블랙 잭 꼭대기를 끝까지 따라 올라간 곳에 있는 오두막에서 이 기묘한 부부는 20년 가까이나 살고 있었다. 두 사람은 산 속의 깊은 정적을 깨뜨릴 개도 어린애도 없었다. 파이크 거베이는 이 근처 부락에서는 거의 알려져 있지 않았지만, 그와 만난 적이 있는 사람은 모두 그를 '머리가 돈 기이한 사나이'라고 말하고 있었다. 그는 다람쥐 사냥 이외에 때로는 심심풀이로 위스키 밀조도 했는데 스스로는 이 사실을 인정하지 않고 있었다. 언젠가 '세무서'가, 테리어처럼 요란스레 울부짖지도 않고 결사적으로 뻗대기만 하는 파이크를 오두막에서 끌어 낸 적이 있었다. 그는 주 형무소에서 2년 동안 감옥살이를 했다. 석방되자 그는 성난 족제비처럼 곧장 자기 소굴로 뛰어들어가 버렸다.

행운의 여신은 수많은 열렬한 구애자(求愛者)들을 제쳐 놓고, 변덕스럽게도 블랙잭의 덤불에 덮인 우묵한 땅으로 뛰어들어 파이크와 그의 충실한 아내에게 미소를 던졌다.

어느 날, 안경을 끼고 니커보커즈를 입은 다부진 모습의 광산꾼 무리가 거베이의 오두막 가까이까지 침입해 왔다. 파이크는 못에서 다람쥐 잡는 라이플 총을 벗겨 들고, 보나마나 세무소에서 온 놈들이겠지라고 지레짐작하고는 멀리서 한 방 쏘았다. 다행히도 총알은 빗나갔다. 의식하지 못한 행운의 대리인들은 거베이의 오두막에 다가와서 자기들은 법률이나 당국과 아무런 관계도 없는 사람들이라는 것을 밝혔다. 잠시 후 그들은 거베이 부부가 개간한 30에이커의 땅을 현금으로, 그것도 막대한 액수의 빳빳한 새 지폐로 사겠다고 제의했다. 그리고는 상식적으로 도저히 생각할 수 없는 이런 말을 꺼낸 이유로써 문제의 땅 밑에 묻혀 있는 운모(雲母)의 광맥과는 전혀 관계없는 얼토당토않은 군소리를 늘어놓았다.

계산하기도 어지러운 많은 돈을 쥐게 된 거베이는 블랙잭의 생활에서 결핍되었던 것에 차츰 눈을 돌리기 시작했다. 파이크는 새 신과 방구석에 두는 담배통과 새 라이플 총을 갖고 싶다고 아내에게 말했다. 또 산허리의 한 지점에 아내 마텔라를 데리고 가서, 오두막에 접근할 수 있는 오직 한 가닥의 길인 이곳을 방위하여 세무소나 성가신 외래자들에게 언제라도 혼구멍을 내줄 수 있도록 조그만 대포를 한 문 설치하면 좋겠다, 그 값은 두 사람이 가진 돈으로 못 살 만한 것이 아닐 것이다, 하고 설명했다.

그러나 아담은 미처 이브를 계산에 넣지 못했다. 이런 계획이 그로서는 가진 돈의 힘이 미치는 범위를 나타내는 일이기는 했지만, 한편 그의 우중충한 오두막 안에서는 그의 원시적인 욕망을 훨씬 넘어서는 야심이 잠자고 있었다. 거베이 마누라의 가슴속 한구석에는 블랙잭 생활 20년에도 사멸하지 않은 '여성의 본능' 한 조각이 아직도 숨쉬고 있었던 것이다. 그 긴 세월 동안 그녀의 귀에 들려 온 것이라야, 낮에는 숲의 나무 껍질이 벗겨져 떨어지는 소리였고 밤에는 바위 틈에서 우는 이리떼의 울음 소리였다. 그것은 그녀의 허영심을 흩날려 버리기에 충분했다. 그녀는 살이 찌고, 꾀죄죄해지고, 바래지고, 생기를 잃었다. 그러나 막대한 돈이 굴러들어오자 여자라는 특권을 차지하고 싶은 욕망이 다시 불타오르는 것을 느꼈다. 그것은 테이블 앞에 앉기도 하고, 필요도 없는 것을 사들이기도 하고, 겉모습을 조금 꾸며 보기도 하고, 격식을 차려 보기도 하는 생활의 무서운 진실을 겉으로나마 해 보는 일이다. 그래서 그녀는 파이크가 제안한 방위시설 계획을 차갑게 일축하고는 아래 세상으로 내려가 사회와 교제하고자 선언했다.

이리하여 마침내 일은 결정되고 실천에 옮겨졌다. 로럴 마을에 산다는 것은, 산기슭의 큰 읍으로 옮기고 싶다는 아내의 소망과 원시적인 벽지에 살고 싶다는 파이크의 소망이 타협된 안이었다. 로럴은 적으나마 사회적인 심심풀이의 여지가 있다는 점에서 아내의 야심을 만족시켜 주었으며, 파이크로서도 그곳은 전혀 쓸모없는 곳이 아니었다. 그곳은 산과 맞닿아 있어서, 세속과의 교제가 싫어질 때는 곧 산 속으로 물러

날 수 있는 편의가 있었기 때문이다.

두 사람이 로럴 마을로 내려온다는 것과, 집을 팔고 싶어하는 앤시 골리의 열렬한 희망이 마침 맞아떨어졌다. 거베이 부부는 낭비가의 떨리는 손에 현금으로 4천 달러를 쥐어 주고 해묵은 골리 집안의 저택을 샀다.

이와 같이 하여 골리는 파리만 날리는 사무실에서 지내게 되고, 끝내는 그를 뜯어먹은 친구들에게서 냉대를 받게 되었으며, 조상 대대로 물려 내려온 주택마저 다른 사람이 살게 되었던 것이다.

무언가 움직이는 물체가 연기 같은 흙먼지를 일으키며 찌는 듯한 거리를 천천히 굴러왔다. 가냘프게 바람이 불어 흙먼지가 한쪽으로 날리자, 갓 칠하여 번쩍거리는 새 마차 한 대가 꾀죄죄한 회색 말에 끌려서 모습을 나타냈다. 마차는 골리의 사무실에 가까워짐에 따라 길 옆으로 다가붙더니 사무실 현관 앞의 도랑에 빠지면서 멈추어 섰다.

앞자리에는 기괴한 얼굴의 후리후리한 사나이가 앉아 있었다. 검은색 고급 나사옷을 입고, 뼈마디가 굵은 손에는 노란 양피 장갑을 꼭 끼고 있었다. 뒷좌석에는 6월의 더위에도 끄떡없는 귀부인이 한 사람 타고 있었다. 광선 상태에 따라서 현란한 색채가 가지각색으로 변한다고 해서 '비단벌레 천'이라는 이름으로 알려진 비단 드레스를 뚱뚱한 몸에 꼭 끼게 입고 있었다. 그녀는 상체를 꼿꼿이 세우고 앉아, 더덕더덕 장식이 붙은 부채를 움직이며 길 저편 아득한 곳을 무표정하게 바라보고 있었다. 아마도 마텔라 거베이의 마음은 새 생활의 기쁨에 춤을 추고 있었을 것이다. 그러나 블랙잭에서의 생활이 그녀의 외모에 남긴 공작은 결정적이었다. 이마에는 공허와 무표정의 상(像)이 새겨지고, 그 몸에는 바위산의 둔중함과, 고독한 내부로 들어가지 못하게 거부하는 산의 완고함이 배어 있었다. 주위가 어떻게 변하든 언제나 그녀는 산 속에서 나무껍질 떨어지는 소리에 귀를 기울이고 있는 것 같았다. 그녀는 언제나 밤의 정적 속에서 전해져 오는 블랙잭의 무서운 침묵에 귀를 기울이고 있었던 것이다.

골리는 이 위풍당당한 마차가 사무실 현관 앞으로 다가오는 것을 별로 흥미도 없는 듯이 바라보고 있다가, 키가 후리후리한 남자가 고삐를 채찍에 말고 어색한 거동으로 마차에서 내려 사무실 안으로 들어오자, 그것이 새로 변신하여 문명인이 된 파이크 거베이라는 것을 깨닫고 비틀비틀 자리에서 일어나 그를 맞이했다.

산사나이는 골리가 권하는 의자에 앉았다. 거베이의 정신 상태에 의문을 갖는 사람은 그의 용모에서도 그를 뒷받침할 만한 강력한 증거를 발견할 것이다. 그의 얼굴은 무척 길고 우중충한 사프란 빛깔이었으며 조각처럼 움직임이 없었다. 푸르스름하고 속눈썹이 없으며 깜박이지도 않는 우묵하게 가라앉은 두 눈이, 그 기분 나쁜 용모를 한층 더 괴이하게 만들고 있었다. 골리는 그가 왜 자기를 찾아왔는지 도무지 짐작이 가질 않았다.

"로럴에서는 별일 없나요, 거베이 씨?"
하고 골리가 물었다.

"아무 일 없습니다요, 선생님. 거베이 부인도 나도 그 저택을 무척 좋아하구 있습죠. 거베이 부인은 선생님의 옛집을 매우 좋아하구 있구, 그 이웃 사람들도 좋아하구 있답니다요. 사교가 거베이 부인이 가장 바라던 것인데, 그 소망이 이루어진 셈입죠. 로저 집안, 해프구트 집안, 플래트 집안, 그리구 트로이 집안 사람들이 거베이 부인을 찾아와 주었습니다요. 거베이 부인은 찾아와 준 사람들에게 대개 식사를 대접했습죠. 아주 훌륭한 집안 사람들이 여러 가지 일에 거베이 부인을 초청해 주기도 했구요. 하지만 골리 선생님, 그런 일은 나한테 도저히 알맞다고 생각할 수가 없네요. …… 나한테는 역시 저쪽이 맞습니다."

이렇게 말하며 거베이는 노란 장갑을 낀 엄청나게 큰 손을 산 쪽으로 흔들어 보였다.

"나한테 맞는 것은 저쪽입죠. 꿀벌과 곰이 살고 있는 곳 말씀입니다요. 하지만 나는 그런 말씀을 드리러 온 게 아닙니다요, 골리 선생님. 선생님이 갖고 계신 것 가운데 나와 거베이 부인이 사고 싶어하는 게 하나 있습니다요."

"사고 싶다고요?"

하고 골리는 이 말을 받아 되물었다.

"나한테서요?"

그는 거칠게 웃었다.

"당신은 뭔가 착각을 하고 있는 게 아니오? 나는 당신도 말했듯이 '총기도 개머리판도 총신도' 죄다 팔아 버렸잖소. 이제 팔 것이라곤 지팡이 한 개 남아 있지 않소."

"아니올시다, 아직도 선생님은 갖고 계십니다요. 우리는 그것을 갖고 싶단 말씀입니다요. '돈을 갖구 가서, 제값을 드리고 사 오라'고 거베이 부인은 말하고 있습니다요."

골리는 머리를 설레설레 저었다.

"장도 벽장도 텅텅 비었소."

하고 그는 말했다.

"우리는 엄청난 부자가 되었습죠."

하고 산사나이는 상대편의 말은 듣지도 않고 계속했다.

"우리는 주머니쥐처럼 가난했지만, 이제는 남에게 식사를 대접할 만한 형편이 되었습니다요. 우리는 아주 훌륭한 집안 사람들한테도 인정받고 있다고, 거베이 부인은 말하구 있습죠. 그런데 우리가 갖고 있지 않은 것으로 꼭 필요한 게 하나 있습니다요. 경매 시장에 가면 살 수 있다고 거베이 부인은 말하지만, 아무래도 그런 데선 눈에 띄지 않는 것 같습니다요. '돈을 갖구 가서, 제값을 드리구 사 오라'고 거베이 부인은 말하구 있습니다요."

"그만두시오!"

골리는 차츰 짜증이 나서 참을 수 없게 되었다.

거베이는 차양이 처진 모자를 테이블에 던져 놓고 상반신을 앞으로 내밀며 그 깜박이지도 않는 눈으로 골리의 눈을 지그시 들여다보았다.

"선생님 집안과 콜틀레인 집안은."

하고 거베이는 또렷한 어조로 천천히 말했다.

"옛날부터 싸워 왔습죠?"

골리는 불쾌한 듯이 이맛살을 찌푸렸다. 싸우는 당사자에게 싸움에 대해서 물어 본다는 것은 산의 예의에 어긋나는 일이다. 산의 '오지'에서 나온 이 사나이도 변호사와 마찬가지로 그것은 잘 알고 있을 것이다.

"너무 노여워 마십쇼."

하고 사나이는 말을 이었다.

"그저 흥정을 하려고 꺼냈을 뿐이니까요. 거베이 부인은 집안 사이의 싸움에 관해서 죄다 조사했습죠. 그리구 산에서 집안이 좋은 사람은 대개 원수를 갖구 있는걸 알았습죠. 세틀 집안도, 고포스 집안도, 랭킨즈 집안도, 보이드 집안도, 사일러 집안도, 갤로웨이 집안도 모두 20년 동안이나 100년 동안이나 서로 싸우고 있습니다요. 선생님 집안에서 원수를 죽인 맨 마지막 양반은, 선생님의 숙부이신 페이즐리 골리 판사님이었는데, 골리 판사님은 재판을 하다 말고 판사 자리에서 일어나 렌 콜틀레인을 쏘았습죠. 거베이 부인이나 나나 하찮은 가난뱅이였다가 벼락부자가 됐습죠. 우린 청개구리 집안이나 다름없어서, 아무도 싸워 주지 않는답니다요. 가문이 좋은 집안은 어느 집이나 원수가 있는 법이라고 거베이 부인은 말합니다요. 우리는 집안이 별로 좋지 않기 때문에 될 수 있는 대로 무엇이나 사 와서 좋은 집안이 되고 싶은 것입니다요. '돈을 갖고 가서, 제값으로 골리 집안의 원수를 사 오라'고 거베이 부인은 말하구 있습니다요."

다람쥐 사냥꾼은 한쪽 다리를 사무실 한가운데까지 쭉 뻗더니, 주머니에서 돌돌 만 지폐 뭉치를 꺼내어 테이블 위에 던졌다.

"200달럽니다요, 골리 선생님. 선생님의 원수를 사는 데에는 이만하면 제값인 줄 압니다요. 두 원수 집안에서 선생님 집안에 남아 있는 분은 선생님뿐인데, 선생님으로서는 아무래도 죽이는 일이 무리라는 생각이 드는군요. 나는 그 원수를 선생님한테서 물려받고 싶습니다요. 그러면 거베이 부인과 나는 좋은 집안 사람들 속에 한몫 낄 수가 있습죠. 이게 그 대금입니다요."

테이블 위의 조그맣게 말린 지폐 뭉치가 천천히 펴지면서 파닥거리고 있었다. 거베이가 말을 다 마친 뒤의 침묵을 통해, 법원 쪽으로부터 포커의 점수패 소리가 뚜렷이 들려 왔다. 골리는 보안관이 땡잡은 것을 알았다. 그는 따면 꼭 나직이 소리를 지르는데 지금도 그 소리가 하늘하늘 아지랑이가 피어 오르는 빈터를 건너왔기 때문이다. 골리의 이마에 땀방울이 맺히기 시작했다. 그는 몸을 굽혀 테이블 밑에서 데미존

병을 꺼내어 술잔에 넘실넘실 부었다.

"옥수수 위스키 좀 들겠소, 거베이 씨? 물론 당신은 농담을 하고 있는 거겠지? 가만 있자, 무슨 얘기였더라? 새 시장을 차린다는 얘기였던가? 원수…… 1등품…… 2시 50분부터 3시까지…… 원수…… 약간의 타격…… 200달러…… 틀림없이 뭐 이런 말을 한 것 같은데, 거베이 씨?"

골리는 갖다 붙이듯이 웃었다.

사나이는 골리가 내미는 술잔을 받아들고 깜박거리지도 않는 눈으로 지그시 변호사를 응시하며 쭉 들이켰다. 변호사는 그 술 들이켜는 솜씨에 감탄하며 부러운 듯이 지켜 보았다. 그리고 자기 잔에 술을 따르고는, 술 냄새와 맛에 몸을 떨면서 잔뜩 취한 사람처럼 쭉쭉 들이켰다.

"200달럽니다요."

하고 거베이는 되풀이했다.

"돈은 거기 있습니다요."

갑자기 격렬한 감정이 골리의 가슴속에 치밀었다. 그는 주먹으로 테이블을 쾅 쳤다. 지폐가 한 장 튀어올라 그의 손에 닿았다. 그는 무엇에 쏘인 듯이 꿈틀 몸을 움츠렸다.

"아니, 당신은 제정신으로."

"그런 시시하고 사람을 무시하는 터무니없는 부탁을 하러 여길 찾아왔단 말이오?"

"그만하면 제값은 되는 줄 아는뎁쇼."

하고 다람쥐 사냥꾼은 말했다. 그리고 돈을 다시 집어넣으려는 듯이 손을 내밀었다. 골리는 즉각 자기의 격분이 긍지가 상했거나 분해서가 아니라, 자기 자신에 대한 노여움에서 나온 것임을 깨달았다. 그리고 자기는 지금 눈앞에 입을 벌리고 있는 더 깊은 수렁에 발을 들여 놓으려 하고 있다는 것을 깨달았다. 그런데도 다음 순간 그는, 모욕당한 신사에서 자기 물건을 비싸게 팔아 먹으려고 애쓰는 장사치로 바뀌어 가고 있었다.

"그렇게 서둘지 말라구, 거베이."

하고 그는 말했다. 얼굴이 시뻘개지고, 혀도 제대로 돌아가지 않았다.

"좋아, 자……자네의 그 요……요…… 청을 들어 주기로 하지, 200달러는 너무 싸지만 말야. 사……살 사람과 파……팔 사람과 쌍방이 하…… 합의하면 거래는 성립되는 거야. 물건을 싸지 않아도 되겠는가, 거베이?"

거베이는 일어서서 검은 나사옷의 앞자락을 펼쳤다.

"거베이 부인이 무척이나 기뻐할 겁니다요. 그러면 이제 싸움은 선생님과는 관계가 없어지구, 콜틀레인과 거베이 것이 된 셈이죠. 그러면 저, 골리 선생님, 한마디 써 주지 않겠습니까요? 선생님은 변호사니까 우리가 거래한 걸 증명해 주셔야죠."

골리는 종이와 펜을 움켜쥐었다. 지폐는 땀에 젖은 손아귀에 쥐어져 있었다. 갑자기 그 밖의 모든 것이 다 하찮고 아무래도 좋은 것으로 여겨지기 시작했다.

"그래, 매도 증서를 작성해야겠지. '소유권과 사용권 및 그 밖의 모든 기득권을…… 영구히 보증하고, 아울러……' 아니, 가만 있자, 이봐 거베이, '보호한다'는 문구는 빼야겠소."

이렇게 말하고 골리는 큰소리로 웃었다.

"이 사용권은 자네 자신이 보호해야 하니까."

산사나이는 변호사가 내미는 참으로 훌륭한 서류를 받아들고 무척 애를 써서 그것을 접어서는 소중히 주머니에 넣었다.

골리는 창가에 서 있었다.

"이리 와 봐."

하고 손가락을 들어 그는 말했다.

"자네가 새로 산 원수를 가르쳐 주지. 봐, 지금 길 저편을 걸어가는 사람 있지, 저게 자네 원수야."

산사나이는 긴 허리를 굽혀서 창 너머로 골리가 가리키는 쪽을 바라보았다. 남부의 주 의회 의원들이 입는 긴 더블의 프록 코트를 입고, 낡은 실크햇을 높다랗게 쓴 50살쯤 되어 보이는 당당한 신사 애브너 콜틀레인 대령이, 길 저편을 걸어가고 있었다. 거베이가 그쪽을 바라보고 있을 때, 골리는 흘끗 그의 얼굴을 쳐다보았다. 만일 누런 이리가 있다면, 여기 있는 이 자는 바로 그 동무쯤 되어 보였다. 거베이는 걸어가고 있는 사람의 모습을 인간의 눈이라고는 할 수 없는 눈으로 쫓으면서, 신음 소리를 내며 누렇고 긴 이빨을 드러냈다.

"저게 콜틀레인이라는 녀석인가요? 나를 형무소에 넣은 것도 바로 저 녀석입죠."

"저 사람은 지방검사를 했거든."

하고 골리는 아무 생각도 없이 말했다.

"그리구 저 사람은 사격의 명수라구."

"나는 100야드 떨어진 곳에서 다람쥐 눈깔을 맞힐 수 있다구요."

하고 거베이는 말했다.

"그렇군, 저게 콜틀레인이구나! 그러구 보니 나는 생각한 것보다 훨씬 덕을 본 거래를 한 것 같구먼. 이 원수는 지금부터 제가 다루죠, 골리 선생님. 선생님보다 훨씬 잘 다룰걸요."

그는 문가로 걸어가더니, 좀 망설이는 듯이 그 자리에서 머뭇거렸다.

　"아직도 뭐 필요한 게 있나?"

하고 골리는 조금 비꼬는 투로 말했다.

　"조상의 귀신이라든가, 장 속의 해골이라든가…… 필요하다면 아주 싸게 해 주지."

　"거베이 부인이 생각하고 있는 게 또 한 가지 있습니다요."

　다람쥐 사냥꾼은 조금도 동요하지 않고 대답했다.

　"거베이 부인이 생각하고 있는 게 말씀입죠, 이것도 아까 것과 같이 나한테는 별로 맞는 일이 아닌데, 거베이 부인은 열심히 알아보구 오라구 그럽니다요. 골리 선생님만 승낙해 주신다면, '제값으로 사 오라'고 거베이 부인은 말했습니다요. 저, 골리 선생님의 그전 저택 정원에, 히말라야 삼나무를 심은 묘지가 있잖습니까요? 거기 묻힌 것은 콜틀레인 집안 녀석들에게 죽은 선생님네 집안 사람들입죠. 비석에 이름이 새겨져 있습니다요. 개인이 묘지를 갖는다는 건, 집안이 좋다는 무엇보다도 확실한 증거라고 거베이 부인은 말합니다요. 원수가 손에 들어오거든, 그와 함께 꼭 사야 할 게 또 하나 있다고 거베이 부인은 말했습니다요. 비석에 씌어 있는 이름은 골리지만, 그건 우리 이름으로 바꿀 수가 있으니까……"

　"나가라, 이놈!"

　골리는 얼굴빛이 자줏빛으로 변하면서 호통을 쳤다. 산사나이 앞으로 내민 두 손의 손가락은 굽어져 부들부들 떨고 있었다.

　"나가라, 이 무덤 도둑아! 주…… 중국인도 자기 조상의 무덤만은 소중히 한다! 냉큼 나가!"

　다람쥐 사냥꾼은 등을 구부린 채 문가에서 자기가 타고 온 마차로 걸어갔다. 그가 마차에 올라타는 동안, 골리는 손에서 떨어져 방바닥에 흩어진 지폐를 미친 듯이 허둥대며 주워모았다. 마차가 천천히 방향을 바꿀 무렵, 새로 털이 돋은 양은 뒷문으로 난 그 오솔길을 따라 허둥지둥 법원을 향해 달려가고 있었다.

이튿날 오전 3시, 법원의 불한당들은 다시 털이 죄다 뜯겨서 정신을 잃은 골리를 사무실로 날라갔다. 보안관과, 놀기 좋아하는 판사보와, 군 주사와, 쾌활한 검사가 그를 들어 옮겼으며, '골짜기에서 나온' 분필 같은 얼굴을 한 사나이는 그 옆을 따라갔다.

"테이블 위가 좋겠군."

하고 그 중 하나가 말했다. 그들은 골리를 테이블 위에 흩어진, 아무 소용도 없는 서류와 책 속에 뉘었다.

"앤시는 술만 취하면 듀스의 페어를 만들 생각만 한단 말이야."

하고 보안관이 비난하듯 한숨을 쉬었다.

"그래."

하고 쾌활한 검사가 맞장구를 쳤다.

"이 친구처럼 곤드레만드레가 되어 가지고 포커를 한다는 건 말이 안 되지. 오늘 밤엔 이 친구, 얼마나 잃었지?"

"한 200달러 될걸. 어디서 그런 돈이 생겼을까. 지난 한 달 내 1센트도 없었는데."

"누가 사건 의뢰라도 했나 보지. 자, 날이 새기 전에 물러가자구. 이 친구, 잠이 깰 무렵에는 정신을 차리겠지. 하기야 머리는 벌통처럼 울퉁불퉁해지겠지만."

그들은 이른 새벽의 어스름 속을 소리 없이 나갔다. 가엾은 골리에게 그 다음에 쏟아진 시선은 태양이었다. 그것은 커튼을 치지 않은 창문으로 들여다보고, 처음에는 어스름한 황금빛 홍수 속에 잠든 사나이를 잠가 놓더니, 이어 하얗고 따가운 여름빛을 그의 벌겋게 얼룩진 몸에 쏟아부었다. 테이블 위의 잡동사니 속에서, 골리는 거의 무의식적으로 몸을 움직여 창문에서 얼굴을 돌렸다. 몸을 움직이는 바람에 법률책이 밀려서 쿵 하고 방바닥에 떨어졌다. 눈을 떠 보니 검은 프록 코트를 입은 사람이 자기를 들여다보고 있는 것이 보였다. 위쪽으로 시선을 옮기니 상당히 낡은 실크햇이 보이고, 그 아래 애브너 콜틀레인 대령의 친절해 보이는 수염 없는 얼굴이 있었다.

대령은 일이 어떻게 될지 얼마쯤 미심쩍어하면서도 상대편이 자기를 알아보기를 기다렸다. 지난 20년 동안, 두 집안의 남자들은 서로 평화로운 가운데 얼굴을 대한 적이 없었다.

골리는 흐릿한 시야 속에서 이 방문자의 모습을 확인하려고 미간을 찌푸렸다.

"스텔라와 루시를 같이 놀게 데려와 주셨습니까?"

하고 부드럽게 물었다.

"나를 알아보겠는가, 앤시?"

하고 콜틀레인 대령이 물었다.

"물론이죠, 언젠가 끝에 피리가 달린 채찍을 저한테 갖다 주시지 않았습니까?"

그런 일도 있었지.…… 24년이나 전의 일이다. 앤시의 아버지가 대령과 아주 사이가 좋았을 때의 일이다.

골리의 눈은 방 안을 더듬었다. 대령은 알아챘다.

"가만히 누워 있게. 곧 갖다 줄 테니까."

뒷마당에 우물 펌프가 있었다. 골리는 눈을 감은 채 펌프의 손잡이가 삐걱삐걱 내는 소리와, 쫄쫄 흘러 나오는 물소리를 황홀하게 듣고 있었다. 콜틀레인 대령은 차가운 물을 주전자에 담아서 들고 왔다. 그리고 골리가 마실 수 있도록 받쳐 주었다. 골리는 벌떡 일어났다. 삼베 여름옷은 꾀죄죄하니 때가 묻어 온통 구겨져 있고, 부끄럽게도 머리카락은 텁수룩하게 헝클어져서 무어라 형용할 수 없이 비참한 몰골이었다. 그는 콜틀레인 대령을 향해 한쪽 손을 움직이려고 했다.

"이거 참…… 부끄럽습니다."

하고 그는 말했다.

"지난 밤에는 위스키를 너무 마셔서 테이블 위에 곯아떨어진 모양입니다."

그는 머리가 아픈 듯 얼굴을 찡그리며 두 손으로 머리를 감쌌다.

"그 사람들과 어디를 갔었던가?"

하고 콜틀레인 대령은 상냥하게 물었다.

"아니오, 아무 데도 안 갔습니다. 지난 두 달 동안, 쓸 수 있는 돈은 한푼도 없었으니까요. 여느 때나 다름없이 데미존 술을 너무 많이 마셨나 봅니다."

콜틀레인 대령은 그의 어깨에 손을 얹었다.

"여보게, 앤시, 자네는 아까 스텔라와 루시를 같이 놀게 데리고 왔느냐고 물었지? 아직도 잠이 완전히 안 깬 것 같군. 아마 어린 시절의 꿈이라도 꾸고 있었나 보지. 이제 정신차리고 내 말 좀 들어 보게. 나는 스텔라와 루시한테 부탁을 받고 개들의 소꿉동무이자 내 옛친구의 아들을 찾아온 걸세. 우리 딸애들은 내가 자네를 집에 데려오기를 고대하고 있네. 자네는 루시들한테 옛날과 다름없는 환영을 받을 걸세. 나는 자네가 우리 집에 와서 본래의 자네 모습을 되찾을 때까지, 아니 자네만 좋다면 언제까지라도 우리와 함께 살아 주면 좋겠네. 우리는 자네가 타락해서, 나쁜 유혹 속에 빠져 있다는 말을 들었네. 그래서 다시 한번 우리 집에 와서 편안히 살아 달라고 자네에게 부탁하기로 의논이 된 걸세. 어떤가, 와 주겠나? 두 집안의 그 따위 해묵은 분규는 다 집어치우고, 나와 함께 가 주게나.”

“분규라구요!”

하고 골리는 눈을 둥그렇게 뜨고 말했다.

“우리 사이에는 아무런 분규도 없습니다. 우리는 언제나 의좋은 친구 사이였습니다. 하지만 저 같은 인간이 어떻게 댁엘 갈 수 있겠습니까. …… 주정뱅이에다 아무 쓸모도 없고, 비참하게 타락해 버린 이 방탕자, 더욱이 노름에 미친 저 같은 인간이……”

골리는 테이블에서 안락의자로 비틀비틀 쓰러지더니 진정으로 회한과 수치의 눈물을 흘렸다. 콜틀레인 대령은 끈기 있게 열심히 달래고 타일러서 일찍이 골리가 그토록 사랑한 산생활의 소박한 기쁨을 상기시키려고 했다. 그리고 집에 와 주기를 바라는 마음이 진심임을 열심히 이해시키려고 했다.

마지막으로 콜틀레인 대령은, 실은 벌채한 많은 목재를 높은 산허리에서 수로(水路)까지 반출해야 하는데, 그것을 수송하는 데 골리의 도움을 기대하고 있다는 말을 꺼냄으로써 간신히 그를 설복했다. 골리가 전에 그런 목적을 위해 자동 활주운반 장치를 고안하고 몹시 자랑한 것을 대령은 알고 있었기 때문이다. 자기가 누군가를 도울 수 있다는 생각에 그만 마음이 흐뭇해진 이 가엾은 사나이는, 즉각 테이블 위에 종이를 펼쳐 놓고, 자기가 할 수 있으며 또 하려 하고 있는 일을 보여 주려고 재빨리 그러나 손이 떨려 삐뚤삐뚤한 선을 긋기 시작했다. 그는 날마다의 보람 없는 생활에 이제 정말 진력이 나서, 다시 산의 생활로 마음이 기울어지고 있었다. 머릿속은 아직 이상하게 무거웠지만, 기억의 조각이 폭풍의 바다를 건너는 통신용 비둘기처럼 하나하나 되살아났다. 콜틀레인 대령은 자기 힘으로 골리를 변화시킨 것이 기뻤다.

그날 오후, 골리가 콜틀레인 집안 주인과 말을 타고 마을을 가로질러 가는 것을 보고 베델 거리는 일찍이 없었던 놀라움에 휩싸였다. 두 사람은 말머리를 나란히 하여, 먼지 낀 거리와 아연히 쳐다보고 있는 사람들 사이를 빠져 나와 시냇물에 놓인 다리를 건너 산으로 올라갔다. 방탕한 생활로 타락한 사나이는 옷에 솔질을 하고 세수하고 머리에 빗질을 하여 어느 정도 볼 만한 몰골이 되어 있었지만, 말을 타고 가면서도 어딘가 침착하지 못하고 무언가 마음에 걸리는 문제가 있어 골똘히 생각하는 표정이었다. 콜틀레인 대령은 그런 그를 그대로 내버려 두었다. 환경이 바뀌면 마음의 안정도 되찾게 되겠지, 하고 생각했던 것이다.

그렇게 가고 있는 중에 한번은 골리가 발작을 일으켜 하마터면 까무러칠 뻔했다. 그는 말에서 내려 길가에서 잠시 쉬어가지 않으면 안 되었다. 대령은 이런 일이 일어날 것을 예견하여 짐작하고 조그만 휴대용 위스키 병을 준비해 왔었는데, 술병을 내밀자 골리는 난폭하게 밀어내면서, 자기는 절대로 술을 마실 생각은 없다고 딱 잘라 말했다. 그는 곧 회복되어 1, 2마일쯤 묵묵히 나아갔다. 그러더니 갑자기 고삐를 당기며 말했다.

"저는 지난 밤에 포커로 200달러를 잃었습니다. 제가 어디서 그런 돈을 손에 넣었을 것 같습니까?"

"너무 생각지 말게, 앤시. 산공기를 마시고 살면 기분도 곧 상쾌해질 걸세. 우선 먼저 피나클 폭포에서 낚시라도 하자구. 송어가 개구리처럼 뛰고 있다네. 그리고 스텔라와 루시를 데리고, 이글로크로 소풍을 가세나. 낚시하러 가서 배가 고플 때, 말린 히콜리와 햄을 넣은 샌드위치가 얼마나 맛있는지 자넨 다 잊었나, 앤시?"

없애 버린 재산 이야기를 해 봐야 대령이 곧이들을 것 같지 않았으므로 골리는 다시 묵묵히 생각에 잠겨 버렸다. 해거름이 될 때까지 두 사람은 베델과 로럴 사이의 12마일 중에서 10마일을 지나왔다. 여기서 로럴을 향해 반 마일쯤 떨어진 곳에 옛날 골리네가 살던 저택이 있다. 콜틀레인네 집은 로럴에서 1, 2마일 더 간 곳에 있다. 여기까지 오면 길이 험해져 걷는 데도 힘이 들기 시작하지만, 그것을 벌충해 줄 만한 것이 얼마든지 있었다. 숲 속의 비탈길은 온갖 나무와 꽃으로 뒤덮여 있었으며 새들이 지저귀고 있었다. 사람의 마음을 북돋아 주는 이 상쾌한 공기에 비하면, 강장제 따위는 아무것도 아니었다. 숲 속의 오솔길은 때로는 이끼 긴 응달 속에 어둑어둑해지고, 때로는 양치식물과 월계수의 덤불 너머로 반짝반짝 빛나는 수줍은 시냇물로 환해졌다. 저 아래쪽으로, 수목림이 펼쳐지고 젖빛 안개에 젖은 먼 골짜기의 아름다운 풍경을 내려다볼 수 있었다.

콜틀레인 대령은 골리가 산과 숲의 매력에 넋을 잃는 것을 보고 기뻐했다. 왜냐하면 이제 페인터의 벼랑 기슭을 돌아서, 그 뒤로 엘더 브랜치를 가로질러 맞은편 산을 넘으면, 골리는 그가 탕진한 조상 대대로 물려 내려온 저택과 어쩔 수 없이 맞닥뜨리게 되는데 그때 마음의 상처가 다시금 되살아날까 걱정이 되었던 것이다. 바위 하나, 나무 한 그루, 길 한피트 한피트가, 골리에게는 그립지 않은 것이 없었다. 숲은 잊었지만, 그것은 〈홈 스위트 홈〉의 노래처럼 그의 마음을 설레게 했다.

그들은 벼랑 기슭을 돌아 엘더 브랜치로 내려가서 걸음을 멈추고, 물살이 빠른 시냇물에서 말에게 물을 먹이기도 하고 목욕을 시키기도 했다. 오른쪽에 울짱이 있었다. 그것은 길과 시냇물을 따라 둘러쳐진 울짱이었으며, 거기서 굽어돌아가 있었다. 울짱 안부터는 골리가 태어난 집의 옛 사과밭이었다. 집 그 자체는 아직도 험한 산 끝에 가려져서 보이지 않았다. 울짱 안쪽과 울짱을 따라 아메리카 자리공과 말오줌나무와 사사프라스와 거망옻나무 등이 높다랗게 밀집하여 무성하게 자라고 있었다. 그때 그 가지가 바삭바삭 소리를 냈다. 골리와 콜틀레인은 눈을 들었다. 누런 이리 같은 길쭉한 얼굴이 깜박이지도 않는 푸르스름한 눈으로 울짱 위에서 이쪽을 쏘아보고 있는 것이 보였다. 그 머리가 재빨리 사라지고, 나무들이 심하게 흔들렸다. 흉한 모습이 사과밭을 빠져나가 집쪽을 향해 나무 사이를 지그재그로 달려갔다.

"거베이로군."

하고 콜틀레인 대령이 말했다.

"자네가 집을 판 건 저 사람에게지 저자의 머리가 상당히 돌아 버린 건 의문의 여지가 없는 것 같군. 나는 5년 전에 저 사람을 형무소에 보내야만 했었네. 저 사람에게는 책임을 질 만한 능력이 없다는 걸 알고 있었지만 말일세. 아니, 왜 그러나, 앤시?"

골리는 이마의 땀을 훔쳐 냈다. 얼굴에는 핏기가 가셔 있었다.

"저도 머리가 돌아 버린 인간으로 보이지 않습니까?"

미소를 띠려고 애쓰면서 골리는 말했다.

"방금 어떤 일이 생각났습니다."

알코올 기운은 이미 머릿속에서 증발하고 없었다.

"그 200달러가 어디서 났는지 이제야 겨우 생각이 났습니다."

"그런 건 이제 생각지 말게."

하고 콜틀레인 대령은 밝게 말했다.

"나중에 천천히 생각하면 되지 않나?"

두 사람이 옆길에서 빠져 나가 산기슭에 이르렀을 때 골리는 다시 말을 세웠다.

"저를 몹시 허세가 심한 인간이라고 생각하신 적은 없습니까, 대령님?"

"쓸데없이 겉모습을 과시하기만 좋아하는 인간이라고 말씀입니다."

대령의 눈은 초라하게 때가 묻고 구겨진 삼베 여름옷과 차양이 처진 퇴색한 모자를 보지 않으려 했다.

"그런 기분도 드는군."

대령은 이상하게 생각하면서도 그에 맞장구를 쳤다.

"그러고 보니 몸에 꼭 끼는 웃옷을 입고, 머리에 번들번들하니 기름을 바르고, 안장 위에 턱 버티고 올라앉아 지나가던 20살 남짓한 젊은 멋쟁이가 블루리지에 있었던 것이 기억나네."

"맞습니다."

하고 골리는 열심히 말했다.

"겉으로는 나타나지 않지만, 그게 아직도 저한테는 남아 있습니다. 그렇습니다, 전 뒤룩거리는 칠면조처럼 허세가 많고 루시퍼²⁾처럼 오만합니다. 그래서 실은 부탁드릴 일이 있습니다. 아주 하찮은 일입니다만, 저의 이 부질없는 성벽(性癖)을 만족시켜 주시지 않겠습니까?"

"말해 보게, 앤시. 바란다면야 자네를 로럴의 공작으로도 블루리지의 남작으로도 만들어 주지, 뭐. 자네가 모자 장식을 하고 싶다면, 스텔러의 공작 꽁지에서 깃을 한 개 뽑아 줄 수도 있어."

"저는 진정으로 말씀드리는 겁니다. 앞으로 몇 분 후면, 제가 태어나고 또 저의 집안이 100년 가까이 살아온 언덕 위의 집 앞을 지나게 됩니다. 그 집 안에는 지금 다른 사람이 살고 있습니다. 그런데 저를 보십시오! 누더기를 걸치고 초라하게 집도 없는 거지꼴을 지금 그 사람들 앞에 드러내야 할 판입니다. 콜틀레인 대령님, 저는 그게 부끄럽습니다. 그 집에서 우리들의 모습이 보이지 않게 될 때까지 대령님의 프록 코트와 모자를 좀 빌려 주시지 않겠습니까? 어리석은 허세라고 생각하시겠지만, 저로서는 옛집 앞을 지날 때만이라도 될 수 있는 대로 훌륭한 모습을 하고 싶습니다."

'가만 있자, 대체 이게 무슨 소리람?' 제정신이 든 냉정한 태도와 이 기묘한 부탁을 비교하면서, 콜틀레인 대령은 속으로 중얼거렸다.

그러나 대령은 이 변덕스러운 착상을 조금도 이상하게 생각하지 않는 듯이, 선뜻 그의 부탁을 들어 주었다. 그리하여 벌써 웃옷 단추를 끄르기 시작하고 있었다. 프록 코트도 모자도 골리에게 꼭 맞았다. 만족스러운 듯이 거드름을 피우는 표정으로, 골리는 프록 코트의 단추를 끼웠다. 그와 콜틀레인 대령의 몸집은 거의 같았다 —— 키는 큰 편이고 몸집이 큰 당당한 모습이었다. 나이는 25년이나 차이가 있었지만, 겉보기에 형제 같았다. 골리는 나이보다 늙어 보였으며, 얼굴은 부석부석하니 주름이 잡혀 있었다. 대령의 얼굴은 절제 생활을 하는 사람답게 매끄럽고 싱싱한 밝은 빛을 띠고 있었다. 대령은 골리의 누더기 같은 삼베옷을 입고, 퇴색한 모자를 썼다.

"자."

고삐를 집어 들면서 골리가 말했다.

"이제 준비가 다 됐습니다. 저 집에 사는 사람들이 제 모습을 잘 볼 수 있도록, 10피트쯤 떨어져서 와 주시지 않겠습니까? 그러면 그들의 눈에도 제가 아직 조금은 쓸모 있는 인간으로 비칠 테니까요. 아무튼 제가 말짱하다는 것을 다시 한번 저들에게 보이고 싶습니다. 그럼, 가실까요?"

골리는 빠른 걸음으로 늠름하게 언덕을 올라가기 시작했다. 대령은 하라는 대로 좀 처져서 뒤를 따랐다.

골리는 안장 위에서 허리를 쭉 펴고 머리를 꼿꼿이 쳐들고 있었지만, 두 눈은 오른쪽의 옛집 정원 숲이며 산울타리며 숨을 만한 곳을 빈틈없이 날카롭게 훑어 나가고 있었다.

한번 그는 혼잣말로 중얼거렸다.

"그 미친 바보 녀석, 정말로 할 참일까? 아니면 나의 망상일까?"

그가 찾던 것을 발견한 것은, 골리 집안의 좁다란 묘지 반대쪽에 이르렀을 때였다. 그 한쪽 구석에 울창하게 서 있는 히말라야 삼나무 사이에서 흰 연기가 확 솟았다. 골리는 천천히 왼쪽으로 쓰러졌으므로 콜틀레인 대령이 그쪽으로 말을 달려 한쪽 팔로 그를 붙들 여유는 있었다.

다람쥐 사냥꾼의 사격 솜씨는 거짓말이 아니었다. 총알은 그가 겨눈 바로 그 자리, 그리고 골리가 예측한 바로 그 자리에 파고들어가 있었다. 애브너 콜틀레인 대령의 검은 프록 코트의 가슴을 꿰뚫고 있었던 것이다.

골리는 콜틀레인 대령에게 묵직하게 기댔다. 그러나 말에서 떨어지지는 않았다. 두 필의 말은 머리를 나란히 하여 나아갔으며, 대령의 팔은 단단히 그를 안고 있었다. 반 마일 앞에 로럴 마을의 조그만 흰 집들이 나무 사이에서 드러났다 가려졌다 하며 반짝이고 있었다. 골리는 한쪽 손으로 무엇을 더듬더니 이윽고 그 손은 고삐를 쥔 콜틀레인 대령의 손가락에 가서 멎었다.

"고맙습니다, 대령님……."

이 말뿐이었다.

이리하여 앤시 골리는 옛집 앞을 말을 타고 지나갈 때, 어쨌든 자기의 힘이 미치는 한 최고의 의젓한 모습을 보였던 것이다.

---

1) 데미존 — 채롱에 든 목이 가는 술병.
2) 루시퍼 — 반역한 천사, 〈이사야 서〉 14장 12절.

경관과 찬송가

매디슨 스퀘어에 있는 한 벤치에서, 소피는 불안스레 몸을 움직이고 있었다. 기러기 밤하늘에 소리 높이 울며 날고, 바다표범 외투를 갖지 못한 아낙네들이 남편에게 상냥해지고, 소피가 공원 벤치에서 불안스레 몸을 움직이기 시작하면, 겨울이 가까이 와 있다는 것을 알게 될 것이다.

마른 잎 하나(서리)가 소피의 무릎에 떨어졌다. 그것은 잭 프로스트의 명함이었다. 잭은 매디슨 스퀘어의 단골 주민들에게 친절해서 해마다 찾아올 때는 떳떳이 경고를 한다. 네거리 모퉁이에서 그는 '떠돌이 저택'의 문지기인 북풍에게 명함을 준다. 그러면 저택 주민들도 겨울 채비를 할 수 있게 되는 것이다.

소피의 마음은 다가오는 추운 겨울에 대비해서, 자기도 세입위원회의 단독 위원이 되어야 할 때가 왔다는 사실을 깨닫고 있었다. 그래서 그는 여느 때의 벤치에 앉아 불안스럽게 몸을 움직이고 있었던 것이다.

겨울을 나고 싶은 소피의 소망이라고 해야 그리 사치스러운 것은 아니었다. 지중해를 유람하고 싶다든가, 졸리는 듯한 남쪽 하늘 아래서 지내고 싶다든가, 베수비어스 만[1]에 배를 띄우고 싶다든가 하는 생각은 조금도 없었다. 섬²⁾에서의 석 달이 그가 진정으로 바라는 염원이었다. 북풍과 경관 걱정도 없고 식사와 침대와 마음 맞는 친구가 보장되는 석 달이 소피에게는 바람직스러운 노른자위로 여겨졌다.

지난 몇 해 동안, 그 대우 좋은 블랙웰즈 섬이 그가 겨울을 나는 집이 되었다. 같은 뉴욕에 살면서도 더 운이 좋은 사람들은 겨울마다 팜 비치와 리비에라로 가는 표를 끊었는데, 그와 똑같이 소피도 해마다 섬으로 달아나기 위해 조촐한 준비를 해 왔다. 지금 그때가 온 것이다. 지난 밤에는 일요 신문 석 장을 웃옷 밑에 깔고 발목에 두르고 무릎 위에 덮고 해서 잤지만, 그런 것만으로는 이 오래된 공원의 분수가에 있는 벤치 위에서 추위를 물리칠 수는 없었다.

그래서 그 섬이 때맞추어 소피의 마음에 커다랗게 떠올라온 것이다.

그는 이 거리의 식객들을 위해서 자선이라는 이름 아래 마련된 시설들을 비웃고 있었다. 소피의 의견으로는 법률이 박애보다 친절했다.

시나 자선 단체에서 경영하는 시설은 꽤 많았으며, 거기만 찾아가면 간단한 생활에 알맞는 숙식을 해결할 수도 있었다.

그러나 소피처럼 자존심이 강한 사람에게는 이 자선의 선물이 마음에 들지 않았다. 비록 돈으로 치르지는 않더라도 박애의 손에서 은혜를 받을 때마다 정신적 굴욕이라는 대가를 지불해야 한다.

시저에게 브루투스가 있었듯이, 자선의 침대에는 꼭 목욕이라는 세금이 붙게 마련이고, 한 덩어리의 빵을 얻어먹으려면 사사로운 일에까지 개인적인 신문을 받는 대가를 치르지 않으면 안 된다. 그러기에 규칙에 따라 움직여지고는 있다지만, 신사의 사사로운 일에 부당한 참견을 하지 않으니 오히려 법률의 신세를 지는 편이 나은 것이다.

섬으로 갈 결심을 한 소피는, 당장 그 소망을 이루는 일에 착수했다.

그러는 데는 간단한 방법이 얼마든지 있었다. 가장 유쾌한 방법은, 값비싼 식당에 들어가서 가장 호화로운 식사를 한 다음 한푼도 없다고 딱 잡아떼고는 떠들지 말고 그대로 얌전히 경관에게 인도되는 것이다. 그 뒤는 친절한 판사가 다 주선해 줄 것이다.

소피는 벤치를 떠나 어슬렁어슬렁 공원을 빠져 나가서 바다처럼 평평한 아스팔트를 가로질러 갔는데, 여기는 브로드웨이와 5번 거리가 합쳐지는 곳이다. 그는 브로드웨이로 꺾어 눈부신 카페 앞에서 걸음을 멈추었다. 이곳은 밤마다 최고급 포도주에다 비단옷으로 쫙 뽑은 세련된 사람들이 몰려드는 곳이다.

소피는 조끼 맨 아랫단추 위로는 자신이 있었다. 수염도 깎았고, 웃옷도 괜찮았으며, 늘 매는 말쑥하고 새까만 넥타이는 추수감사절에 어느 전도 부인에게서 얻은 것이었다.

만일 의심을 받지 않고 이 식당 식탁에 가서 앉을 수만 있다면, 성공은 틀림없다. 테이블 위로 나오는 부분은 웨이터의 마음에 아무런 의혹도 일으키지 않을 것이다. 물오리구이 정도가 적당하겠지, 하고 소피는 생각했다. 게다가 백포도주 한 병에 캐멈벨치즈에 블랙커피 한 잔에 엽궐련 값은 1달러로 보면 충분하겠지. 모두 합쳐 봐야 카페 주인한테 호되게 앙갚음을 당할 만큼 굉장한 액수는 안 될 것 같다. 그러나 그 고기는 그의 배를 채워 주고 행복한 기분으로 겨울의 피난처로 떠나가게 해 줄 것이다. 그러나 웬걸, 소피가 식당문 안으로 발을 들여놓았을 때, 웨이터 장(長)의 눈이 하필이면 그의 닳아 떨어진 바지와 짜부라진 구두 위에 떨어졌다. 억세고 날쌘 손이 말없이 그의 몸을 홱 돌리더니 재빨리 길가로 밀어내어, 하마터면 공짜로 먹힐 뻔한 물오리의 불명예스러운 운명을 구해 주었다.

소피는 브로드웨이에서 옆으로 빠졌다. 동경하는 섬으로 가는 길은 아니었던 모양이다. 형무소로 들어가는 다른 길을 찾아야만 한다.

6번 거리 모퉁이에, 판유리 안의 전등 빛과 솜씨 있게 진열한 상품으로 진열창이 한결 두드러져 보이는 가게가 있었다. 소피는 돌멩이 하나를 집어들어 그 유리창을 향하여 냅다 던졌다. 경관을 앞세우고 많은 사람들이 모퉁이를 돌아 달려왔다. 소피는 두 손을 바지 주머니에 찌르고 가만히 서 있다가 경관의 모습을 보고 빙그레 웃었다.

"누구야! 녀석은 어디로 달아났지?"

흥분한 경관이 물었다.

"내가 바로 그 녀석이라고 생각지 않으시나요?"

좀 놀리는 투가 없지 않았으나 마치 행운을 맞이하는 사람처럼 부드럽게 소피는 말했다.

경관의 마음은 소피의 말을 하나의 실마리로서조차도 받아들이지 않았다. 유리창을 깰 만한 인간은 법률의 신봉자인 경관과 말을 나누려고 현장(現場)에 남아 있지는 않는다. 그런 인간은 재빨리 달아나 버리는 법이다. 경관은 저만치 반 블록쯤 앞에서 전차를 타려고 달려가는 한 남자를 보았다. 그는 경찰봉을 뽑아들고 사람들과 함께 그 남자를 쫓았다.

소피는 두 번이나 연거푸 실패하자 울적한 마음으로 힘없이 터덜거리며 걷기 시작했다.

길 맞은편에 그리 신통해 보이지 않는 식당이 한 집 있었다. 식욕은 굉장하나 주머니 사정이 시원찮은 사람에게 밥을 먹여 주는 식당이었다. 그릇들과 분위기는 두툼했지만, 수프와 테이블보는 얇았다. 소피는 이 식당 안으로는, 아무런 제지도 받지 않고 꺼림칙한 신발과 감출 길

없는 바지 모습 그대로 들어갔다. 식탁에 앉아 비프스테이크와 큼직한 핫케이크와 도넛과 파이를 먹어 치웠다. 그런 다음 웨이터에게 돈과는 한푼도 인연이 없다는 사실을 털어놓았다.

"자, 어서 경관을 불러 오시오."

하고 소피는 말했다.

"신사를 기다리게 하면 못써요."

"너 같은 녀석에겐 경관이 필요 없지."

웨이터는 버터 케이크 같은 들큼한 목소리와 맨하탄 칵테일 속의 버찌처럼 번들거리는 눈으로 말했다.

"야, 콘!"

두 웨이터는 소피를 딱딱한 길바닥 위에다 내동댕이쳤다. 그는 목수가 접는 자를 펴듯이 관절을 하나하나 펴고 일어나 옷에 묻은 먼지를 털었다. 붙잡혀 가는 일은 장밋빛 꿈에 지나지 않는 것처럼 여겨졌다. 섬은 아득히 먼 저편에 있는 것 같았다. 두 집 건너 약국 앞에 서 있던 경관이 웃으면서 저리로 걸어가 버렸다.

다섯 블록쯤 걸어가니 다시 체포를 자청할 용기가 솟았다. 이번에는 철딱서니없게도 그가 '누워서 떡먹기'라고 제멋대로 생각한 기회가 눈앞에 나타난 것이다. 얌전하고 말쑥하게 차려입은 젊은 여자가 진열창 앞에 서서 그 안에 늘어놓은 면도용 컵이며 잉크스탠드 같은 것을 열심히 들여다보고 있었다. 게다가 그 유리창에서 2야드쯤 떨어진 곳에는 몸집이 큰, 무서워 보이는 경관이 소화전에 비스듬히 기대어 서 있었다.

비열하고 천한 '난봉꾼' 역할을 하자는 것이 소피의 계획이었다. 고상하고 우아한 희생자의 모습과 근엄해 보이는 경관을 눈앞에 두고 그는 이제 그 아늑하고 조그마한 섬에서의 겨우살이를 보장해 주는 기분 좋은 관리의 손이 덥석 자기 팔을 움켜쥐는 것을 느끼는 것도 멀지 않았다는 확신을 가졌던 것이다.

소피는 전도 부인에게서 얻은 기성품 넥타이를 매만지고 자꾸 말려들어가는 와이셔츠 소매 끝을 꺼내고 모자를 아주 멋을 부려 삐딱하게 쓰고는 젊은 여자 곁으로 슬금슬금 다가갔다. 여자에게 추파를 던지면서 갑자기 헛기침을 하며 에헴 소리도 내보고 싱글벙글 히죽히죽 웃으면서 난봉꾼의 그 뻔뻔스럽고 야비한 상투 수단을 거침없이 해 냈다. 경관이 가만히 자기를 지켜 보고 있다는 것을 소피는 곁눈질로 보았다. 젊은 여자는 두어 걸음 물러서더니 다시 면도용 컵을 정신없이 들여다보았다. 소피는 대담하게 그녀 곁으로 다가서며 모자를 벗고 말했다.

"아니, 버델리어잖아! 우리 집에 가서 놀지 않겠어?"

경관은 아직도 바라보고 있었다. 성가시게 된 젊은 여자가 손가락으로 신호만 하면, 소피는 사실상 섬의 피난처로 가는 길 위에 있게 된다. 벌써 그는 경찰서의 아늑한 훈기를 느낄 수 있을 듯한 기분이 되었다. 젊은 여자는 그를 돌아보더니 한쪽 손을 내밀어 소피의 옷소매를 잡았다.

"그래, 마이크."

그녀는 기쁜 듯이 말했다.

"맥주나 한잔 사 준다면 갈게. 진작 말을 걸고 싶었지만, 저 경관이 지켜 보고 있잖아."

진드기처럼 달라붙는 젊은 여자를 데리고, 소피는 그만 울상을 지으며 경관 앞을 지나갔다. 그는 체포되지 않는 팔자 같았다.

다음 모퉁이에서 그는 여자를 뿌리치고 냅다 도망쳤다. 밤이 되면 가장 밝고 사랑의 맹세와 달콤한 말이 쏟아지는 거리로 와서 그는 걸음을 멈췄다. 모피에 파묻힌 여자들과 외투를 입은 남자들이 찬 공기에도 아랑곳하지 않고 즐거운 듯이 오가고 있었다. 그때 갑자기 자기는 웬지 무서운 마술에라도 걸려서 체포를 당하지 않게끔 되어 버린 것이 아닐까 하는 불안이 소피를 휘어감았다. 막상 그렇게 생각하자 더럭 겁이 났다. 그래서 호화찬란한 극장 앞에서 거드름을 피우며 왔다갔다하고 있는 경관을 다시 보았을 때 그는 '치안방해 행위'라는 눈앞의 지푸라기에 매달렸던 것이다.

길가에서 소피는 목청껏 쉰 목소리로 고함을 지르며 주정뱅이의 넋두리를 늘어놓기 시작했다. 춤도 추어 보고 고래고래 괴성을 지르기도 하고 그 밖의 온갖 방법으로 주위가 떠나가도록 떠들어댔다.

경관은 경찰봉을 빙빙 돌리면서 소피에게서 등을 돌리고 한 시민에게 설명했다.

"예일 대학 학생이 하트퍼드 대학을 영패시켰다고 해서 축하 소동을 벌이고 있는 중이지요. 시끄럽지만 위험하진 않습니다. 그냥 내버려두라는 명령을 받고 있어요."

서글픈 기분으로 소피는 소용없는 짓을 그만둘 수밖에 없었다. 경관은 절대로 나를 체포해 주지 않는단 말인가? 그의 마음 속에서 섬은 도저히 도달할 수 없는 이상향(理想鄕)같이 여겨졌다. 차가운 바람 속에서 그는 앞섶을 여몄다.

담배 가게에서 잘 차려입은 한 남자가 매달려 있는 점화기로 엽궐련에 불을 붙이고 있는 것이 눈에 띄었다. 그는 들어가면서 명주 우산을 문간에 세워 놓았다. 소피는 얼른 가서 그 우산을 집어들고 유유히 걸어나왔다. 엽궐련에 불을 붙이고 있던 사나이가 부랴부랴 쫓아 나왔다.

"이봐, 그건 내 우산이야!"

하고 그는 엄하게 말했다.

"아, 그래요?"

도둑질에다 모욕까지 덧붙여서 소피는 비웃었다.

"그렇다면 경관을 부르시지 그래요. 내가 훔쳤단 말입니다. 당신 우산을요! 경관을 불러 와요. 저 모퉁이에 한 사람 서 있군요."

우산 주인은 걸음을 멈추었다. 소피는 행운이 다시 달아나 버릴 듯한 예감을 느끼면서 걸음을 멈췄다. 경관이 두 사람을 이상한 듯이 바라보았다.

"물론."

하고 우산 주인이 말했다.

"말하자면 저어, 이런 잘못은 흔히 있는 일이지요. 난…… 만일 그게 선생 우산이라면, 용서해 주십시오. 실은 오늘 아침 어느 식당에서 주웠는데…… 선생 우산이 틀림없다면야 선생이…… 그야……."

"물론, 내 거야."

하고 소피는 짓궂게 말했다.

전 우산 주인은 물러갔다.

경관은 야회용 외투를 입은 늘씬하게 키가 큰 금발 부인이 두 블록쯤 저편에서 다가오고 있는 전차 앞길을 가로질러가는 것을 부축해 주려고 얼른 달려갔다.

소피는 도로공사로 마구 파헤쳐진 길을 따라 동쪽으로 걸어갔다. 홧김에 우산을 공사중인 구덩이 속에다 던져넣었다. 그리곤 헬멧을 쓰고 경찰봉을 든 사나이들에게 마구 투덜거렸다. 이쪽에서는 잡아가 주면 싶어하고 있으므로, 저쪽에서는 오히려 그를 무슨 짓을 해도 죄가 안 되는 임금이나 되는 것처럼 생각하고 있는 모양이었다.

마침내 소피는 밝은 불빛도 소음도 거의 다 끊어진 희미한 동쪽 큰길로 나와 있었다. 여기서 그는 매디슨 스퀘어 쪽으로 고개를 돌렸다. 비록 그 집이 공원 벤치라 할지언정 자기 집으로 돌아가려는 본능은 엄연히 살아 있기 때문이다. 그러나 언제나 적막한 길모퉁이에서 소피는 우뚝 걸음을 멈추었다. 그곳에는 좀 색다르고, 불규칙적으로 증축된 박공이 있는 해묵은 교회가 서 있었다. 짙은 보랏빛 칠을 한 유리창 너머로 부드러운 불빛이 반짝이고, 그곳에서는 한 연주자가 오르간 앞에 앉아 있었다. 분명히 다음 일요일의 찬송가를 익숙하게 칠 수 있도록 건반을 훑어가고 있는 것이 틀림없었다. 달콤한 음악 소리가 소피의 귀로 흘러 들어와서 그를 사로잡아 소용돌이 무늬의 철책 앞에 못 박아 버렸다.

달은 하늘 한복판에서 맑게 빛나고 있었다. 자동차도 길가는 사람도 거의 없었다. 참새가 처마 끝에서 졸린 듯이 찍찍거렸다. 잠시 동안 주위의 풍경은 시골 교회의 경내 그대로였다. 그리고 오르간 연주자가 치는 찬송가는 소피를 쇠울타리에 고정시켜 놓았다. 그에게 어머니와 장미꽃과 야심과 친구와 더러움을 모르는 생각과 빛깔 같은 것이 있던 시절에 그도 잘 알고 있던 노래였기 때문이다.

소피의 마음이 순순히 무엇을 받아들이려는 상태에 있는데다가 해묵은 교회의 감화력이 한데 뭉쳐져서 그의 정신에 놀라운 변화를 일으켰다. 그는 자기가 굴러떨어져 있는 깊은 구덩이와, 자기의 생활을 구성하고 있는 타락된 나날과, 천한 욕망과, 죽은 희망과, 못 쓰게 된 재능과 야비한 동기 같은 것들을 겁에 질린 마음으로 재빨리 살펴보았다.

그러자 다음 순간 그의 마음은 이 새로운 기분에 감격해 버렸다. 억센 충동이 금방 그를 절망적인 운명과 싸우도록 마음먹게 했다. 내 자신을 진흙탕에서 끌어 내자, 다시 한번 참된 인간이 되자, 내게 달라붙은 악을 이겨 내자. 아직 늦지 않았다. 아직도 비교적 젊다. 지난날의 진지한 포부를 되살려서 꾸준히 추구하자. 이 엄숙하고 아름다운 오르간의 가락이 그의 마음에 혁명을 일으켰다. 내일은 소란한 번화가에 나가서 일자리를 찾자. 언젠가 모피 수입 상인이 운전사가 되지 않겠느냐고 권한 적이 있다. 내일 그 사람을 만나서 일자리를 부탁해 보자. 나도 이제 떳떳한 인간이 되자.

나는, 소피는 누군가의 손이 자신의 팔을 잡는 것을 느꼈다. 얼른 돌아보니, 영락없이 경관의 얼굴이 눈앞에 있었다.

"여기서 뭘 하고 있지?"

경관이 물었다.

"아무것도요."

하고 소피는 대답했다.

"그럼, 가자."

하고 경관은 말했다.

"섬에서 금고 3개월."

이튿날 아침 경범 재판소에서 치안판사가 말했다.

---

1) 베수비어스 만 — 이탈리아의 나폴리에 있는 만.
2) 뉴욕 이스트버리에 있는 섬. 전에 형무소가 있었다. 형무소라는 뜻.

정신 없는 브로커의 로맨스

증권 브로커 하비 맥스웰의 비서 피쳐는 9시 반에 사장이 젊은 여자 속기사를 데리고 대단한 기세로 사무실에 들어오자 예의 그 무표정한 얼굴에 가벼운 흥미와 놀라움의 빛을 띠었다. '여어, 피쳐' 하면서 맥스웰은 마치 뛰어넘을 듯이 자기 책상 앞으로 내달아, 그곳에서 자기를 기다리고 있는 편지와 전보의 산더미 속으로 뛰어들어갔다.

그 젊은 여성은 지난 1년쯤 맥스웰의 속기사로 있었다. 그녀는 아름 다웠다. 그것은 도무지 속기와는 관계없는 아름다움이었다. 머리 모양도 남의 눈을 끄는 퐁파두르 형이 아니었고, 쇠줄 장식도, 팔찌도, 앞가슴에 로켓도 달고 있지 않았다. 언제라도 점심 식사 초대에 응하겠어요 하는 따위의 눈치도 보이지 않았다. 옷은 회색으로, 화려하지는 않았지만 그 몸에 썩 잘 어울렸다. 품위 있는 검은 터번 형 모자에는 금빛과 초록빛이 섞인 앵무새의 깃털이 꽂혀 있었다. 눈은 꿈꾸듯이 빛나고, 두 볼은 연분홍으로 물들었으며, 매우 행복스러운 표정으로 무언가 추억에 잠겨 있는 것 같았다.

여전히 얼마간 호기심을 품으면서, 피쳐는 오늘 아침 그녀의 태도에 어딘가 여느 때와 다른 점이 있는 것을 깨달았다. 그녀는 자기 책상이

112

있는 옆방으로 곧장 가지 않고, 사장실에서 할말이 있는 듯 우물거렸다. 한번은 사장에게 자기의 존재를 깨닫게 할 만큼 그의 책상 가까이까지 다가가기도 했다.

그러나 책상 앞에 앉아 있는 것은 기계이지 인간이 아니었다. 그것은 윙윙 소리를 내며 돌아가는 톱니바퀴와 역전하는 태엽으로 움직이는, 정신 없이 분주한 뉴욕의 증권 브로커였다.

"그런데, 뭐야? 무슨 볼일이야?"

하고 맥스웰 사장이 날카롭게 물었다. 겉봉을 뜯은 우편물이, 여러 가지가 어지럽게 널려 있는 책상 위에 눈더미처럼 쌓여 있었다. 몰인정하고 냉담하며 날카로운 그의 잿빛 눈이 약간 짜증스러운 듯이 그녀를 향해 번쩍였다.

"별로……."

그녀는 채 말을 잇지 못하고 가냘프게 미소만 지으면서 돌아섰다.

"피쳐 씨."

하고 그녀는 비서에게 말했다.

"사장님이 새로 속기사를 채용하는 일에 대해서, 무슨 말씀 없었어요?"

"말씀하셨습니다."

하고 피쳐는 대답했다.

"새 속기사를 채용하란 말씀이 있었습니다. 그래서 오늘 아침에 후보자 두어 명을 보내 달라고, 어제 오후 직업소개소에 부탁해 놨지요. 9시 45분이나 되었는데, 아직 피쳐 햇도 파인애플 추잉검도 하나 나타나지 않는데요."

"그럼, 내가 정상 근무를 하지요. 새로 다른 분이 올 때까지."

하고 젊은 여성이 말했다.

그리고는 곧 옆방의 자기 책상으로 가서, 금초록빛의 앵무새 깃털 장식이 달린 검은색 터번 형 모자를 여느 때의 그 자리에 걸었다.

일이 한참 분주할 때 맨해튼의 증권 브로커가 정신을 못 차리는 광경을 본 적이 없는 사람은, 인류학을 전공하기에는 적당치 않다. 시인은 '빛나는 인생의 현기증 나는 한때'에 대해서 읊고 있지만, 브로커의 한때는 현기증이 날 뿐 아니라, 1분 1초가 모두 앞뒤 승강구까지 콩나물 시루가 된 만원 전차 안에서 가죽 손잡이에 매달려 있는 꼴이다.

게다가 이날은 하비 맥스웰에게는 특히 바쁜 날이었다. 주가표시기(株價表示機)는 경기(驚氣)를 일으킨 듯이 좁다란 테이프를 쉴새없이 토해 내기 시작했고, 책상 위의 전화는 만성 발작을 일으켜 쉴새없이 울려 댔다. 많은 손님들이 사무실에 몰려들어 난간 저편에서 혹은 기쁜 듯이, 혹은 맹렬하게, 혹은 노기를 띠고, 혹은 흥분하여 맥스웰을 불러 대기 시작했다. 심부름하는 소년들이 전언과 전보를 쥐고 달음박질로 들락날락하고 있었다. 사무원들은 폭풍우를 만난 선원처럼 이리 뛰고 저리 뛰었다. 항상 무표정한 피쳐의 얼굴까지 이와 비슷한 활기의 빛을 보이기 시작했다.

증권거래소에는 태풍도 있고 산사태도 있으며, 폭설과 빙하와 화산도 있는데, 그런 천재지변이 축소되어 브로커 사무실에서 재현되고 있었다. 맥스웰은 아예 의자를 벽에 밀어붙여 놓고 토우 댄서 같은 모습으로 일을 처리해 나갔다. 주가표시기에서 전화통으로, 책상에서 문간으로, 수련을 쌓은 어릿광대처럼 발끝으로 가볍게 뛰어다니고 있었다.

점점 더 바빠지고 있는 한창 중요한 시간에, 간들거리는 타조 깃털 장식을 단 비로드 천개(天蓋) 같은 모자 밑으로 툭 비어져 나온 높다랗게 땋아올린 금발 끝과, 모조 바다표범 모피의 헐렁한 코트와, 끝에 단 하트 형 은메달이 바닥에 닿을 것 같고, 군밤만한 구슬을 염주처럼 꿴 목걸이가 별안간 브로커의 시야에 잡혔다. 그런 장식품에 싸인 침착해 뵈는 젊은 여자 하나가 서 있었다. 그 옆에 이 여자를 설명하기 위해서 피쳐가 서 있었다.

"일 관계로 속기사 소개소에서 오신 분입니다."

하고 피쳐가 말했다.

서류와 주가표시기의 테이프를 두 손에 가득 쥔 채, 맥스웰은 반쯤 몸을 틀어 그쪽을 보았다.

"무슨 일이야?"

하고 미간을 찌푸리며 그가 물었다.

"속기 일입니다."

하고 피쳐가 대답했다.

"오늘 아침에 한 사람 보내 달라고 소개소에 부탁하라는 말씀을 어제 하시기에."

"자네, 어떻게 된 거 아냐, 피쳐?"

하고 맥스웰은 말했다.

"내가 그런 말을 할 까닭이 없잖아? 레슬리 양이 우리 회사에 온 뒤로, 지난 1년 동안 일을 잘해 주고 있잖아? 자기 스스로 그만둘 생각이 없는 한, 속기 일은 레슬리 양이 맡을 거야. 아가씨, 지금은 마침 빈 자리가 없습니다. 소개소 쪽은 취소해, 피쳐. 그리고 앞으로는 이런 분을 보내지 말라고 일러 둬."

하트 형 은메달을 단 여자는 마구 투덜거리며 나가다 사무실 비품에 부딪치자 신경질을 내면서 돌아갔다.

피쳐는 틈을 보아 한 사무원에게 우리 사장은 하루하루 점점 더 멍청해져 모든 걸 깜빡깜빡 잊어버리게 되는 것 같다고 말했다.

일은 더욱 바빠지고 속도는 점점 더 맹렬해져 눈이 핑핑 돌 지경이었다. 거래소 매장에서는 맥스웰 회사의 손님들이 크게 투자하고 있는 대여섯 종류의 주가 한창 상장(上場)되고 있었다. 사고 파는 고함 소리가 마구 뒤섞여 아수라장이었다. 맥스웰은 자기 자신이 가진 주도 몇 개가 위태로워졌으므로, 고속 기어가 달린 정교하고 강렬한 기계처럼 움직이기 시작했다. 극도로 긴장되었지만 태엽 장치처럼 민첩하고도 정확하게 결단을 내리며 움직였다. 이 세계에는 주식과 채권, 대부금과 담보, 선금과 유가증권 외엔 아무것도 존재하지 않았다.

점심 시간이 가까워지자 그토록 소란스럽던 소음도 잠시 멎었다.

맥스웰은 전보와 메모지를 손에 가득 들고, 오른쪽 귀에 만년필을 낀채, 마구 헝클어진 머리를 하고 책상 옆에 서 있었다. 창문은 활짝 열려 있었다. 때는 봄이었고 따뜻한 대지에서 훈훈한 산들바람이 일어 창을 통해 들어오고 있었다.

그 창문에서 은근하게 —— 아마도 저절로 섞여 들어왔겠지만 —— 향긋한 향기가, 달콤한 라일락 향기가 흘러들어왔다. 브로커는 한순간 그 향기에 넋을 빼앗겨 꼼짝도 하지 않았다. 왜냐하면 그것은 레슬리양의 향기였기 때문이다. 그녀에게서만 맡을 수 있는 그녀만의 것이었다.

이 향기는, 거의 손으로 만질 수 있을 정도로 생생하게 그녀의 모습을 그의 눈앞에 그려 놓았다. 그 순간 그에게 있어 일은 대수롭지 않은 것이 되었다. 더욱이 그녀는 바로 옆방에 있지 않은가. 스무 걸음밖에 안 되는 곳에.

"무슨 일이 있어도 지금 해야 한다."

하고 맥스웰은 중얼거렸다.

"지금 청혼하자. 왜 좀 진작 하지 못했을까?"

그는 공을 잡으려는 유격수같이 날쌔게 안쪽 사무실로 뛰어들어갔다. 그리하여 곧장 속기사의 책상 앞으로 돌진해 갔다. 그녀는 방긋이 웃으며 그를 쳐다보았다. 볼은 엷게 홍조를 띠고, 눈은 정답고 순하게 반짝이고 있었다. 맥스웰은 책상 위에 한쪽 팔꿈치를 세웠다. 아직도 두 손에는 펄렁거리는 서류를 들었고 귀에는 만년필이 끼워져 있었다.

"레슬리 양."

하고 그는 얼른 말을 꺼냈다.

"조금밖에 시간이 없는데요, 그 조금밖에 없는 시간에 얘기하고 싶습니다. 나와 결혼해 주시지 않겠습니까? 나는 다른 사람들처럼 절차를 밟아서 청혼할 시간이 없었습니다. 하지만, 진심으로 당신을 사랑합니다. 제발 지금 곧 대답해 주십시오. 저 친구들이 지금 유니온 퍼시픽의 주를 상장시키려 하고 있으니까요."

"어머나, 무슨 말씀을 하시는 거예요!"

하고 젊은 여성은 소리치며 일어났다. 그녀는 놀라 둥그래진 눈으로 맥스웰을 바라보았다.

"내 말을 못 알아듣겠습니까?"

하고 맥스웰은 집요하게 매달렸다.

"나와 결혼해 주십시오. 당신을 사랑하고 있습니다, 레슬리 양. 이 말을 하고 싶어서 일을 하다 말고 잠깐 틈을 내서 빠져 나온 겁니다. 벌써 저렇게 전화가 요란스레 걸려 오고 있습니다. 잠깐 기다리라고 해, 피처. 어떻습니까, 레슬리 양?"

속기사는 너무나도 이상한 행동을 보였다. 처음에는 기가 막히다는 듯이 멍청하게 있더니, 이윽고 그 놀란 눈에서 눈물이 괴어 떨어지기 시작했다. 그리고는 환하게 미소를 띠며 주식 브로커의 목에 정답게 한쪽 팔을 감았다.

"이제야 알았어요."

하고 그녀는 상냥하게 말했다.

"이 일을 하고 계시는 동안 다른 일은 깡그리 다 잊으셨나 봐요. 처음에는 깜짝 놀랐어요. 잊으셨어요, 하비? 우리는 어젯밤 8시에 '모퉁이의 조그만 교회'에서 결혼했잖아요."

진 자

"81가입니다. 출입구에서 비켜나 주십시오."
하고 푸른 제복을 입은 양치기(전차 차장)가 큰소리로 외쳤다.

그러자 시민이라는 이름의 양들이 한 떼 내리고, 또 다른 한 떼가 우르르 올라탔다. 땡그랑땡그랑, 맨해튼 고가선의 가축 전차는 요란스러운 소리를 내며 달려갔다. 존 파킨스는 해방된 양 떼에 섞여서 정거장 층계를 내려갔다.

존은 나른한 모습으로 자기 아파트를 향해 걸어갔다. 나른하다는 것은, 그의 일상 생활이 아무 변화도 없이 똑같은 생활의 반복임을 말해 준다. 결혼한 지 2년, 더욱이 아파트 생활을 하는 사나이에게 뜻밖의 일 따위가 기다리고 있을 턱이 없는 것이다. 터벅터벅 걸어가면서 존 파킨스는 우울하게 냉소를 깨물며, 단조로운 하루의 결말을 속으로 예언하고 있었다.

케티가 콜드크림과 버터볼 냄새가 나는 입맞춤으로 나를 문간에서 맞이해 주겠지. 나는 웃옷을 벗고, 자갈을 깐 듯한 긴의자에 걸터앉아 석간을 펼쳐 들고, 자동사식기(自動寫植機)로 끔찍하게 살해된 러시아 병정에 관한 기사(露日戰爭에 관한 기사)를 읽겠지. 저녁 식사에는 냄비에

볶은 고기와 절대로 피부가 상하지 않는다는 보장이 붙은 드레싱으로 양념한 샐러드와, 장군풀 스튜와, 설명서에 씌어 있는 화학적 순도의 증명에 얼굴을 붉히고 있는 병에 든 딸기 마멀레이드가 나오겠지. 저녁 식사가 끝나면, 케티는 얼음 배달부가 잘라 주고 간 넥타이 끝을 이어서 만든 조각보를 보여 주겠지. 7시 반이 되면 우리는 가구 위에 신문지를 덮게 되겠지 —— 위층에 있는 그 뚱뚱보가 체조를 하기 시작하면 당장에 떨어지는 벽의 흙을 받기 위해서. 8시 정각에는 복도 맞은편 방에 사는 연극배우(지금은 아무 데도 출연 계약을 맺고 있지 않다)인 히키와 무니가 가벼운 섬망증(譫妄症) 발작을 일으켜서, 흥행주 햄머 스타인이 주급 500달러에 계약하려고 자기들의 꽁무니를 쫓아다니고 있다는 망상에 사로잡혀 의자를 넘기 시작하겠지. 이윽고 통풍 구멍을 사이에 둔 맞은편 창문의 신사가 플루트를 꺼내겠지. 길거리에선 밤의 가스등이 여기저기서 명랑하게 깜빡이기 시작하겠지. 요리를 나르는 엘리베이터가 도르래에서 벗겨지겠지. 관리인이 자노비키 부인의 꼬마들 다섯을 다시 쫓아 버리겠지. 샴페인 빛깔의 구두를 신고 스코치테리어를 끌고 나온 부인이 총총히 층계를 내려가서, 초인종과 우편함 위에 그녀의 목요일 이름을 써붙이겠지. 이렇게 하여 프로그모어 아파트의 밤은 언제나처럼 깊어 가겠지.

존 파킨스는 이런 일이 한 치의 틀림도 없이 일어날 것을 알고 있었다. 이어 8시 15분이 되면, 자기가 용기를 내어 모자에 손을 가져 간다는 것도, 그리고 아내가 덤벼들 듯한 말투로 이렇게 묻는 것도 알고 있었다.

"여보, 어딜 가요? 나도 좀 알고 싶은데요, 존 파킨스?"

"맥클로스키 집에 들러서 친구들과 당구나 두어 판 치려구……."

요즈음은 이것이 존 파킨스의 습관이 되어 있었다. 그래서 10시나 11시쯤에 집에 돌아온다. 케티는 벌써 잠들어 있을 때도 있고, 어떤 때는 화가 머리 끝까지 치솟아 결혼이라는 강철 사슬에 도금된 금을 조금이라도 더 벗기려고 자지 않고 기다리는 수도 있다.

　이 모든 일에 대해서는 사랑의 신이 프로그모어 아파트의 그의 희생자와 더불어 심판장에 섰을 때 해명하지 않으면 안 될 것이다.

　그날 밤 문간에 도착한 존 파킨스는, 그런 평범한 생활을 뒤엎은 커다란 역전극(逆轉劇)에 직면했다. 그 귀엽고 과자 냄새 나는 입맞춤을 해 주던 케티의 모습이 어디론지 사라져 버린 것이다. 방 세 칸이 무섭도록 난잡하게 어질러져 있고 그녀의 소지품이 마구 흩어져 있었다. 구두가 방바닥 한가운데서 뒹굴고, 머리를 마는 클립이며 머리 장식용 리본, 일본식 옷과 분첩 같은 것이 모두 뒤섞여서 화장대와 의자 위에 흩어져 있었다. 이것은 분명히 케티가 한 짓이 아니었다. 존은 그녀의 곱슬곱슬한 갈색 머리카락이 엉켜서 붙어 있는 빗을 멍청히 바라보았다. 무언가 굉장히 바쁜 볼일이나, 얼이 빠질 만한 사건이 일어나서 뛰쳐나간 것이 분명했다. 왜냐하면 여느 때의 그녀는 이런 머리카락은 말끔히 뭉쳐서 모두가 부러워할 다리를 만들기 위하여 난로 위의 조그마한 파란 꽃병 속에 알뜰히 넣어 두기 때문이다.

　깨끗이 접은 종이 쪽지가 금방 눈에 띄도록 가스등 꼭지에 끈으로 매어져 있었다. 존은 그것을 뜯었다. 다음과 같이 급히 써나간 아내의 편지였다.

　사랑하는 존
　방금 어머니께서 위독하시다는 전보를 받았어요. 4시 40분 차를 탈 생각이에요. 도착하면 동생 샘이 마주 나와 있을 거예요. 냉장고에 양고기가 들어 있어요. 평소의 그 후두염의 재발이 아니었으면 좋겠어요. 어머니는 작년 봄 후두염으로 몹시 괴로워하셨거든요. 계량기에 관한 일로 가스 회사에 편지 쓰는 것을 잊지 마세요. 갈아신을 양말은 맨 위쪽 서랍에 들어 있어요. 내일 도착하는 대로 편지하겠어요.

케티

결혼한 지 2년 동안 그와 케티는 단 하룻밤도 따로 잔 적이 없었다. 존은 어찌할 바를 몰라 아내가 갈겨쓴 쪽지를 몇 번이나 되풀이해서 읽었다. 일찍이 단 한 번도 바뀐 적이 없는 일정한 일상 생활의 순서에 지금 하나의 금이 생긴 것이다. 그는 그저 멍하니 서 있었다.

의자 등받이에 케티가 언제나 음식을 장만할 때 입는 검정 물방울 무늬의 빨간 실내복이 비참한 껍데기로 걸쳐져 있었다. 부랴부랴 뛰어나갔는지 평상복도 여기저기 던져져 있었다. 좋아하는 버터볼이 든 조그만 종이뭉치가 주둥이 끈도 매지지 않은 채 그대로 놓여 있었다. 기차 시간표가 오려져서 그 자리만 네모 구멍이 나있는 신문지가 펼쳐진 채 방바닥에서 뒹굴고 있었다. 방 안의 모든 것이 상실을, 소중한 것을 잃었다는 것을, 영혼과 생명이 사라져 버린 것을 말해 주고 있었다. 존 파킨스는 기묘하게 황량한 생각에 감싸인 채, 이 죽은 잔해 속에 우두커니 서 있었다.

그는 되도록 말끔히 방 안을 치우기 시작했다. 그녀의 옷에 손이 닿았을 때, 무언가 흡사 공포 같은 전율이 온몸에 일었다. 케티 없는 생활이 어떤 것인가, 그는 지금까지 한 번도 상상해 본 적이 없었다. 그녀는 이제 완전히 그의 생활 속에 녹아들어 있었으므로, 아내란 그에게는 마치 호흡하는 공기같이, 꼭 필요하긴 하지만 그 고마움을 깨닫는 일은 좀처럼 없었던 것이다. 그런데 지금 그녀는 아무런 예고도 없이 가 버리고 없다. 마치 처음부터 존재하지 않았던 것처럼 홀연히 사라져 버린 것이다. 물론 2, 3일이나 아니면 길어야 한두 주일이면 그녀는 올 것이다. 그러나 존은 마치 죽음의 손이 태평스러운 그의 가정에 표를 찍은 듯한 느낌마저 드는 것이다.

존은 냉장고에서 양고기를 꺼내고 커피를 끓여서 뻔뻔스럽게 화학적 순도를 보장하는 상표를 붙인 딸기 마멀레이드를 앞에 놓고 외로운 식탁에 앉았다. 냄비에 볶은 고기와 황갈색의 구두약 같은 드레싱을 친 샐러드가 잃어버린 행복 속에서 지금은 헛된 환영(幻影)처럼 보였다. 내 가정은 해체되고 말았다. 후두염을 앓는 장모가 내 가정의 수호신을 하늘 저편으로 쫓아 버렸다. 쓸쓸한 식사를 마친 존은 거리로 나있는 창가에 가서 앉았다.

담배를 피울 기분도 나지 않았다. 창 밖의 거리는 요란스레 번쩍이며 환락의 장으로 그를 유혹하고 있었다. 오늘 밤은 존 혼자만의 밤이었다. 그럴 생각만 있다면 누구의 잔소리도 듣지 않고 외출할 수 있으며 길거리의 명랑한 독신자처럼 자유로이 환락의 현(絃)을 뜯을 수도 있다. 밤새도록 술을 마시거나, 정신 없이 떠들어대거나, 여기저기 헤매어 다니거나, 뭣이든지 하고 싶은 짓을 할 수 있다. 환락의 여운이 떠도는 채로 돌아오는 그를 잔뜩 벼르며 기다리는 케티도 없다. 바란다면 새벽의 여신이 전등불을 흐릿하게 만드는 시간까지 놈팽이 친구들과 맥클로스키 집에서 당구를 쳐도 아무 상관없다. 이 프로그모어 아파트가 몹시 무미건조하게 느껴졌을 때도 언제나 그를 묶어 놓고 있던 결혼이라는 사슬이 이제 풀렸다. 케티는 가 버린 것이다.

존 파킨스는 자기 감정을 분석하는 습관을 갖고 있지 않았다. 그러나 지금 케티 없는 너비 10피트, 길이 12피트의 방에 앉아 있다 보니, 자신의 불안한 주조음(主調音)이 무엇이라는 것을 뚜렷이 깨달았다. 자신의 행복에는 케티가 없으면 안 된다는 것을 새삼스레 깨달은 것이다. 아무런 색다른 변화도 없는 가정 생활의 되풀이 때문에 의식 속에 잠자고 있던 그녀에 대한 감정이, 그녀의 존재를 상실함으로써 심하게 일깨워진 것이다. 인간은 아름다운 목소리의 새가 날아가 버릴 때까지는 그 아름다운 목소리를 진실로 감상하려고 하지 않는다는 것을 속담이나 설교나 우화(寓話)나 또는 그 이상으로 설득력 있는 명언으로 이미 신물이 나도록 들어 오지 않았던가?

　나는 정말 숙맥이었군 하고 존 파킨스는 생각에 잠겼다. 지금까지 케티를 그렇게 다루어 오다니. 밤마다 아내와 함께 집에서 지내지 않고 바깥으로 나가 젊은 놈들과 당구를 치고 술을 마시고 떠들어대곤 하지 않았는가. 가엾게도 케티는 마음의 위안도 제대로 받지 못한 채 외로이 집에 앉아 기다리고 있었는데 내가 너무했구나. 존 파킨스여, 너는 정말 죄 많은 인간이로구나! 사랑하는 케티를 위해서 무엇인가 보상을 해 주자. 밖에 데리고 나가서 뭔가 재미있는 구경을 시켜 주자. 그리고 맥클로스키의 놈팡이 친구들과는 오늘 이 시간부터 단단히 손을 끊자.

　확실히 창 밖에서는 거리가 존 파킨스를 향해서 모무스(嘲弄의 신)를 따라서 함께 춤을 추라고 요란스레 불러 대고 있었다. 맥클로스키네 집에서는 여느 때의 단골들이 언제나처럼 노름을 시작할 때까지의 시간을 메꾸려고 하릴없이 당구를 치고 있었다. 그러나 지금은 앵초(櫻草)의 길(환락의 길 —— 셰익스피어의 《햄릿》에서)도 흔쾌한 당구의 큐 소리도 케티를 잃은 파킨스의 지난날의 잘못을 후회한 마음을 유혹할 수는 없었다. 사랑하는 것을 여태까지는 그리 중요하게 생각지도 않았고, 오히려 반경멸하고 있다가 빼앗기고 보니 지금은 애닲도록 그리웠다. 후회에 가슴이 저미는 파킨스는 자기의 계보를 더듬어 낙원에서 천사에게 쫓겨난 아담에까지 거슬러 올라갈 수 있었다.

존 파킨스의 오른쪽에 의자가 하나 놓여 있었다. 그 등받이에 케티의 파란 블라우스가 걸려 있었다. 그것은 아직도 케티의 모습을 희미하게 간직하고 있었다. 소매 중간쯤에 남편을 편안하게 해 주고 기쁘게 만들어 주기 위해 일할 때 그녀의 팔의 움직임이 만들어 낸 가느다랗게 주름잡힌 독특하게 구겨진 자국이 남아 있었다. 가냘프면서도 마음 설레게 하는 야생 히아신스의 향기가 블라우스에서 풍겨 왔다. 존은 블라우스를 집어 들었다. 그리고 언제까지나 그 차가운 얇은 옷을 들여다보았다. 케티는 한 번도 이렇게 차가운 적이 없었다. 눈물이, 그렇다! 눈물이 존 파킨스의 눈에 솟았다. 이번에 케티가 돌아오면 모든 것이 달라질 것이다. 나는 여태까지 회피해 온 책임을 다할 것이다. 그녀 없는 생활을 어떻게 생각할 수 있겠는가.

그때 문이 열렸다. 케티가 조그만 손가방을 들고 들어왔다. 존은 깜짝 놀라 그녀를 바라보았다.

"아아, 돌아오게 돼서 다행이에요."
하고 케티는 말했다.

"어머니는 그리 대단치 않으셨어요. 샘이 정거장에 나왔데요. 그리고 어머니는 그저 잠깐 발작을 일으켰을 뿐이고, 전보를 친 바로 뒤에 금방 깨끗이 나으셨다는 거예요. 그래서 다음 기차로 돌아왔죠. 아, 커피 한 잔 마셨으면."

프로그모어 아파트의 3층 정면 방이 여느 때나 마찬가지로 그 기계를 되돌리기 시작했을 때, 그 삐걱거리는 톱니바퀴 소리를 들은 사람은 아무도 없었다. 벨트가 미끄러져 나가고, 용수철이 움직이고, 기어가 조정되어 수레바퀴는 다시 여느 때의 궤도를 돌기 시작했다.

존 파킨스는 벽시계를 쳐다보았다. 8시 15분이었다.

그는 모자를 집어 들고 현관으로 걸어갔다.

"여보, 어디 가요? 나도 알고 싶어요, 존 파킨스."

하고 케티가 덤벼들 듯한 말투로 말했다.

"잠깐 맥클로스키네 집에 들러서."

하고 존은 대답했다.

"친구들과 당구나 두어 게임 치고 올까 하구."

악운의 충격

공원에도 귀족 계급이 있고, 공원을 개인용 아파트인 양 사용하고 있는 떠돌이들에게도 귀족 계급이 있다. 밸런스는 그렇게 생각했다. 아니, 그보다도 막연히 그런 생각이 들었다. 여태까지 생활해 오던 세계를 벗어나 떠돌이 신세가 되고 보니, 그의 발걸음은 곧장 매디슨 스퀘어로 향했다.

젊은 5월이, 싹이 돋아 나오기 시작한 나무들 사이에서 여학생 ── 그것도 옛날의 여학생 ── 처럼 싱싱하게, 몸을 꽉 죄듯이 서늘하게 숨쉬고 있었다. 밸런스는 웃옷의 단추를 채우고는, 마지막 담배에 불을 붙여 물고 벤치에 걸터앉았다. 교통 순경의 제지를 받아 그의 마지막 자동차 여행도 종말을 고하고, 게다가 마지막 1천 달러 중에서 그 또한 마지막인 100달러를 빼앗겨 버린 것을 3분 동안쯤 아깝게 생각하고 후회했다. 이어 그는 주머니를 모두 뒤져 보았으나 1센트짜리 동전 하나 나오지 않았다. 지금까지 살던 아파트를 그날 아침 그는 깨끗이 버리고 나왔다. 가구는 빚 대신 빼앗겨 버렸다. 옷도 지금 입고 있는 것말고는 치르지 못한 급료 대신으로 하인의 손에 넘어갔다. 지금 이렇게 벤치에 앉아 있는 그에게는 친구를 찾아가서 공갈을 놓거나 사기라도 치지 않는 한, 온 시내 어디를 가더라도 침대 하나, 양념구이 새우 한 마리, 전차표 한 장, 단추 구멍에 꽂을 카네이션 한 송이 없었다. 그래서 그는 공원을 택했던 것이다.

그가 이렇게 처량한 신세가 된 까닭은 숙부에게 의절당하여 지금까지 넉넉하게 얻어 쓰던 생활비를 전혀 받을 수 없게 되었기 때문이다. 왜냐하면 조카인 밸런스가 어떤 처녀와의 일로 숙부의 말을 듣지 않았기 때문이다. 그러나 미리 말해 둘 것은, 지금부터 하는 얘기가 그 처녀에 관한 것은 아니라는 점이다. 그러니, 그런 이야기를 미주알고주알 캐묻고 싶은 독자는, 여기서부터는 읽지 않아도 좋다.

그런데 이 조카와는 계보가 다른 조카가 또 한 사람 있었다. 일찍이 그는 미래의 후계자로서 숙부의 총애를 받았었다. 그런데 그는 이렇다 할 장점도 없는데다가 앞날의 가망성도 별로 없어서 오래 전에 영락(零落)하여 어디론가 모습을 감추어 버렸다. 숙부는 그 사람을 다시 찾아내어, 본위치로 끌어올리기로 했던 것이다. 그래서 밸런스는 타천사(墮天使) 루시퍼가 나락(奈落)으로 떨어지듯이 화려하게 전락하여 이 조그만 공원의 누더기를 걸친 망령들 사이에 끼게 되었다.

딱딱한 벤치에 앉은 그는 몸을 뒤로 젖히고 웃으면서, 담배 연기를 나무의 아래쪽 가지로 불어 보냈다. 인생의 모든 기반을 단숨에 끊을 수 있어서 마음 두근거리는 해방감과 가슴 설레는 기쁨을 느꼈다. 기구(氣球)를 타는 사람이 줄을 끊고 기구를 높이 띄웠을 때의 흥분, 바로 그것이었다.

이럭저럭 시간은 10시였다. 벤치에서 빈둥거리고 있는 사람의 그림자도 그다지 눈에 띄지 않았다. 공원의 주민들은 늦가을의 추위에는 완강히 반항하면서도, 차가운 봄 군단의 전선 공격 때는 좀처럼 나타나지 않는다.

　그때 분수 가까이에 있는 벤치에서 한 사나이가 일어나더니, 밸런스 앞으로 걸어와서 그의 곁에 앉았다. 그는 젊은 사람 같았는데, 싸구려 여관의 퀴퀴한 곰팡이 냄새가 몸에 배고, 수염도 깎지 않는데다 머리에 빗질도 안 했으며, 술은 한 방울도 마시지 않은 것 같았다. 사나이는 성냥을 빌려달라고 했다. 이것은 공원 벤치의 거주자끼리 처음 만나서 주고받는 인사다.

　"당신은 여기 단골이 아니군그래."
하고 사나이는 밸런스에게 말했다.

　"맞춤옷을 입은 걸 보면 금방 알 수 있지. 공원을 지나다가 잠깐 앉아서 한 대 피우고 있는 거지? 하지만 잠깐 내 얘기 좀 들어 보라구. 나는 지금 도저히 혼자 있을 수가 없단 말야. 무서워서…… 무서워서 말야. 방금 저기 있는 떠돌이에게도 그 얘기를 했는데, 저놈들은 모두 나를 미치광이로 안단 말야. 아무튼 내 얘기 좀 들어 보라구. 오늘 내가 먹은 것이라곤 비스킷 두어 개와 사과 한 개뿐이야. 그런데 내일 나는 3백만 달러의 재산 상속인이 된다구. 그렇게 되면, 저기 저 자동차들이 둘러싼 식당도 아마 내가 식사하기엔 너무 싸구려일걸. 내 말을 당신도 안 믿을 테지?"

　"아니, 조금도 의심하지 않습니다."
하고 밸런스는 웃으면서 말했다.

　"나도 어제는 저기서 점심을 먹었는데, 오늘은 5센트짜리 커피 한잔 못 마실 형편이니까요."

　"당신은 뭐, 우리 패거리로 보이지 않아. 하지만 뭐, 그런 일도 있을 수 있을 테지. 나도 근사한 생활을 한 적이 있다구. 몇 해 전에 말이야.

그런데 당신은 어쩌다가 이렇게 됐지?"

"나는…… 아니, 실직했지요 뭐."

하고 밸런스는 둘러댔다.

"피도 눈물도 없는 지옥이거든, 이 도시는."

하고 사나이는 계속했다.

"오늘 중국제 도기 그릇으로 밥을 먹고 있는가 하면, 내일은 벌써 싸구려 참수이 집에서 밥을 먹게 되거든. 나 같은 인간도 내 몫 이상으로 죽도록 고생한 지난 5년 동안, 거지나 다름없는 생활을 했다구. 아무 일도 하지 않아도 사치스럽게 살 수 있는 팔자로 태어났는데도 말야. 정말은…… 이렇게 되면 모든 걸 다 털어놔야 되겠군. 누군가에게 지껄이지 않을 수 없단 말야. 무서워서, 말씀야. 내 이름은 아이드야. 저 리버사이드 드라이브의 억만장자 폴딩 늙은이가 내 숙부라고 해 봐야 믿어 주지 않겠지만, 사실은 그렇다구. 그 저택에 살면서 얼마든지 돈을 쓸 수 있었던 시절도 있었지. 그런데 당신은 술 마실 돈도 없다고 했지, 응? 그런데 당신 이름은?"

"도우슨이오."

하고 밸런스는 대답했다.

"유감스럽지만 무일푼이오."

"나는 지난 1주일 동안, 디비전 거리의 지하 석탄창고에서 살았지."

하고 아이드는 계속했다.

"'눈깜빡이' 모리스라는 불한당과 둘이서 말야. 달리 갈 곳이 없었거든. 그런데 오늘 내가 밖에 나와 있는 동안에, 웬 녀석이 주머니에 서류를 쑤셔넣고 그리로 나를 찾아오지 않았겠나. 사복경관인 줄 알고 나는 캄캄해질 때까지 거기엔 얼씬도 안 했지. 그랬더니 그 녀석 쪽지를 써 놓고 갔는데, 알겠나 도우슨, 그게 장안의 유명한 변호사 미드가 쓴 편지였단 말이야. 앤 거리에서 그의 간판을 본 일이 있지. 폴딩 숙부가 나더러 돌아온 탕아의 역할을 하라는 얘기였어. 다시 말하자면, 돌아와서 다시 재산 상속인이 돼 가지고 돈을 실컷 써 보라는 얘기란 말야. 그래서 내일 아침 10시에 변호사 사무실로 찾아가게 돼 있다구. 그러면 다시 그런 지위로 돌아갈 수 있는 셈이지. 3백만 달러의 상속인으로 말야. 도우슨, 그리고 말야, 게다가 1년에 1만 달러의 푼돈도 얻어 쓸 수 있단 말씀이야. 하지만…… 나는 무서워졌어. 무서워졌단 말이야."

부랑자는 느닷없이 벌떡 일어서더니 떨리는 두 팔을 머리 위로 쳐들고, 숨을 죽인 채 히스테리 같은 신음 소리를 냈다.

밸런스는 그의 팔을 붙잡아 내리고 억지로 벤치에 끌어다 앉혔다.

"진정하시오!"

하고 그는 약간 짜증나는 투로 말했다.

"이러다간 재산을 손에 넣게 된 사람이 아니라, 재산을 날려 버린 인간인 줄 알겠구먼. 대체 뭐가 그리 무섭소?"

아이드는 벤치에 몸을 웅크리고 앉아 떨고 있었다. 그는 밸런스의 소매 끝을 붙잡고 놓질 않았다. 이 의절당한 지 얼마 안 된 사나이는 브로드웨이의 흐릿한 불빛 속에서도 뭔지 모를 공포 때문에 떨고 있는 아이드의 이마에 배어 나온 땀방울을 똑똑히 볼 수 있었다.

"날이 새기 전에 내게 무슨 일이 일어날 것만 같은 기분이 들어서 무섭단 말야. 그게 무슨 일인지는 알 수 없지만, 그 돈을 내가 갖지 못할 무슨 일이 일어날 것만 같은 기분이 든단 말야. 어쩌면 나무가 내 머리 위로 넘어질지도 모르고, 마차에 깔려 죽을지도 모른단 말야, 지붕에서 돌이 굴러떨어질지도 모르고…… 이렇게 무서운 생각에 사로잡힌 적은 이때껏 한 번도 없었는데, 여태까지 나는 내일 아침 끼니가 어디서 굴러 들어올지 짐작도 못하면서도, 조각처럼 유유히 이 공원에서 몇백 번이나 밤을 새우곤 했다고. 그런데 지금은 그렇게 안 된단 말야. 이봐요, 도우슨, 나는 돈을 굉장히 좋아하지. 돈이 내 손바닥 안으로 굴러 떨어지게 된다면, 나는 아마 하느님처럼 행복한 기분이 될 수 있을 거야. 그러면 모두 나한테 굽실굽실 절을 할 거고, 나는 음악과 꽃과 좋은 옷에 둘러싸이게 될 거야. 그런 일이 나와 아무런 관계도 없다고 생각하고 있을 때는 그다지 신경도 쓰지 않았지. 누더기를 입고 배를 곯으면서도 이 벤치에 걸터앉아 분수의 물소리에 귀를 기울이고, 마차가 큰길을 달려가고 있는 것을 바라보고만 있어도 얼마든지 행복했다구. 그런데 돈이 다시 들어오게 되고, 더욱이 이제 그게 거의 확실해지고 보니, 이렇게 열두 시간이나 기다려야 한다는 게 도무지 견딜 수가 없게 됐단 말이야. 도우슨, 도무지 견딜 수가 없어요. 그때까지 무슨 일이 일어날지 어떻게 알아. 장님이 될지도 모르고, 심장마비를 일으킬지도 모르고, 돈이 내 손에 들어오기 전에 이 세상이 끝장나 버릴지도 모르고……."

아이드는 다시 소리를 지르며 벌떡 일어났다. 다른 벤치에 있던 사람들도 고개를 돌려 이쪽을 바라보기 시작했다.

밸런스는 그의 팔을 잡았다.

"자, 좀 걸어 봅시다."

하고 그는 달래듯이 말했다.

"그리고 진정해요. 흥분하고 겁을 집어먹고 할 건 조금도 없습니다. 아직은 당신에게 아무 일도 일어나지 않았으니까. 그다지 색다른 밤도 아니잖소."

"맞았어."

하고 아이드는 말했다.

"나와 함께 있어 줘, 도우슨. 제발 부탁이야. 잠시 함께 걸어 줘. 이렇게 녹초가 돼 본 적은 처음이야, 고생을 무척 했지만 말야. 도우슨, 어떻게 뭐 좀 요기가 될 만한 걸 얻어 줄 수 없을까? 이젠 신경이 지쳐서 구걸도 못하겠단 말야."

밸런스는 그를 데리고 거의 인기척이 끊어진 5번가로 걸어가서는 삼십 몇 가에서 서쪽으로 방향을 바꿔 브로드웨이로 향했다. 그는 '여기서 2, 3분만 기다리시오.' 하고 아이드를 조용한 모퉁이에 남겨 놓고 걸어갔다. 그러더니 단골 호텔에 들어가서, 어제까지와 다름없는 침착한 태도로 유유히 바로 다가갔다.

"지미, 바깥에 불쌍한 친구가 있네."

하고 그는 바텐더에게 말했다.

"배가 고프다는데 거짓말은 아닌 모양이야. 돈을 줘 봐야 저런 친구들은 어디다 쓸지 모르니까, 샌드위치를 좀 만들어서 갖다 주지 않겠나? 헛일은 안 시킬 테니까."

"알겠습니다, 밸런스 씨."

하고 바텐더는 말했다.

"떠돌이라고 다 가짜는 아니니까요. 굶은 사람을 본 체 만 체할 순 없습죠."

그는 적선할 무료 식사를 냅킨에 많이 싸주었다. 밸런스는 그것을 갖고 친구에게로 돌아갔다. 아이드는 허겁지겁 받아서 게걸스레 먹었다.

"올 들어 이렇게 맛있는 음식을 얻어먹긴 처음이야."

하고 그는 말했다.

"당신도 좀 드시지, 도우슨?"

"고맙지만, 나는 배가 고프지 않소."

"공원으로 돌아가자구."

하고 이윽고 아이드가 말했다.

"거길 가면, 경관이 성가시게 굴지 않을 테니까. 이 햄 같은 건 내일 아침에 먹게 갖구 가야지, 이제 배불리 먹었으니까. 복통이라도 일으키면 큰일이거든. 오늘 밤에 갑자기 배탈이 나서 그 돈을 못 갖게 되는 날엔 그야말로 큰일이란 말야. 변호사를 만날 때까진 아직 열한 시간이나 남았잖아. 나와 같이 있어 주겠지, 도우슨? 꼭 무슨 일이 일어날 것만 같아서 못 견디겠다구. 당신, 갈 데 없지?"

"없소."

하고 밸런스는 말했다.

"오늘 밤엔 갈 데가 없소. 같이 벤치에서 잡시다."

"거참 묘하게 침착한걸."

하고 아이드는 말했다.

"거짓말을 하고 있는 건 아닐 테지? 좋은 자리에 있던 사람이 하루만에 떠돌이 신세가 되었다면, 머리를 쥐어뜯으며 난리를 피울 만도 한데."

"피차 마찬가지요, 아까도 말했지만."

하고 밸런스는 웃으면서 말했다.

"내일 한 재산 굴러들어올 사람이라면, 마음 턱 놓고 침착하게 있을 만도 한데."

"아무튼, 묘한 거야."

하고 아이드는 해탈한 듯이 말했다.

"인간이 하는 일이란 말야. 자, 여기 이게 당신 벤치야. 내 바로 옆이고, 불빛이 눈에 비치지도 않아. 이봐요, 도우슨, 내가 집에 들어가게 되면, 우리 집 영감에게 당신 직장을 구할 수 있도록 누구에게 소개장을 써달래지. 오늘 밤엔 무척 신세를 졌으니까. 당신을 만나지 않았다면, 오늘 밤은 지내기 힘들었을 거야."

"고마우이."

하고 밸런스는 말했다.

"잘 때는 여기서 누워 자는 거요, 아니면 그대로 앉아서 자는 거요?"

몇 시간이나 밸런스는 거의 눈도 깜빡거리지 않고 나뭇가지 사이로 가만히 별을 쳐다보며, 남쪽 아스팔트 길에서 날카롭게 들려 오는 말발굽 소리에 가만히 귀를 기울이고 있었다. 머릿속은 온갖 생각이 떠올라 어지러웠지만 마음 속엔 아무런 감정도 일지 않았다. 후회도, 공포도, 고통도, 그리고 불안도 느껴지지 않았다. 그 처녀에게 생각이 미쳤을 때도, 그녀가 마치 지금 이렇게 바라보고 있는 저 아득히 먼 별에 살고 있는 사람처럼 느껴졌다. 옆에 있는 친구의 기묘한 어릿광대 노릇을 생각했을 때도, 약간 미소가 떠올랐을 뿐 웃을 기분은 조금도 나지 않았다. 이윽고 우유배달 마차들이 덜컹덜컹 요란스러운 소리를 내며 거리를 지나갔다. 밸런스는 불편한 잠자리였지만 푹 잤다.

이튿날 아침 10시에, 두 사람은 앤 거리에 있는 미드 변호사 사무실 문 앞에 서 있었다. 시간이 가까워지자 아이드의 신경은 점점 더 곤두서기 시작했다. 밸런스는 무서워 떨고 있는 그를 혼자 남겨 두고 떠날 수가 없었다.

두 사람이 사무실로 들어가니, 미드 변호사가 이상한 듯이 두 사람을 바라보았다. 그와 밸런스는 오랜 친구였다. 그는 인사를 마치고 아이드를 돌아보았다.

아이드는 파국을 예감한 사람처럼 얼굴이 창백하게 질린 채 온몸을 부들부들 떨며 서 있었다.

"아이드 씨, 간밤에 선생 주소에 두 번째 편지를 보냈습니다만."
하고 변호사는 말했다.

"선생이 안 계셔서 그 편지를 받아 보지 못하셨다는 걸 오늘 아침에야 알았습니다. 실은 폴딩 씨가 선생에게 상속인으로 복귀해 달라고 하신 것을 재고하신 결과 결국 취소하시게 되었습니다. 그래서 선생에게, 폴딩 씨와의 관계는 종전대로 아무 변동도 없다는 것을 알려 드리라는 말씀이었습니다."

아이드의 전율이 갑자기 딱 멎었다. 안색이 제 빛으로 돌아오고 등이 쭉 펴졌다. 턱을 반 인치쯤 앞으로 내밀고 눈도 다시 빛나기 시작했다. 그는 한 손으로 찌부러진 모자를 머리에 삐딱하게 얹고, 한 손은 손가락을 수평으로 하여 변호사 앞으로 내밀었다. 그리고 깊숙이 숨을 한번 들이켜고는 비웃었다.

"폴딩 늙은이한테, 당신 따윈 뒈져 버리란다고 전해 줘."

그는 큰소리로 똑똑히 말하고는 몸을 휙 돌려 사무실에서 나갔다.

미드 변화사는 밸런스를 돌아보고 빙그레 웃었다.

"마침 잘 오셨습니다."
하고 그는 상냥하게 말했다.

"숙부께서 선생더러 당장 집에 돌아오시랍니다. 숙부께서 역정을 내신 이번 사건도 결국 다 양해를 하시고, 모든 것을 그전대로……."

"이봐, 아담스!"

하고 미드 변호사는 말을 하다 말고 큰소리로 비서를 불렀다.

"물 한 컵 갖다 줘. 밸런스 씨가 기절하셨다."

차를 기다리는 동안

땅거미가 내려앉을 무렵, 한적하고 조그만 공원의 한모퉁이에 회색 드레스를 입은 여자가 다시 모습을 나타냈다. 그녀는 벤치에 앉아 책을 읽기 시작했다. 아직도 30분쯤은 활자에 몰두할 여유가 있었다.

이미 말했듯이 그녀의 드레스는 회색이었다. 스타일도 바느질 하나 흠잡을 데가 없었지만, 너무 수수해서 두드러지게 눈에 띄지는 않았다. 얇은 베일이 달린 터번 형 모자를 쓰고 있었으며 베일을 통해 보이는 얼굴은 차분하고 얌전한 아름다움이 깃들어 빛나고 있었다. 그녀는 어제도 그제도, 같은 시각에 이곳에 나타났다. 그런데 이 사실을 아는 남자가 있었다.

그 젊은이는 그녀의 주위를 서성거리면서, 위대한 행운의 신에게 바친 희생의 효과를 기대하고 있었다. 드디어 기다린 보람이 나타났다. 왜냐하면 그녀가 책장을 넘길 때 책이 손에서 미끄러져 벤치에서 1야드쯤 떨어진 곳에 굴러떨어졌기 때문이다.

젊은이는 기회를 놓치지 않고 달려가, 공원이나 사람들이 많은 곳에서 흔히 볼 수 있는 태도로, 말하자면 정중함과 어떤 기대와 순찰중인 경관에 대한 경계심 등이 뒤섞인 거동으로 그 책을 집어 주인에게 돌려 주었다. 그리고는 쾌활한 목소리로 날씨에 대한 별 필요도 없는 인사를 건네 보았다. 사실은 이런 화제야말로, 이 세상 불행 중의 매우 많은 부분에 대해서 책임을 져야 한다. 어쨌든 그는 잠시 가만히 서서 자신의 운명을 기다렸다.

여자는 천천히 그를 훑어보았다. 평범하고 단정한 옷차림, 표정에도 이렇다 할 특징이 없는 것이 특징인 용모이다.

"괜찮으시다면, 앉으셔도 좋아요."

하고 그녀는 차분한 알토의 목소리로 말했다.

"사실은 앉아 주셨으면 좋겠어요. 책을 읽기에는 이제 너무 어두워졌거든요. 이야기를 하는 편이 더 낫겠어요."

행운을 섬기는 하인은 좋아라고 그녀 곁에 앉았다.

"아시겠습니까."

하고 그는 공원에서 열리는 집회에서 의장이 개회사를 할 때 쓰는 그 형식적인 용어로 말했다.

"저는 무척 많은 여성을 보아 왔습니다만, 아가씨만큼 정말로 황홀해지는 분은 일찍이 본 적이 없다는 것을? 저 어제도 아가씨에게 주의가 끌렸습니다. 아가씨의 그 아름다운 눈동자에 한 남자가 넋을 잃어버렸다는 사실을, 당신은 아마 모르실 겁니다."

"어떤 분이신진 모르지만."

하고 여자는 차가운 말투로 말했다.

"잊으시면 안 돼요, 제가 숙녀라는 것을. 하지만, 방금 선생님이 쓰신 당신이라는 단어는 너그럽게 봐드리겠어요. 잘못이긴 해도 그리 부자연스런 것은 아닐 테니까요. 선생님 같은 분들 사이에선 말씀이죠. 앉으시라고 했지만, 그 때문에 저에게 그렇게 무례한 말씀을 하신다면,

방금의 그 권유는 취소하겠어요."

"진심으로 실례를 사과드립니다."

하고 젊은이는 사과했다. 아까까지의 흐뭇한 표정은 후회와 수치의 표정으로 바뀌어 있었다.

"제가 잘못했습니다. 실은…… 말하자면, 공원에서는 온갖 여자들이 있기 때문에…… 그래서…… 물론 아가씨께선 모르실 것입니다만……."

"그런 이야기는 제발 그만두세요, 물론 전 알고 있어요. 그보다는 궁금한 게 있어요. 여기저기 오솔길을 거니는 저 사람들, 대체 어딜 가는 거지요? 왜 저렇게 서둘러 가는 거죠? 저 사람들은 행복할까요?"

젊은이는 그때까지의 친절한 태도를 얼른 바꾸었다. 이제 자기의 역할은 완전히 수동적이라는 것을 깨달은 것이다. 그러나 어떤 연기가 기대되고 있는지 짐작조차 할 수 없었다.

"저 사람들을 보고 있으면 참 재미있습니다."

하고 그는 여자의 기분을 슬쩍 살피면서 대답했다.

"이거야말로 참으로 근사한 인생극입니다. 저녁 식사를 하러 가는 사람도 있고, 또…… 저…… 어디 다른 곳에 가는 사람도 있지요. 저 사람들은 대체 어떤 과거를 갖고 있을까요."

"전 그런 건 생각지 않아요."

하고 여자는 말했다.

"저는 남의 일을 꼬치꼬치 파헤치는 걸 좋아하지 않거든요. 제가 여기에 이렇게 앉아 있는 것은, 인간의 위대하고 원초적인 싱싱한 마음에 그런대로 적으나마 접촉할 수 있는 곳은 여기뿐이기 때문이에요. 제게 배정된 인생극의 역할은, 그런 싱싱한 움직임을 조금도 느낄 수 없는 곳에 있거든요. 어째서 제가 선생님께 말을 건넸는지, 그 까닭을 아시겠어요? 저어…….”

“파큰스태커입니다.”

하고 젊은이는 그 뒤에 자기 이름을 덧붙였다. 여기서 그는 희망에 차서 표정이 밝아졌다.

“모르시죠?”

하고 여자는 가는 손가락을 하나 세우고 가냘프게 웃었다.

“하지만 곧 아시게 될 거예요. 신문이나 잡지에 이름이 나지 않게 해둘 순 도저히 없으니까요. 사진도 그렇고요. 이렇게 하녀의 베일과 모자를 쓰고 있기에 그럭저럭 신분을 감추고 외출할 수 있는 거예요. 선생님께 보여 드리고 싶네요. 우리 집 운전기사가 내가 이렇게 미복(微服)하여 외출하는 모습을 놀란 듯이 쳐다보던 표정을 말씀이에요. 사실을 말씀드리자면, 가장 고귀한 가문을 나타내는 성이 대여섯 개 있는데, 제 성은 태어날 때부터 그 중의 하나랍니다. 제가 말을 건넨 것도, 스타크퍼트 씨…….”

“파큰스태컵니다.”

하고 젊은이는 망설이면서 정정했다.

“파큰스태커 씨, 하다못해 한 번만이라도 자연 그대로의 인간과……
천한 재물의 허식이나 덧없는 사회적 우월 따위에 더럽혀지지 않은 사람과 이야기를 나누고 싶었기 때문이에요. 아아! 제가 얼마나 따분해하고 있는지 아마 모르실 거예요. 돈, 돈, 돈! 정말 지긋지긋해요. 게다가 내 주위에 있는 사람들도 모두 똑같은 형으로 만들어진 하찮은 꼭두각시 인형이 춤추고 있는 거나 다름없어요. 오락도, 여행도, 사교도 모든 사치가 이젠 정말 지긋지긋하고 진절머리가 나요.”

"저는 언제나 생각하고 있었습니다."

하고 젊은이는 망설이면서도 용기를 내어 말했다.

"돈이란 아마 근사한 것이겠지, 하고 말입니다."

"남거나 모자람이 없는 재산, 그것이 가장 바람직스럽다고 생각해요. 몇백만 달러가 있어 보세요, 그러면⋯⋯."

그녀는 절망적인 몸짓으로 결론을 내렸다.

"그야말로 단조로움 바로 그것이에요."

그리고 다시 말을 이었다.

"정말로 진절머리가 나요. 드라이브, 정찬회, 연극, 무도회, 그게 모두 넘치도록 많은 돈으로 장식되어 있거든요. 샴페인 글라스 속에서 울리는 얼음 소리만 들어도 머리가 다 이상해질 때가 있어요."

파큰스태커 씨는 무척 순진한 얼굴로 흥미를 나타내 보이고 있었다.

"저는 언제나."

하고 그는 말했다.

"돈 많은 상류 계급 분들의 생활에 대해 책에서 읽거나 이야기를 듣거나 하기를 좋아했습니다. 그렇게 얻은 제 지식은 이제 보니 아직 어중간한 것이었나 봅니다. 그래서 정확히 알기 위해 여쭤 보고 싶습니다만, 저는 여태까지 샴페인은 병째로 차게 하는 것이지, 글라스에 얼음을 넣어서 차게 하는 것이 아닌 줄 알고 있었는데, 어떻습니까?"

여자는 참으로 우습다는 듯이 음악적인 웃음소리를 냈다.

"그건."

하고 그녀는 차분하게 설명했다.

"우리 부유한 계급 사람들은, 통례적인 습관을 깨는 게 유쾌하기 때문이랍니다. 요즘은 괴상하게도 샴페인 글라스에 얼음을 넣는 게 유행이죠. 그것은 지금 이곳에 와 계시는 타타르 왕자님이 월도프 호텔에서 만찬회를 베푸셨을 때 착안하신 것이 그 시작이에요. 하지만 이것도 곧 다른 변덕으로 바뀌겠죠. 사실 이번 주에도 매디슨 애비뉴에서 베풀어진 만찬회에서 손님들의 쟁반 옆에 각각 초록빛 키드 장갑이 놓여 있었고, 그것을 낀 손으로 올리브를 먹는 취향이 생기고 있었으니까요."

"아, 그렇습니까."

하고 젊은이는 겸허한 태도로 말했다.

"그런 사교계 깊숙이에서 일어나고 있는 특수한 풍류사는 서민들이 전혀 알지 못하지요."

"이따금 저는."

하고 여자는 그가 잘못을 인정한 데 대해서 가볍게 고개를 끄덕여 보이고 말을 이었다.

"만일 내가 사랑을 하게 된다면, 상대는 신분이 낮은 남자분이 아닐까 하고 생각하는 일이 있어요. 빈둥빈둥 놀고 먹는 사람이 아니라 노동하는 사람 말씀이에요. 하지만 결국은 저의 희망보다 신분이나 재산이 요구하는 것이 승리하게 될지도 몰라요. 지금도 저는 두 사람한테서 청혼을 받고 있죠. 한 분은 독일 어느 공국(公國)의 대공이시죠. 그분에게는 대공의 주정 때문에 머리가 돌아 버린 부인이 어디 살고 있지 않은가, 또는 있지 않았는가 하는 그런 생각이 들어요. 또 한 분은 영국의 후작님인데 매우 인정 없고 돈에 추잡스러워서, 오히려 대공의 악마주의 쪽을 택하고 싶을 정도예요. 제가 어째서 이런 말씀을 선생님께 드리지 않을 수 없는지 아시겠어요, 스타크퍼트 씨?"

"파큰스태컵니다."

하고 젊은이는 조그만 목소리로 정정했다.

"정말 제가 아가씨의 신뢰를 얼마나 고맙게 생각하고 있는지, 아마 아가씨는 모르실 것입니다."

여자는 자못 두 사람의 신분의 차이를 나타내는 데 적합한 침착하면서도 싸늘한 눈초리로 살피듯이 그를 쳐다보았다.

"어떤 일을 하고 계세요, 파큰스태커 씨?"

하고 그녀가 물었다.

"매우 천한 직업이지요. 그렇지만 저는 출세를 바라고 있습니다. 아까 아가씨께서는 신분이 낮은 남자라도 사랑할 수 있다고 말씀하셨는데, 그건 진정으로 하신 말씀입니까?"

"그럼요, 하지만 저는 '할지도 모른다'고 말한 거예요. 그럴 수밖에 없는 것이, 지금은 대공도 계시고 후작도 계시거든요. 그러나 무슨 직업이든지 결코 너무 천할 수는 없을 거예요, 제 이상에만 맞는 분이라면."

"저는 지금 식당에서 일하고 있습니다."

하고 파큰스태커 씨는 똑똑히 말했다.

여자는 좀 당황하는 것 같았다.

"급사는 아니실 테죠?"

하고 그녀는 다소 애원하듯이 말했다.

"노동은 신성해요, 하지만…… 하인이라든가…… 급사라든가……."

"저는 급사는 아닙니다. 경리를 맡아 보고 있지요."

맞은편의 공원 반대쪽에 나있는 큰 거리에 '레스토랑'이라는 철자의 화려한 전광판이 번쩍거리고 있었다.

"저기 보이는 저 식당에서 경리를 맡아 보고 있습니다."

여자는 왼쪽 팔목의 고운 장식이 달린 팔찌에 새겨진 조그만 시계를 들여다보더니 벌떡 일어섰다. 그리고 손에 들고 있는 화려한 핸드백에 읽던 책을 쑤셔넣었다. 그 핸드백은 책을 넣기에는 너무 작았다.

"왜 오늘은 근무 안 하세요?"

하고 그녀가 물었다.

"오늘은 밤일입니다."

하고 젊은이는 대답했다.

"근무 시간까지는 아직 한 시간이 남아 있습니다. 다시 뵐 수 있을까요?"

"모르겠어요, 아마 뵐 수 있겠죠. 하지만 다시는 이런 변덕을 일으키지 않을지도 몰라요. 아무튼 얼른 가 봐야겠어요. 만찬회도 있고, 연극도 가 봐야 하거든요. 아아, 날마다 똑같은 자동차를 보셨을 거예요. 흰색 자동차지요."

"바퀴가 빨간 자동차 말씀이군요."

하고 젊은이는 무엇을 생각하는 듯이 미간을 찌푸리며 되물었다.

"그래요, 저는 언제나 그걸 타고 오지요. 거기서 운전사 피에르가 기다리고 있어요. 피에르는 내가 광장 저편의 백화점에서 물건을 사고 있는 줄 알 거예요. 자기 운전사까지 속여야 할 만큼 속박된 생활을 상상해 주세요. 그럼, 안녕히 계세요."

"이제 꽤 어두워졌습니다."

하고 파큰스태커 씨는 말했다.

"공원엔 불량배들이 많습니다. 상관없으시다면, 제가⋯⋯."

"제 기분을 조금이라도 존중해 주실 생각이 있으면."

하고 여자는 분명하게 말했다.

"제가 떠난 뒤 10분만 이 벤치에서 떠나지 마세요. 선생님을 언짢게 할 생각은 없지만, 자동차에는 대개 소유자의 이름을 새긴 글자가 붙어 있잖아요? 그럼, 다시 한번, 안녕히 계세요."

총총걸음으로 으스대면서 그녀는 저녁의 어둠 속으로 사라져 갔다. 젊은이가 그 아름다운 모습을 황홀하게 바라보고 있는 동안, 그녀는 공원 끝의 포장된 도로까지 가서 그 길을 따라 자동차가 서 있는 모퉁이로 걸어갔다. 그는 그녀와의 약속을 어기고, 망설임 없이 공원의 나무 숲과 관목 사이로 그녀가 걸어가는 방향과 나란히 하여 그 모습을 놓치지 않고 뒤를 밟기 시작했다. 그녀는 모퉁이까지 가더니 한번 힐끔 자동차를 보고, 그대로 자동차 옆을 지나 성큼 거리를 건너갔다. 마침 서 있던 차 뒤에 숨어 젊은이는 가만히 그녀의 행동을 지켜 보았다. 공원 저편의 길 아래로 걸어간 그녀는, 화려하게 전광판이 번쩍이고 있는 식당 안으로 들어갔다. 그곳은 이 주위에서 흔히 볼 수 있는 식당의 하나인데 안에는 마구 흰 페인트가 칠해져 있고 거울이 붙어 있었으며, 싼 값으로 그리고 약간은 사치스러운 기분으로 식사할 수 있는 곳이었다. 여자는 식당 중 안쪽 구석에 있는 방으로 들어가더니 곧 모자와 베일을 벗고 나타났다.

경리 보는 책상은 입구 옆에 있었다. 그때까지 그 자리에 앉아 있던 붉은 머리의 젊은 여자가 그녀를 보고 의자에서 내려오며 보라는 듯이 힐끔 벽시계를 쳐다보았다. 회색 드레스를 입은 여자는 얼른 경리 책상 앞에 앉았다.

젊은이는 두 손을 호주머니에 찌르고, 천천히 오던 길을 되돌아갔다. 길모퉁이에서 그의 발끝에 종이 표지의 조그만 책자가 걸어채였다. 책은 잔디밭으로 날아갔다. 표지의 그림으로 아까 그 여자가 읽던 책이라는 것을 알았다. 그는 무심코 집어서 들여다보았다. 제목은 《신 아라비아 야화(夜話)》, 작자는 스티븐슨이라는 이름이었다. 그는 책을 다시 풀 위에 던져 버리고, 잠시 어떻게 할까 망설이듯 주위를 어슬렁거렸다. 이윽고 그는 그 자리에서 서 있던 자동차에 올라타고 깊숙이 의자에 기대앉으며 운전사에게 짤막하게 말했다.

"앤리 클럽."

나팔 소리

　이 이야기의 절반은 경찰서의 기록으로도 알 수 있지만 나머지 절반
은 신문사의 사업부로 가지 않으면 알 수 없다.

　억만장자 노크로스가 아파트에서 강도에게 살해된 시체로 발견된 지
2주일이 지난 어느 날 오후, 범인이 태연스럽게 브로드웨이를 어슬렁거
리다가 바니 우즈 형사와 딱 마주쳤다.

　"이게 누구야, 조니 캐넌이잖아?"

하고 우즈가 소리쳤다. 그는 5년 전부터 근시가 되어 있었다.

　"그래."

하고 캐넌도 반가운 듯이 맞받았다.

　"넌 분명히 세인트 조의 바니 우즈야, 맞지? 내 눈은 못 속여. 너,
동부에서 뭘 하고 있지? 멀리 이 뉴욕에까지 나오다니 수고가 많군그
래."

　"나는 몇 해 전부터 이곳에 와 있지."

하고 우즈는 말했다.

　"시경에 근무하고 있어."

　"저런, 그랬었나."

148

하고 캐넌은 즐거운 듯이 웃으며 형사의 팔을 가볍게 두드렸다.

"잠시 말러의 카페에라도 들어가서."

하고 우즈가 말했다.

"조용한 테이블이나 찾자구. 자네와 얘기도 하고 싶고."

4시까지는 시간이 좀 남아 있었다. 아직도 손님이 뜸해질 시간이 아니었지만, 그들은 카페 안에 들어가 한쪽 구석의 조용한 자리를 차지할 수 있었다. 한 치의 빈틈도 없는 옷차림으로 조금 뻐기면서 자신 만만한 캐넌은, 몸집이 자그마한 형사와 마주보고 앉아 있었다. 형사는 연한 모랫빛 수염을 기르고 눈은 사팔뜨기였으며, 체비요트 천의 기성복을 입고 있었다.

"그래, 넌 지금 무슨 일을 하고 있지?"

하고 우즈가 물었다.

"세인트 조를 떠난 것은 내가 너보다 6년 뒤였지."

"동광(銅鑛) 주식의 매매업을 하고 있어."

하고 캐넌은 말했다.

"어쩌면 뉴욕에 사무소를 낼지도 몰라. 그러나저러나, 옛 친구 바니가 뉴욕의 형사가 될 줄이야. 하기야 넌 옛날부터 그 편이 맞는 것 같기는 했지. 내가 세인트 조를 떠난 뒤, 넌 그곳 경찰에 잠시 몸담았었잖아."

"6개월쯤 있었지."

하고 우즈는 말했다.

"그런데 또 하나 물어 보고 싶은 게 있어, 조니. 난 네가 새러토거 호텔에서 저지른 사건 이래 상세히 네 기록을 조사해 보았는데, 넌 전에는 결코 권총을 쓰지 않았더군. 그런데 노크로스는 왜 죽였지?"

캐넌은 잠시 주의를 집중시켜 하이볼 속의 레몬 조각을 들여다보았다. 그러더니 갑자기 얼굴을 밝게 하고 빙그레 미소지으면서 형사를 쳐다보았다.

"어떻게 알았나, 바니?"

하고 그는 감탄한 듯이 말했다.

"그 일만은 껍질 벗긴 양파처럼 깨끗이 해치운 줄 알고 있었는데, 어디 노끈이라도 한 가닥 걸려 있었나?"

우즈는 시곗줄 장식에 쓰는 조그만 연필을 테이블 위에 놓았다.

"이건 말이야, 세인트 조에서 마지막 크리스마스 날에 내가 너한테 준 선물이야. 난 아직도 네가 준 면도용 컵을 갖고 있다구. 이걸 노크로스의 방 구석 카펫 밑에서 발견했지. 아니, 변명은 필요 없어, 틀림없이 이건 네 거니까. 우린 옛 친구야. 하지만 나는 내 의무를 완수해야 해. 노크로스의 사건으로 너도 결국 전기의자에 앉게 되겠군그래."

캐넌은 웃었다.

"나한테는 끗발이 있다구. 옛 친구 바니가 나를 붙잡으려 하고 있는 줄 누가 알았겠나!"

그는 한 손을 웃옷 안쪽으로 밀어넣었다. 그러나 다음 순간 우즈는 벌써 권총을 그의 옆구리에 갖다 대고 있었다.

"그건 넣어 둬."

하고 캐넌은 콧등에 주름을 지으면서 말했다.

"난 다만 조사해 봤을 뿐이야. 후후후, 양복 가게에선 옷 한 벌 짓는 데 아홉 사람의 손이 필요하다지만, 사람을 죽이는 덴 한 사람으로 충분하다구. 이 조끼 주머니엔 아마 구멍이 뚫려 있나 보지. 격투가 벌어질 걸 생각하고 일부러 그 연필을 끌러서 조끼 주머니에 넣어 두었었거든. 권총은 치우라고, 바니. 그러면 어째서 노크로스를 쏘아 죽여야 했는지 그 경위를 얘기해 줄 테니까. 그 바보 영감쟁이가 내 웃옷의 단추를 겨누고 조그만 22구경 소형 권총을 탕탕 쏘면서, 내 뒤를 쫓아 홀까지 따라오잖아. 그래서 나도 그걸 중지시키지 않을 수 없었던 거야. 영감쟁이 마누라는 기특한 여자더군. 침대 속에 기어들어가서는 1만 2천 달러짜리 다이아몬드 목걸이를 들고 가도 우는 소리 한마디 없이 쳐다보고만 있었으니까. 그런데 3달러짜리밖에 안 되는 석류석을 끼운 얇은 금반지만은 돌려달라고 거지처럼 애걸복걸하지 않겠어. 아마 재산을 노리고 노크로스와 결혼한 여자가 틀림없어. 여자란 죽은 남자에게서 얻은 자질구레한 장신구에는 별로 집착을 안 느끼는 게 아냐? 반지가 여섯 개, 브로치가 두 개, 허리띠 장식용 시계가 하나, 모두 해서 1만 5천 달러나 될까."

"그만해."

하고 우즈가 말했다.

"아니, 걱정할 것 없다구."

하고 캐넌은 대답했다.

"물건은 틀림없이 호텔에 있는 내 슈트 케이스에 들어 있으니까. 그런데 무엇 때문에 내가 이런 걸 다 지껄이는지, 그 까닭을 들려 줄까? 지껄여도 아무런 걱정이 없기 때문이야. 내가 얘기하고 있는 상대는 내가 잘 아는 인간이거든. 넌 나한테 1천 달러 빚이 있어, 바니 우즈. 그래서 설령 나를 체포하고 싶더라도, 네 손이 아마 말을 들어 주지 않을 걸."

"나도 잊지 않아."

하고 우즈는 말했다.

"너는 아무 말도 없이 20달러짜리 지폐 50장을 선뜻 세어 줬거든. 언젠가 꼭 갚을게. 그 1천 달러 덕분에 나는 살았으니까. 정말이지, 그때 집에 돌아가 보니까 놈들은 벌써 내 가재도구를 죄다 집 밖에 내다가 쌓아 놓았더군."

"그러니까 말야."

하고 캐넌은 말을 이었다.

"네가 틀림없는 바니 우즈고, 강철처럼 성실한데다가 신사적으로 승부를 해야 하는 인간이라면, 은혜를 입은 사람을 섣불리 체포할 순 없을 거야. 그래, 나도 직업상 예일 자물쇠나 창문 자물쇠뿐만 아니라 인간도 연구해야 하겠군. 그런데 웨이터를 부를 테니까 잠시 얌전하게 있으라구. 나도 지난 1, 2년 동안 금주를 했었지. 좀 괴롭더군. 하지만 이렇게 나를 붙잡았으니, 재수 좋은 형사님으로서라도 그리운 술과 명예를 옛 친구와 나누고 싶은 생각이 들지 않겠나. 나는 영업중엔 절대로 술을 안 마시지. 그렇지만 작업을 하나 끝낸 지금은, 떳떳이 옛 친구 바니와 한잔 기울일 수도 있다 이 말씀이야. 넌 뭘 마실래?"

웨이터가 조그만 술병과 사이펀을 갖다 놓고 갔다.

"네 말대로 네가 이겼다."

하고 우즈는 첫째 손가락으로 천천히 조그만 금연필을 굴리면서 말했다.

"나는 너를 그냥 봐 줘야겠지. 너한테 손을 댈 수는 없단 말이야. 그 돈을 갚았더라면…… 하지만 아직 갚지 못했거든. 그러니 두 손을 들 수밖에. 이런 실수가 또 어딨겠나. 하지만 나는 어물쩍 이 자리를 넘길 수는 없어, 조니. 전에 너는 나를 도와 주었어. 지금은 내가 널 도와 줄 차례겠지."

"암 그렇구말구."

캐넌은 이렇게 말하고 술잔을 쳐들었다. 얼굴 가득히 만족스러운 미소가 퍼져 있었다.

"나는 사람을 볼 줄 아는 눈이 있다구. 자, 바니 군을 위해서 건배. 왜냐하면, 네가 '유쾌하고 좋은 놈'이기 때문이야."

"정말이지."

우즈는 마치 무엇을 생각하는 듯한 표정으로 말을 이었다.

"나와 너와의 관계가 깨끗이 청산되어 있었더라면, 설령 뉴욕의 전 은행 돈을 다 갖다 쌓아 준대도 오늘 밤 여기서 너를 놓아 주지는 않을 텐데."

"그렇게는 못할 테지."

하고 캐넌은 말했다.

"아무튼 상대가 너라서, 나도 안심이야."

"대부분의 사람들은."

하고 형사는 계속했다.

"내 직업을 제대로 정당하게 봐 주지 않더군. 이 직업을 가진 인간을 결코 예술가나 지적인 전문가와 똑같이 봐 주지는 않는단 말이야. 하지만 나는 이 직업에 말할 수 없을 만큼 긍지를 갖고 있다구. 그러나 이제 다 허사가 됐어. 나는 무엇보다도 먼저 인간이거든. 형사이기 전에 말이야. 나는 너를 놓아 줄 수밖에 없어. 다음에는 경찰을 그만둬야겠지. 뭐, 속달 우편차의 운전사쯤은 할 수 있잖겠나. 하지만 그렇게 되면 네 1천 달러는 점점 더 갚기가 어려워지겠는걸, 조니."

"그까짓 거 조금도 걱정 말라구."

하고 캐넌은 대범한 투로 말했다.

"그까짓 빚쯤 없는 걸로 해도 좋지만, 네가 응하지 않겠지. 네가 그 돈을 빌려 간 게, 나로서는 행운이었던 셈이야. 아무튼 그 얘긴 이제 그만하자구. 나는 내일 아침 차로 떠날 참이야. 그리로 가면 노크로스의 귀금속을 처리할 수 있는 곳을 아니까. 자, 신나게 마시라구, 바니. 마시면서 온갖 시름 다 잊어버려. 경찰이 노크로스 사건을 조사하느라고 끙끙 앓고 있는 동안, 우리는 유쾌하게 실컷 마시자구. 오늘 밤엔 사하라 사막처럼 목이 몹시 마르구나. 나는 옛 친구 바니에게 붙잡혀 있단 말이야, 경찰에 붙잡혀 있는 게 아냐. 그러니까 이제 경관은 꿈도 꾸지 않을 거야."

이렇게 말하고 있는 동안에도 캐넌의 민첩한 손가락은 쉴새없이 벨을 눌러 웨이터를 분주하게 뛰게 하였으므로, 어느 새 그의 약점인 허영심과 불손한 자존심이 고개를 들기 시작했다. 그는 보기 좋게 성공한 절도 행위며, 교묘한 수법이며, 아주 파렴치한 범행 같은 것을 잇달아 털어놓았으므로, 웬만한 악당에는 꿈쩍도 하지 않는 우즈도, 지난날 자기 은인이었던 이 대악당에게는 소름이 끼치는 혐오감을 느끼는 것이었다.

"물론, 나는 지금 너한테 당하고 있는 입장이다만."

하고 한참 사이를 두었다가 우즈는 말했다.

"너도 한동안은 숨어 있는 게 좋을 거야. 신문이 노크로스 사건을 다룰지도 몰라. 워낙 금년 여름에는 이곳에서 강도 사건, 살인 사건이 이상하게 많이 일어나고 있거든."

이 말에 캐넌은 몹시 화가 났다.

"신문 따위는 시시하다구 그래."

하고 그는 툴툴거렸다.

"큼직한 활자로 요란하게 있는 소리 없는 소리 마구 써대고는, 고작해야 뇌물이나 받아 처먹는 자식들이 뭘 할 줄 안다구. 그래, 그 녀석들이 사건을 취급했다고 하자, 그게 어쨌다는 거야? 경찰도 물러 빠졌지만 신문이 대체 뭘 할 수 있다는 거야? 먼저 얼빠진 기자들을 잔뜩 현장에 내보내겠지. 그러면 그놈들은 당장 가까운 술집에 틀어박혀서 맥주잔을 기울이며, 바텐더 큰딸에게 이브닝드레스를 입히고 사진을 찍겠지. 그걸 아파트 10층에 사는 젊은 남자의 약혼녀 어쩌니 하고 신문에 실어 버린단 말이야. 그자가 살해되던 날 밤, 아래층에서 무슨 소리를 들은 것 같다니 어쩌니 하고 써대는 수법이야. 강도를 찾아 내겠다고 큰소리 쳐봤자, 신문이 하는 짓이라곤 고작해야 그런 정도라구."

"그래, 나는 잘 모르지만."

하고 우즈는 무엇인가 골똘히 생각에 잠기면서 말했다.

"그래도 개중에는 그 방면에서 훌륭한 활동을 한 신문도 있잖아. 이를테면 「모닝 머드」지 같은 게 그거야. 몇 가지 단서를 철저하게 조사해서, 경찰이 수사를 포기한 뒤에도 끝내 범인을 찾아 내고야 말곤 하거든."

"좋아, 그럼 보여 주마."

하고 캐넌은 일어서서 쭉 가슴을 펴 보였다.

"내가 신문이라는 걸, 특히 네가 말하는 그 「모닝 머드」지를 어떻게 생각하고 있는지 보여 주겠단 말야."

그들의 테이블에서 3피트쯤 떨어진 곳에 전화 박스가 있었다. 캐넌은 박스 안으로 들어가서 문을 열어 둔 채 전화기 앞에 걸터앉았다. 그리곤 번호부에서 번호를 찾아 수화기를 들고 센트럴 국을 불렀다. 우즈는 가만히 앉아, 수화기를 귀에 대고 기다리는 조소를 띤 잔인하고 빈틈없는 얼굴을 지켜 보면서, 옅은 비웃음을 띤 비뚤어진 얇고 냉혹한 입술에서 흘러 나오는 말에 귀를 기울였다.

"「모닝 머드」 산가요? 주필에게 할말이 있는데…… 그래, 주필에게 말하시오, 노크로스 살인 사건에 대해서 할말이 있다구 말이야."
하고 거만하게 지껄이기 시작했다.

"당신이 주필이오? 그래요…… 나는 노크로스 영감을 죽인 범인인데…… 아니 잠깐 기다리라구! 끊으면 안 돼. 끊으면 쓰나, 나는 흔해 빠진 깡패들과 다르다구.…… 아니, 위험한 건 조금도 없지. 사실은 지금도 내 친구인 형사와 얘기하고 있던 참인데 말야. 나는 내일로 꼭 2주일 되는 오전 2시 30분에 그 영감을 죽였지.…… 어때, 같이 한잔 안 하겠어? 농담 말라구, 그런 얘기는 당신 신문사의 만화쟁이한테나 맡겨 두면 어때? 내가 당신을 놀리고 있는지, 아니면 당신의 그 걸레 조각 같은 신문이 한 번도 잡아 본 적이 없는 대특종을 제공하고 있는지, 당신은 아무 판단도 안 가나?…… 그야 그렇지, 어중간한 특종이지만 말야. 뭐, 이름과 주소를 똑똑히 말하고 전화를 걸라구? 그건 좀 너무 뻔뻔스럽잖아.…… 왜냐구? 후후후, 당신 신문사는 경찰도 잘해 내지 못하는 미궁에 빠진 범죄를 해결하는 게 장기라구 들었거든.…… 아니, 그뿐 아니지. 당신네 신문 같은 썩어 빠진 엉터리 삼류 신문은, 눈먼 푸들개처럼 영리한 살인범이나 강도를 아무리 쫓아다녀 봐야 아무 소용도 없다는 말을 당신한테 한마디 해 주고 싶었던 거야.…… 뭐라고!…… 아니, 그렇지 않아, 나는 경쟁 신문의 데스크가 아니라구. 정확한 정보야, 노크로스 사건은 내가 했지. 빼앗은 보석은 내 슈트 케이스에 몽땅 들어 있다구.…… '이름을 밝힐 수 없는 호텔'에 말야. 어때, 이 말 알아듣겠나? 알아듣지 못한다면 우스운걸. 당신네가 자주 쓰는 말인데. 공정하고 정확, 거대하고 전능한 기관이 정체불명의 살인

범에게 직접 전화통에 불려나와 가지고, 무능하다느니 허풍선이니 실성한 놈이니 하는 말을 들으니까 당신도 조금은 당황하겠지? 아니, 그건 그만두는 게 좋을걸. 당신도 그런 바보는 아닐 테지. 그래, 당신은 내가 거짓말을 하는 줄 알고 있나 보지. 그런 정도야, 목소리만 들어도 안다구.…… 알겠나, 잘 들어 두라고, 살짝 실마리를 가르쳐 줄 테니까. 물론 당신은 멍청한 풋내기 기자들을 동원해서 이 살인 사건을 조사하고 있겠지. 노크로스 노파의 잠옷 두 번째 단추가 반쯤 깨진 것 아나? 나는 노파가 손가락에서 석류석 반지를 뽑을 때 봤지. 루비인 줄 알았는데…… 아니, 그러진 말라구! 그런 짓을 해 봐야 아무 소용 없으니까."

캐넌은 악마 같은 미소를 띠며 우즈를 돌아보았다.

"멋있게 됐어. 이제 내 말을 다 믿는 모양이야. 송화기를 완전히 막지도 않고, 누군가가 다른 전화로 센트럴 전화국을 불러서 이쪽 번호를 확인하라고 이르잖아. 한 가지만 더 놀려 줘야지. 그런 다음 달아나자구."

"여보세요! 암 난 아직 여기 있지. 그 따위 째째하고 수다스런 편의주의(便宜主義) 엉터리 신문한테서, 아니 그래 내가 달아날 수 없는 줄 알아? 나를 사십팔 시간 안에 붙잡아 보겠다구? 이봐, 이봐, 웃기면 못써, 그보다는 어른이 하는 일에 쓸데없는 참견일랑 말고, 이혼 사건이나 전차 사고라도 쫓든지, 아니면 당신네 밥벌이 재료가 되는 독직 사건이나 스캔들이라도 열심히 파헤치라구. 그럼 잘 있어, 영감! 당신을 찾아볼 여가가 없어 유감이군. 정말은 당신네의 그 저능아들 소굴 속에 깊숙이 들어가 버리면, 그게 제일 안전한데. 잘 있으라구!"

"놈은 쥐를 놓친 괭이처럼 노발대발이야."

하고 캐넌은 수화기를 내려놓고 나오면서 말했다.

"자, 바니, 극장에라도 가서 잘 시간이 될 때까지 시간이나 보내자구. 나는 네 시간만 자면 되니까. 그 뒤엔 서부로 가는 기차를 타면 돼."

두 사람은 브로드웨이의 어느 식당에서 저녁을 먹었다. 캐넌은 기분이 여간 좋지 않았다. 그는 소설 속의 왕자처럼 물 쓰듯 돈을 썼다. 그런 다음 재미있고 명랑한 뮤지컬 코미디를 열심히 구경했다. 그 뒤에 다시 일품 요리점에서 밤참을 먹었다. 샴페인까지 뽑으면서 캐넌은 아주 흐뭇해했다.

새벽 3시 반에 그들은 밤에도 영업을 하는 카페 한구석에 앉아 있었다. 캐넌은 여전히 곰팡내 나는 자기 자랑을 지루하게 늘어놓고 있었다. 우즈는 법의 수호자로서의 자기 임무를 다해야 할 시간이 시시각각 다가오고 있는 것을 생각하고 마음이 침울했다.

그런데 생각에 잠겨 있는 동안 그의 눈은 무엇을 생각하는지 갑자기 빛나기 시작했다.

가능성이 있을까? 하고 그는 속으로 생각했다. '가능할까?'

그러자 이윽고 카페 밖에서 이른 새벽의 정적을 깨는 가냘프고 희미하며 조그만, 반딧불이 외치는 듯한 소리가 들려 왔다. 어떤 것은 차츰 뚜렷해졌고, 어떤 것은 차츰 희미해졌다. 우유 배달차와 이따금 자동차의 소음에 섞여서 외치는 소리는 커졌다 작아졌다 했다. 그것은 가까이 다가왔을 때 들으면 귀청이 떨어질 듯 큰 외침인데, 이 대도시에서 아직도 자고 있는 몇백만 시민들이 일어나서 들을 때는, 갖가지 뜻을 전해 주는 귀에 익은 소리였다. 그 뜻깊은 짧은 음향 속에, 인간 세상의 탄식과 웃음과 기쁨과 고통이 담겨서 배달되는 소리였다. 밤이라는 덧없는 덮개의 비호 아래 숨어서 몸을 웅크리고 있는 사람들에게는 마음 내키지 않는 눈부신 낮이 온다는 것을 알려 주었고, 행복한 잠에 잠겨 있는 사람들에게는 어두운 밤보다 더 어둡게 밝아 가는 아침을 알려 주었다. 많은 부자들에게는 별이 반짝이고 있는 동안에만 그들의 것이었던 것들을 쓸어 내는 비를 갖다 주었고, 가난한 사람들에게는 새로이, 또 하나의 가난한 하루를 가져다 주었다.

외치는 소리는 이 도시의 구석구석에서 울려 퍼졌다. 날카롭게 울리는 목소리로, 시간이라는 기계의 한 톱니바퀴가 돌아가며 만들어 내는 온갖 기회를 예고하며 다니고, 운명의 손에 몸을 맡긴 채 잠들어 있는 사람들에게는 달력의 새로운 숫자가 날라 오는 복수(復讐)와 이익과 피해와 보수와 숙명을 배달하며 돌아다녔다. 그 외치는 소리는 드높으면서도 슬픔을 자아냈다. 마치 소리를 외치는 젊은이들이, 그들의 두려움을 모르는 손에 너무나도 많은 악이 있고 너무나도 적은 선이 있다는 것을 슬피 한탄하는 것처럼, 그 목소리는 찌르듯이 날카롭고 구슬프게 울려 퍼졌다. 이리하여 구원 없는 도시의 거리거리에 새로운 신의 말을 전해 주는 신문팔이의 외침 소리가 우렁차게 메아리쳤다. 그것은 신문 나팔의 음향이었다.

우즈는 10센트짜리 은화를 웨이터에게 주었다.

"「모닝 머드」지 한 장 사다 줘."

신문이 오자 그는 일면을 쭉 훑어보았다. 그리고 수첩을 한 장 찢어 그 조그만 종이에 금연필로 무언가를 적었다.

"무슨 소식이라도 있나?"

하고 캐넌이 하품을 하면서 물었다.

우즈는 쓴 종이 쪽지를 그 앞에 던져 주었다.

뉴욕「모닝 머드」신문사 귀중

존 캐넌의 체포 및 그의 유죄 선고로 하여 저에게 주어질 상금 1천 달러를, 위의 존 캐넌에게 지불해 주실 것을 요망함. 그를 상금 수취인으로 지정함.

버나드 우즈

"신문사는 틀림없이 이런 수법을 쓸 줄 알았지."
하고 우즈는 말했다.
"네가 전화로 열심히 그들을 놀리고 있을 때 말이야. 자, 조니, 나와 함께 빨리 가자구."

마녀의 빵

미스 마더 미첨은 길모퉁이에서 조그마한 빵가게를 하고 있었다(층계 세 계단을 올라가서 문을 열면, 종이 짤가당짤가당 울리는 그런 가게이다).

미스 마더는 올해 40살, 은행에 2천 달러를 예금해 놓았고, 두 개의 의치와 인정 많은 마음씨의 소유자다. 결혼할 기회가 아주 없었던 것도 아니었지만 결국 그녀는 지금 혼자 산다.

1주일에 두세 번, 가게에 찾아오는 손님 하나가 있었는데 그녀는 이 손님에게 관심을 갖기 시작했다. 그는 중년의 남자로 안경을 끼고 가지런히 깎아서 끝이 뾰족한 갈색 턱수염을 갖고 있었다.

그는 강한 독일 악센트가 섞인 영어를 했다. 옷은 여기저기 닳았거나 기웠고, 그 나머지 부분은 구겨졌거나 헐렁헐렁했다. 그러나 언제 봐도 점잖고 매우 예의발랐다.

그는 언제나 딴딴해진 묵은 식빵을 두 덩어리 사 갔다. 새 식빵은 한 개에 5센트였지만, 굳은 것은 두 개에 5센트였다. 이 손님은 언제나 굳은 식빵밖에 찾지 않았다.

언젠가 미스 마더는 그의 손가락에 빨강과 고동색 얼룩이 묻어 있는 것을 보았다. 그때 그녀는 그가 매우 가난한 화가인가 보다고 짐작했다. 틀림없이 어느 다락방에 살면서 그림을 그리고 굳은 식빵을 먹으면서, 미스 마더 가게의 맛있는 다른 빵을 생각하고 있겠지.

미스 마더는 두툼한 고깃덩어리와 가벼운 롤빵과 잼과 찻잔을 앞에 놓고 앉으면, 한숨을 쉬면서 그 점잖은 화가가 찬 바람이 획획 불어들어오는 다락방에서 딴딴해진 묵은 빵 같은 것을 먹고 있지 말고, 자기와 함께 맛있는 식사를 해 주었으면 얼마나 좋을까 하고 생각하는 일이 자주 있었다. 앞에서 말했듯이 미스 마더는 매우 인정 많은 여자였기 때문이다.

그의 직업에 대한 자기의 짐작이 맞았는지 확인해 보려고 어느 날 그녀는 경매에서 사 온 그림 한 폭을 자기 방에서 들고 나와 카운터 뒤의 선반에 세워 놓았다.

그것은 베니스의 풍경화였다. 장려한 대리석 궁전(그림에는 이렇게 씌어 있었다)이 전경에, 아니 오히려 전수(前水)에 서 있었다. 그 밖에 곤돌라(손을 물에 담근 귀부인이 타고 있었다)와 구름과 하늘이 그려져 있고, 명암의 수법이 많이 적용되어 있었다.

화가라면 이것이 눈에 안 띌 까닭이 없다고 미스 마더는 생각했다.

이틀쯤 지나서 그 손님이 들어왔다.

"미안하지만, 묵은 빵을 두 개 주십시오."

"훌륭한 그림이 있네요, 아주머니."

그녀가 빵을 싸고 있는데 그가 말했다.

"그래요?"

하고 미스 마더는 자기의 생각이 맞아들어가는 것을 속으로 기뻐하면서 말했다.

"저는 미술과 그리고……."

'아니, 이렇게 빨리 '화가'라는 말을 해 버리면 안 되지.'

"그리고 그림을 무척 좋아해요."

"이거, 좋은 그림이라고 생각하세요?"

"궁전은."

하고 손님은 말했다.

"그리 잘 그려져 있지 않군요. 원근법도 잘못되어 있구요. 안녕히 계십시오, 아주머니."

그는 빵을 받아들고 꾸벅 인사하고는 바쁘게 나가 버렸다.

그렇다, 저이는 미술가가 틀림없어. 미스 마더는 그림을 자기 방에 갖다 놓았다.

그이의 눈은 어쩌면 그렇게도 부드럽고 상냥하게 안경 속에서 빛날까? 그이의 이마는 어쩌면 그렇게도 넓을까! 첫눈에 어김없이 원근법을 판단할 수 있다니, 그런데도 굳은 빵을 먹고 살고 있다니! 하지만, 천재란 인정을 받을 때까지는 흔히 고생을 하는 법이야.

만일 그 천재를 2천 달러의 은행 예금과 빵가게와 인정 많은 마음씨로 후원해 준다면, 미술을 위해서나 원근법을 위해서 얼마나 좋은 일일까? 하지만 미스 마더여, 그것은 백일몽이다. 요즈음엔 이제 그는 가게에 오면, 진열창을 사이에 두고 잠시 잡담을 나누다가 돌아가는 일이 잦았다. 그는 미스 마더의 수다를 매우 좋아하는 것처럼 보였다.

그는 여전히 묵은 빵을 사 갔다. 케이크도, 파이도, 그녀가 자랑하는 맛있는 샐리런(구워서 금방 먹는 빵. 이것을 만들어 팔러 다니던 소녀의 이름에서 딴 것)도 하나 사 가지 않았다.

그녀는 그가 차츰 수척해지고 힘이 없어 보인다고 생각했다. 그의 초라한 구매에 무언가 맛있는 것을 보태 주고 싶은 생각이 간절했지만,

그러나 막상 그럴라치면 좀처럼 용기가 나지 않았다. 그에게 창피를 주고 싶지 않았던 것이다. 예술가는 자존심이 세다는 것을 그녀는 알고 있었다.

미스 마더는 가게에 나올 때 물방울 무늬의 실크 블라우스를 입게 되었다. 안방에서는 마르멜로의 씨와 붕사(硼砂)로 이상한 혼합물을 만들어 얼굴에 발랐다. 얼굴의 혈색이 좋아진다며 이것을 사용하는 사람이 많다.

어느 날 그 손님이 여느 때처럼 가게에 나타나서 진열장 위에 5센트짜리 은동전을 놓고 굳은 빵을 찾았다. 미스 마더가 굳은 빵으로 손을 내밀었을 때 뚜우뚜우, 뚜우뚜우 하는 요란스런 소리를 내며 소방 차가 지나갔다.

손님들은 누구나가 호기심이 일어 얼른 문간으로 가서 내다보았다.

그 순간 미스 마더에게 좋은 묘안이 떠올랐다.

카운터 안의 제일 아랫선반에는 10분 전에 우유 장수가 놓고 간 신선한 버터 1파운드가 있었다. 미스 마더는 빵 자르는 칼로 두 개의 굳은 빵을 깊숙하게 자르고는, 그 속에 버터를 담뿍 밀어넣고 빵을 다시 꼭 아물려 놓았다.

손님이 다시 돌아왔을 때 그녀는 빵을 종이에 싸고 있었다.

손님이 다른 때보다 더 명랑하게 잡담을 하고 돌아간 뒤, 미스 마더는 혼자서 방긋이 웃었지만, 얼마간 가슴이 두근거리지 않는 것도 아니었다.

너무 대담했을까? 그이는 노여워할까? 결코 그렇지는 않을 거야. '꽃말'이라는 것은 있지만 '음식말'이라는 것은 없는걸. 버터가 여자답지 않게 주제넘은 것은 아니잖아.

그날 그녀는 언제까지나 그 일만 생각했다. 그가 자기의 이 조그만 기만을 발견할 때 어떤 표정일까.

그는 화필과 팔레트를 밑에 내려놓을 것이다. 거기에는 나무랄 데 없는 원근법으로 그리고 있는 그림을 얹은 이젤이 서 있을 것이다.

그는 퍼석퍼석한 묵은 빵과 물로 점심 준비를 할 것이다. 그리고 빵을 얇게 썰 것이다, 아!

미스 마더는 얼굴을 붉혔다. 그분은 빵을 먹으면서 그 속에 버터를 넣은 손을 생각해 줄까? 그분은…….

그때 입구의 문에 달린 종이 거칠게 흔들렸다. 누군가가 요란스럽게 들어오고 있었다.

미스 마더는 부랴부랴 가게로 나갔다. 두 사람의 남자가 서 있었다. 한 사람은 담배를 피우고 있는 젊은 남자였는데, 여태까지 본 적이 없는 얼굴이었다. 나머지 한 사람은 그녀의 화가였다.

화가는 얼굴이 시뻘개져 있었으며 모자를 뒤로 젖히고 머리는 텁수룩하게 헝클어져 있었다. 그는 꽉 움켜쥔 두 주먹을 미스 마더에게 맹렬히 흔들어 댔다. 하필이면 미스 마더에게…….

"이 바보!"

하고 그는 엄청나게 큰소리로 외쳤다. 그리고 이어 멍청이니 어쩌니 하고 독일말로 외쳐댔다.

젊은 남자가 그를 데리고 나가려 했다.

"그냥은 나갈 수 없어!"

하고 그는 잔뜩 화가 나서 말했다.

"이 여자한테 한마디 해 주기 전에는."

그는 안경 속에서 푸른 눈을 희번덕거리며 소리쳤다.

"알겠어 ! 이 주제넘은 고약한 여자 같으니라구 ! "

미스 마더는 비실비실 진열장에 기대어, 한 손을 물방울 무늬의 실크 블라우스에 댔다. 젊은 남자가 친구의 옷깃을 잡았다.

"자, 가자구."

하고 젊은 남자는 말했다.

"이제 할말 다 했잖아."

그는 성난 화가를 문 밖으로 끌어내 놓고 다시 돌아왔다.

"역시 이 말은 해 두는 편이 좋겠군요, 아주머니."

하고 그는 말했다.

"어째서 이런 소동이 일어났는지 말입니다. 저 사람은 블럼버거라고 합니다. 건축 제도사지요. 나도 저 사람과 같은 사무실에서 일하고 있습니다. 저 사람은 지난 석 달 동안 새 시청의 설계도를 그리는 데 몰두해 왔습니다. 현상 공모에 응할 작정으로 말이지요. 그리고 어제 간신히 선을 잉크로 그리는 단계까지 완성했습니다. 아시다시피, 제도사는 언제나 먼저 연필로 초안을 그립니다. 그것이 완성되면, 굳은 식빵한 움큼을 가지고 연필 자국을 지워 나가지요. 그 편이 고무 지우개보다 훨씬 잘 지워지거든요. 블럼버거는 그 빵을 댁에서 사 쓰고 있었습니다. 그런데 오늘…… 이젠 아시겠지만, 아주머니, 그 버터로는…… 그 때문에 블럼버거의 설계도는 엉망이 되어 버렸습니다. 이제는 정거장에서 파는 도시락 샌드위치처럼 잘게나 썰어 버리는 수밖에 아무 쓸모도 없어졌지요."

미스 마더는 안방으로 들어갔다. 물방울 무늬의 실크 블라우스를 벗고, 언제나 입고 있던 낡은 갈색 사지 옷으로 갈아입었다. 그리고 마르멜로의 씨와 붕사의 혼합물을 창 밖의 쓰레기통에다 쏟아 버렸다.

20년 뒤

순찰중인 한 경관이 한길을 으스대며 걸어가고 있었다. 으스대는 것은 버릇이지 과시하기 위한 것은 아니었다. 왜냐하면 보는 사람이 거의 없었기 때문이다.

시간은 겨우 밤 10시밖에 안 되었지만, 차가운 비바람이 불고 있어서 거리에는 사람의 모습을 거의 찾을 수 없었다.

여러 가지 복잡하고 교묘한 솜씨로 경찰봉을 빙빙 휘두르기도 하고, 이따금 고개를 돌려 평온한 거리를 감시의 눈으로 살피면서 집집마다 문단속을 살펴 나가고 있는 이 다부진 체격에 약간 우쭐거리는 모습의 경관은 치안의 수호자를 보기 좋게 그린 한 폭의 그림이었다. 이곳은 일찍 자고 일찍 일어나는 지역이었다. 이따금 담배 가게나 철야 영업을 하는 간이 식당의 불빛을 볼 수도 있었지만, 대부분은 사무소 건물이었으며 벌써 문을 닫은 지 오래였다.

어느 구역의 중간쯤 왔을 때, 경관은 갑자기 걸음을 늦추었다.

컴컴한 철물 가게 문 앞에 불 안 붙인 엽궐련을 입에 문 웬 남자가 기대어 서 있었다. 경관이 다가가자, 그는 얼른 말을 건넸다.

"염려 마십시오, 경관 양반."

하고 그는 안심시키듯이 말했다.

"친구를 기다리고 있을 뿐입니다. 20년 전에 한 약속입니다. 좀 이상하게 들리죠? 그럼, 이게 모두 사실이라는 걸 확인시켜 드리죠. 20년 전입니다만, 지금 이 가게가 서 있는 자리에 식당이 하나 있었습니다. '빅 조' 브래디 식당이라고 했지요."

"5년 전까지는 있었지."

하고 경관은 말했다.

"그때 헐려 버렸소."

문 앞에 서 있는 남자는 성냥을 그어 엽궐련에 불을 붙였다. 그 불빛이 날카로운 눈과 오른쪽 눈썹 가까이에 조그만 흰 상처 자국이 있는 창백하고 턱이 모난 얼굴을 비추었다. 넥타이핀은 묘하게 새긴 큼직한 다이아몬드였다.

"20년 전 오늘 밤입니다."

하고 남자는 말했다.

"나는 이 '빅 조' 브래디 식당에서 지미 웰스라는 친구와 식사를 했지요. 지미는 나하고 제일 친했고, 이 세상에서 제일 좋은 놈이었습니다. 지미와 나는 이 뉴욕에서 마치 형제처럼 함께 자랐죠. 내가 열여덟이고, 지미는 스물이었습니다. 그 이튿날 나는 한번 성공해 볼 작정으로 서부로 가게 되어 있었습니다. 지미를 뉴욕에서 끌어낸다는 건, 도저히 할 수 없는 일이었습니다. 그 녀석은 여기만이 인간이 사는 제일 좋은 곳인 줄 알고 있었거든요. 그래서 우린 그날 밤 약속했죠. 어떠한 처지에 있건, 또 얼마나 먼 곳에 있건 꼭 20년 후 이날 이 시간 여기에서 다시 만나자고 말입니다. 20년이나 되면 어떻게 되어 있든 아무튼 우리 운명도 정해져 있을 거고, 성공도 했을 것으로 생각한 거죠."

"꽤 재미있는 얘기로군요."

하고 경관은 말했다.

"하지만 다시 만날 때까지의 기간치고는 좀 긴 것 같네요. 선생이 떠난 뒤, 그 친구분한테서 편지는 있었던가요?"

"있었죠, 한참 동안은 서로 편지를 주고받았습니다."

하고 그는 말했다.

"하지만 1, 2년 지나니까 서로 그만 소식이 끊어지고 말았습니다. 아시다시피 서부란 일하기가 엄청나게 큰 데거든요. 게다가 난 꽤 분주하게 여기저기 뛰어다녔구요. 하지만 지미가 만일 살아만 있다면, 나를 만나러 반드시 여기로 올 겁니다. 그 친구는 다시없이 성실하고 의리가 굳은 녀석이었으니까요. 결코 잊을 까닭이 없습니다. 난 오늘 밤 이 문 앞에 서려고 1천 마일이나 멀리서 달려왔지만, 옛 친구가 나타나 주기만 한다면야 그만한 보람은 있는 일이죠."

기다리고 있는 사나이는 훌륭한 회중시계를 꺼냈다. 그 뚜껑에는 자잘한 다이아몬드가 박혀 있었다.

"10시 3분 전이군."

하고 그는 말했다.

"우리가 이 식당 문 앞에서 헤어진 게 꼭 10시였습니다."

"그 서부에선 성공하셨나 보죠?"

하고 경관이 물었다.

"그러믄요!······ 지미가 내 절반만이라도 잘되었으면 좋겠습니다. 그 녀석은 사람은 좋지만, 정석대로 사는 녀석이 되어서요. 난 지금의 재산을 모으느라고 아주 날카로운 놈들과 겨루어야 했습니다. 뉴욕에선 인간이 판에 박은 생활을 하게 됩니다. 인간을 면도날처럼 날카롭게 만드는 건 서부죠."

경관은 경찰봉을 빙빙 돌리면서 두어 걸음 걸어갔다.

"가 봐야겠습니다. 선생 친구분이 틀림없이 나타나길 빌겠습니다. 약속 시간밖에 안 기다리실 참인가요?"

"그렇게는 안 합니다!"

하고 사나이는 대답했다.

"적어도 30분은 기다려야죠. 지미가 어디에 살아만 있다면, 그때까진 올 테니까요. 안녕히 가십시오, 경관 양반."

"그럼, 안녕히."

이렇게 말하고 경관은 일일이 문단속을 살펴보며 순회 구역을 걸어갔다.

이제 가늘고 차가운 이슬비가 내리고 있었으며, 이따금 휙휙 변덕스럽게 불던 바람은 강풍으로 바뀌어 있었다. 이 구역을 지나가는 몇 안 되는 통행인들은 옷깃을 세우고 주머니에 두 손을 찔러 넣은 채 음울하게 입을 다물고 총총히 걸어갔다. 그리고 철물 가게 문 앞에서는 젊을 때 친구와 맺은 믿을 수 없을 만큼 어이없는 약속을 지키려고 1천 마일 밖에서 달려온 사나이가 엽궐련을 피우며 기다리고 있었다.

한 20분쯤 기다렸을 때였다. 기다란 외투를 입고 깃을 귀까지 바짝 세운 훤칠하게 큰 사나이 하나가 맞은편에서 바쁘게 길을 건너왔다. 그는 곧장 기다리고 있는 사나이 앞으로 다가갔다.

"보브야?"

하고 그는 의심스러운 듯이 물었다.

"지미 웰스야?"

문 앞에 서 있던 사나이가 소리쳤다.

"야아!"

방금 온 사나이가 상대방의 두 손을 잡으면서 소리쳤다.

"틀림없는 보브구나. 난 네가 살아만 있다면, 틀림없이 올 줄 알았다. 이거, 정말! 20년이면 긴 세월이야. 옛날 그 식당도 이제 사라져 버렸다구, 보브. 그게 아직 있었으면 좋았을 텐데. 그러면 둘이서 다시 식사를 할 수 있을 텐데 말이야. 그래, 야, 서부는 어땠냐?"

"근사했지, 갖고 싶은 건 뭐든지 손에 들어왔거든. 넌 무척 변했구나, 지미. 난 네 키가 이렇게 2, 3인치나 더 클 줄은 몰랐는걸?"

"응, 스물이 지나고부터 키가 좀 컸지."

"뉴욕에선 잘하고 있나, 지미?"

"그저 그렇지 뭐. 시청의 한 과에 근무하고 있지. 자, 가자구, 보브. 내가 아는 집에 가서 실컷 회포나 풀자!"

두 사나이는 서로 팔짱을 끼고 거리를 걸어가기 시작했다.

서부에서 온 사나이는 성공으로 자기 자랑에 들떠 그 동안 겪은 일을 대충 이야기하기 시작했다. 상대편 사나이는 외투에 푹 파묻힌 채 흥미 있는 듯이 귀를 기울였다.

길모퉁이에 전등불이 훤하게 빛나고 있는 약국이 있었다. 이 눈부신 불빛 속으로 들어갔을 때, 두 사람은 동시에 얼굴을 돌려 서로의 얼굴을 쳐다보았다.

서부에서 온 사나이는 갑자기 걸음을 멈추더니 팔을 풀었다.

"넌 지미 웰스가 아니야."

하고 그는 쏘아붙였다.

"20년은 긴 세월이지만, 사람의 매부리코를 경단코로 바꿀 만큼 길진 않아!"

"그 세월이 때로는 착한 사람을 악한 사람으로 바꾸지."

하고 키 큰 사나이가 받았다.

"넌 벌써 10분 전에 체포되어 있어, '실키' 보브. 시카고 경찰에서 네가 이쪽으로 갔을지 모른다고 생각하고, 너한테 볼일이 있다는 전보를 보내 왔다. 얌전하게 따라가겠지? 그래, 분별은 있군. 그런데 서에 가기 전에 너한테 주라고 부탁받은 편지가 있다. 이 진열창 앞에서 읽어 보라구. 외근 순경 웰스가 준 거야!"

서부에서 온 사나이는 건네 주는 조그만 종이 쪽지를 폈다. 그의 손이 종이 쪽지를 다 읽을 무렵에는 약간 떨리고 있었다. 편지의 사연은 짧은 편이었다.

보브. 나는 제 시간에 약속 장소에 갔다. 네가 엽궐련에 불을 붙이려고 성냥을 켰을 때, 나는 불빛 속에서 드러나는 얼굴이 시카고에서 수배되고 있는 범인의 얼굴이라는 것을 알았다. 아무래도 나는 내 손으로 너를 잡을 수는 없었다. 그래서 서로 돌아가 사법 형사에게 부탁한 것이다.

지미

금발의 위력

교훈을 포함한 이야기는 모기 주둥이와 같다. 먼저 따분하게 만들어 놓고 따끔한 액체를 주사하여 양심을 자극한다. 그러니 여기서는 먼저 교훈부터 내놓고, 그것으로 끝내기로 하자. 번쩍거린다고 반드시 금이 아니다. 그러니까 황금 시험액(試驗液)의 병에는 언제나 마개를 해 두는 것이 현명하다.

조지 워싱턴의 동상이 내려다보고 있는 브로드웨이 광장의 한모퉁이와 경계 지역에 '리틀 리앨토'[1]가 있다. 이곳 예능인들은 흔히 그 근처에서 서성거리는데, 그들이 판에 박은 듯이 하는 말은 이렇다.

"나는 지배인 플로먼한테 말해 줬지, 250달러에서 1센트가 빠져도 거절한다고 말이야. 그러곤 뛰쳐나와 버렸지 뭐."

극장가의 화려한 빛을 중심으로 서쪽과 남쪽에, 이 추운 북미에서 조촐한 열대적 따사로움을 찾아 몰려든 스페인 계 이민들의 거리가 두 군데 있다. 이 지역의 생활 중심은, 남미에서 오는 변덕스러운 방랑자들을 상대로 장사를 하고 있는 카페 겸 식당 '망명자'이다. 칠레, 볼리비아, 콜롬비아 등 중미의 공화국이나 서인도 제도의 걸핏하면 폭발하는 섬에서 외투를 걸치고 솜브레로를 쓴 세뇨르들이 탈출해 왔다. 모두 조국의 정치적인 폭발로 말미암아 타는 용암처럼 흩날린 사람들이다. 반격의 음모를 꾸미고 시기를 기다리며, 자금을 모으고, 의용병을 모집하고, 무기 탄약을 밀수하기 위해 이 땅에 모여든 것이다. 그런 사람들은 이 '망명자'에서 마음 느긋해지는 분위기를 발견한다.

　이 식당에서는 남회귀선(南回歸線)이나 북회귀선을 넘어온 사람들의 입에 맞도록 조리된 요리가 나온다. 배타주의자라면 아마도 이야기를 여기서 잠시 중단할 것이 틀림없다. 프랑스 인 요리사의 요리 자랑에 진력이 난 사람은 꼭 '망명자'를 찾아가시라. 멕시코 만(灣)에서 잡은 고등어나 대구나 전갱이가 스페인 식으로 구워지는 것을 구경할 수 있는 곳은 아마 여기뿐일 것이다. 이 생선구이에 토마토가 색채와 개성과 정신을 곁들이고, 콜로라도 산(産) 고추가 풍미와 독창성과 열중을 첨가하며, 이름 모를 채소가 신비와 자극을 더한다. 그러나 그것보다 더 훌륭한 것이 있는데 그에 대해서는 따로 장(章) 하나를 마련하여 설명할 만큼 가치가 있는 것이다. 왜냐하면 그 생선 요리의 둘레에, 또는 위나 아래에, 또는 가까이에 —— 결코 그 속은 아니다 —— 말로는 이루 형용할 수 없는 풍미와, 심령 연구소(心靈硏究所)에나 가야 정체를 파악할 아주 신기하고 이상한 향기가 떠돌고 있기 때문이다. '망명자'의 생선 요리에는 마늘이 들어 있기 때문이지 뭐, 이런 소리를 해서는 안 된다. 그것은 마치 마늘의 영혼이 두둥실 떠돌고 있을 때 던져 준 단 한번의 키스가 '희망 없는 사랑이 그이의 입술 위에 그리는' 이 세상의 덧없는 입맞춤처럼, 파슬리를 얹은 요리의 둘레를 구슬프게 맴돌고 있는 것같이 느껴진다. 그리하여 이윽고 한 쟁반의 갈색 광저기와, 오포르토[2] '망명자' 사이에서는 일찍이 나온 적이 없는 포도주의 잔을 웨이터 콘티토가 들고 나올 때…… 아아, 그 얼마나 근사한 순간이랴?

174

어느 날, 함부르크 아메리카 항로의 기선이 카르타헤나[3]에서 온 승객인 페리코 시메네스 바라블랑카 팔콘 장군을 55호 부두에 내려놓았다. 장군의 얼굴색은 황색과 적갈색의 중간빛이었으며, 허리 둘레가 42인치, 키는 5피트 4인치였고, 뒤바리 형의 장화를 신고 있었다. 오락 사격장 주인 같은 수염에 텍사스 출신의 하원의원 같은 정장 차림을 하고, 훈령을 거부하는 사절처럼 빼기는 얼굴을 하고 있었다.

팔콘 장군은 '망명자'가 있는 거리로 가는 길을 물어 볼 정도의 영어 실력을 그 모자 밑에 갖고 있었다. 그리하여 목적지 근처에 왔을 때, 그는 제법 꽤 훌륭한 붉은 벽돌집 앞에 '호텔 에스파뇰'이라고 쓴 간판이 붙어 있는 것을 보았다. 창문에는 '여기서는 스페인 어가 통용됨'이라고 스페인 어로 쓰인 종이가 붙어 있었다. 장군은 좋은 기항지(寄港地)를 발견했다고 생각하면서 안으로 들어갔다.

아담한 사무실에는 경영자인 오브라이언 부인이 있었다. 부인은 금발, 그것도 정말 어디 하나 흠 잡을 데 없는 금발의 소유자였다. 그 밖에는 애교 만점의 여자라는 것뿐, 몸집은 크고 뚱뚱했다. 팔콘 장군은 차양 넓은 모자로 바닥을 쓸 듯이 정중하게 인사한 다음, 몇 마디 스페인 말을 지껄였는데, 그 한마디 한마디는 실에 꿴 구슬 꽃불이 조용히 타면서 터져나가는 것처럼 들렸다.

상냥하게 부인은 물었다.

"스페인 분이세요? 아니면 포르투갈 분이세요?"

"나는 콜롬비아 사람입니다."

하고 장군은 자랑스레 말했다.

"스페인 어를 하지요. 이 창문에 여기서는 스페인 어가 통용된다고 씌어 있는데, 저건 무슨 뜻입니까?"

"어머나, 손님도. 지금 그 말을 쓰고 계시잖아요."

하고 여자 주인은 말했다.

"저는 할 줄 몰라요."

'호텔 에스파놀'에서 팔콘 장군은 방을 계약하고 투숙했다. 저녁때가 되었을 무렵에 그는 북미의 시끌시끌한 도시의 경이로움을 구경하려고 어슬렁어슬렁 거리로 나갔다. 걸어가면서 그는 오브라이언 부인의 멋진 금발을 생각했다. 장군은 자기 나라 말로 중얼거렸다.

"온 세계에서 가장 아름다운 여자가 사는 곳이 여기구나. 조국 콜롬비아의 미인들 중에도 저만큼 아름다운 여자는 본 적이 없는걸. 아니, 안 되지, 팔콘 장군쯤 되는 인물이 미인 생각이나 하다니 이건 어울리지 않아. 나의 헌신을 요구할 수 있는 것은 오직 조국뿐이야."

브로드웨이 거리와 리틀 리앨토의 길모퉁이에서 장군은 그만 정신을 잃고 말았다. 시내 전차가 그를 얼떨떨하게 만들어, 그 구조망(救助網)에 떠받쳐서 오렌지를 가득 실은 손수레 위에 나가떨어졌다. 아슬아슬하게 1인치 차이로 멍에채를 그에게서 피한 마차꾼은 그의 머리에 대고 심한 욕설을 퍼부었다. 간신히 보도로 비틀거리며 굴러나가는 순간, 이번에는 땅콩 장수의 피리가 그의 귀에 따갑고 요란한 소리를 불어넣었으므로, 그는 깜짝 놀라 다시 튀어올랐다.

"사람 살려! 정말이지, 무시무시한 거리로구만!"

장군이 상처입은 도요새 같은 모습으로 간신히 통행인의 물결에서 빠져 나오자마자, 두 사람의 사냥꾼이 꼭 알맞는 사냥감을 만난 듯 당장 그에게 눈독을 들이기 시작했다. 한 사람은 힘이 세고, 8인치쯤 되는 연관(鉛管)을 마구 휘두르는 것으로 이름이 난 '난폭자 맥가이어'였다. 또한 사람의 아스팔트 사냥꾼은, 그보다 훨씬 세련된 수법으로 이름을 떨치고 있는 '거미 켈리'였다.

누가 보기에도 뚜렷한 이 봉(鳳)에게 덤벼든 것은 켈리가 좀 빨랐다. 그는 팔꿈치로 맥가이어가 손을 대려는 것을 가볍게 막았다.

"손 대지 마라!"

하고 그는 점잖게 명령했다.

"내가 먼저 발견했단 말이야."

그가 한 체급 위였으므로 맥가이어는 시무룩하게 꼬리를 말고 물러났다.

"실례합니다만."

하고 켈리는 팔콘 장군에게 말을 건넸다.

"이 혼잡한 거리에서 퍽 당황하고 계시는 것 같군요. 제가 도와 드리겠습니다."

그는 장군의 모자를 집어서 먼지를 털어 주었다.

켈리의 수법은 성공하지 않을 수 없었다. 장군은 거리의 소란에 혼이 나서 당황하고 있었으므로, 이 구조자를 티끌만한 사심도 없는 친절한 기사로서 환영했다.

장군은 말했다.

"나는 내가 숙박하고 있는 오브라이언 부인의 호텔로 돌아가고 싶소. 아니, 정말 깜짝 놀랐소, 세뇨르. 이 누에바요크라는 도시는 몹시도 교통이 복잡하고, 게다가 그저 현기증만 나는 곳이구려."

켈리 씨의 예의범절은 이 유명한 콜롬비아 인이 혼자서 호텔로 돌아가는 위험을 무릅쓰게 하지는 않았다. '호텔 에스파뇰'의 현관 앞에서 그들은 걸음을 멈추었다. 길 맞은편 조금 아래쪽에 '망명자'의 조촐한 전광판이 반짝이고 있었다. 켈리가 모르는 거리라곤 거의 없었지만, 그는 이곳을 그저 대강 '스페인 거리'라고 생각하고 있었다.

켈리는 모든 외국인을 남부 유럽인과 프랑스 인의 두 종류로 분류했다. 그는 장군에게 저 식당으로 가서 술을 나누며 두 사람의 우정을 실증하지 않겠느냐고 제의했다.

한 시간 뒤, 팔콘 장군과 켈리 씨는 '망명자'의 '음모자 코너'라고 불리는 테이블에 앉아 있었다. 두 사람 사이에는 몇 개의 술병과 술잔이 놓여 있었다. 장군이 미국으로 파견되어 온 사명의 비밀을 털어놓은 것은 이번이 벌써 열 번째였다. 콜롬비아의 혁명당이 쓸 무기──2천 자루의 윈체스터 총──를 사기 위해 와 있다고 그는 공언했다. 장군은 카르타헤나 은행에서 뉴욕 지점으로 발행한 2만 5천 달러의 수표 몇 장을 주머니에 갖고 있었다. 다른 테이블에서도 다른 혁명가들이 저마다 동지들에게 정치상의 비밀을 큰소리로 털어놓고 있었는데, 장군의 목소리가 제일 컸다. 장군은 테이블을 주먹으로 쾅 치고 큰소리로 술을 주문하고, 켈리 씨에게 자기의 사명은 절대로 비밀이므로 누구에게도 말해서는 안 된다고 큰소리로 떠들어댔다. 켈리 씨는 동정 어린 열광에 사로잡힌 표정을 지었다. 그는 테이블 너머로 장군의 손을 잡았다.

"각하."

하고 그는 진지한 표정으로 말했다.

"각하의 나라가 어디에 있는지는 모릅니다만, 저는 귀국 편입니다. 그런데 혹시 귀국은 미국의 일부가 아닙니까? 시인이나 학교 선생들이 이따금 이 나라의 일부를 콜롬비아라고 부르는 수가 있거든요. 오늘 밤 각하가 저를 만나신 것은 각하를 위해서 참으로 행운이었습니다. 각하를 위해서 그만한 총을 거래할 수 있는 사람은 뉴욕 전체에서 저 하나밖에 없으니까요. 미국의 육군 장관은 제 친굽니다. 장관은 지금 이 도시에 와 있으니까, 내일 각하를 위해서 그 사람을 만나기로 하지요. 그러나 각하, 수표는 안주머니에 단단히 넣어 두십시오. 내일 각하를 찾아뵌 다음, 육군장관에게 소개해 드리겠습니다. 그런데 각하가 말씀하시는 것은 설마 저 콜롬비아 지구⁴⁾를 말하는 것은 아니겠지요?"

켈리 씨는 문득 불안해져서 마지막으로 물었다.

"2천 자루 정도의 총으로는, 도저히 그곳을 점령할 수가 없습니다. 옛날에 그보다 훨씬 많은 총이 사용된 적도 있으니까요."

"아니, 아닙니다, 아닙니다!"

하고 장군이 소리쳤다.

"내가 말하는 곳은 콜롬비아 공화국, 남미의 가장 위쪽에 있는 커……다란 공화국입니다. 암, 그렇구말구요!"

"알겠습니다."

켈리는 마음이 놓이는 듯이 말했다.

"그럼 이제 돌아가서 한잠 주무십시오. 저는 오늘 밤, 장관에게 편지를 써서 회견 약속을 얻어 놓겠습니다. 뉴욕에서 총을 운반해 내는 일은 꽤 복잡한 일입니다. 맥클러스키 혼자서 할 수 있는 일이 못 되지요."

그들은 '호텔 에스파뇰'의 현관 앞에서 헤어졌다. 장군은 달을 우러러보면서 눈알을 굴리며 한숨을 쉬었다.

"정말 뉴욕이란 위대한 나라구나."

하고 장군은 중얼거렸다.

"하기야 전차는 길거리에서 나를 떠받았고 땅콩 볶는 기계는 내 귀에다 무서운 소리를 불어넣긴 했지. 그러나 저 세뇨르 켈리는 어떤가. 풍성한 금발과, 알맞게 풍만한 자태를 가진 저 부인은 또 어떻고. 이 얼마나 훌륭한 사람들인가! 정말 근사하다!"

켈리는 가까운 전화통으로 가 브로드웨이 거리의 위쪽에 있는 '카페 맥클러리'에 전화를 걸었다. 그리고 지미 던을 대달라고 부탁했다.

"이봐, 지미 던이야?"

하고 켈리는 물었다.

"그래."

하고 대답이 들려 왔다.

"그런데, 안 그렇단 말이야."

켈리는 즐거운 듯이 말했다.

"너는 육군장관이야. 내가 갈 때까지 거기 있으라구. 미끼로 낚아 올릴 수 있는 고기치곤 굉장한 놈을 지금 여기 잡아 놨단 말야. 황금띠를 두른 콜로라도 엽궐련이라고. 더구나 붉은 실내 램프와 냇물에서 목욕하는 사이키의 소형 조각쯤은 충분히 살 만한 무료 쿠폰까지 붙어 있다고. 다음 전차로 그리로 갈게."

지미 던은 갱 사회에서는 지식인이었다. 또 사기꾼으로서는 예술가의 경지에 있었다. 그는 일찍이 몽둥이를 사용해 본 적은 한 번도 없었다. 게다가 녹아웃 드롭스[5]의 사용 따위는 아예 경멸했다. 사실 만일에 그런 것을 뉴욕에서 입수할 수 있다면 최고급 술을 노리는 희생자에게 먹이는 것쯤은 쉽게 해 낼 것이다. 지미의 수준에까지 올라가는 것이 '거미 켈리'의 오랜 숙원이었다.

이 두 신사는 그날 밤 '카페 맥클러리'에서 회의를 열었다. 켈리는 설명했다.

"그놈은 말이야, 꼭 고무신처럼 단순한 놈이라구. 콜롬비아라는 섬에서 왔는데, 거기선 파업인지 싸움인지 아무튼 그런 게 일어날 판이래.

그래서 그 소동을 진압하려고 윈체스터 총 2천 자루를 사러 파견되어 왔다는 거야. 이곳 은행 앞으로 발행된 1만 달러짜리 수표 두 장과 5천 달러짜리 수표 한 장을 보여 주더군. 정말이야, 지미. 녀석이 그걸 1천 달러짜리 지폐로 바꿔 갖고 은쟁반에 담아서 내게 넘겨 주지 않으니, 정말 미칠 것 같더라. 녀석이 은행에 가서 그걸 현금으로 바꿔 올 때까지 잠자코 기다리는 수밖에 없겠지?"

그들은 이 일에 관해서 두 시간 이상이나 의논했다. 그 뒤에 던이 말했다.

"그를 내일 오후 4시에 브로드웨이 ××번지로 데리고 와라."

이튿날, 시간을 봐서 켈리는 '호텔 에스파뇰'로 장군을 찾아갔다. 그런데 그 기략이 종횡하는 무인이 하필이면 장군이 오브라이언 부인과 아주 즐거운 듯이 이야기하고 있는 것을 목격했다.

"육군장관이 우리를 기다리고 있습니다."
하고 켈리는 말했다.

장군이 부인 곁을 떠나는 데는 상당한 노력이 필요했다.

"어서 오시오, 세뇨르."
하고 그는 한숨을 쉬면서 말했다.

"의무니 하는 수 없겠지. 그런데 세뇨르, 미국의 부인들은 어쩌면 그렇게도 아름답소? 예를 들자면, 이 오브라이언 부인 말이오. 이 얼마나 훌륭하신 부인이오. 정말 부인은 여신이오. 주노[6] 여신이오. '소의 눈'이라고 부르는 정다운 눈을 가진 그 주노 말이오."

켈리는 꽤 말을 잘하는 사나이였다. 하기야 아주 머리가 좋은 인간이라도 뛰어나게 새로운 말을 발견하면, 그만 그 착상의 불 때문에 머리의 회전이 이상해지는 법이지만……

"정말 그렇습니다!"

하고 그는 빙그레 웃으면서 말했다.

"하지만 장군이 말씀하시는 것은 물감으로 머리를 물들인 주노가 아닙니까?"

오브라이언 부인이 이 말을 듣고 황금빛으로 빛나는 머리를 쳐들었다. 그녀의 날카로운 시선은 한순간 슬금슬금 달아나는 켈리의 모습에 못 박혔다. 전차간을 제외하고는 여성에 대해 결코 실례의 말을 해서는 안 된다.

용감한 콜롬비아의 장군과 그 수행자는 브로드웨이의 지정된 곳에 도착하여, 30분쯤 응접실에서 기다린 다음 훌륭한 가구들이 놓여 있는 사무실에 안내되었다. 거기에는 수염 없는 얼굴에 엄숙한 분위기를 풍기는 사람이 책상 앞에 앉아 무엇인가를 쓰고 있었다. 팔콘 장군은 켈리 씨에 의해서 미합중국 육군장관에게 소개되고 그 용건도 전달되었다.

"음, 콜롬비아입니까!"

장관은 이야기의 줄거리를 이해하고 의미심장하게 말했다.

"그런 문제라면 약간 귀찮은 일이 일어날지도 모르겠군요. 대통령과 내가 콜롬비아에 대한 의견에서 견해가 일치하지 않기 때문입니다. 대통령은 기성 정권을 지지하고, 나는……."

하고 장관은 수수께끼처럼 함축성 있는 미소를 장군에게 보냈다.

"팔콘 장군, 장군도 물론 아시겠습니다만, 태머니 전쟁 이후 외국에 수출하는 무기와 탄약은 모두 육군성을 통해서 해야 한다는 법안이 통과되었습니다. 그러나 만일 나라도 도움이 될 수 있다면 친구 켈리 씨의 부탁도 있고 하니까, 기꺼이 힘이 되어 드리고 싶습니다. 그 대신 이 일은 어디까지나 비밀로 해 주셔야 합니다. 아까도 말씀드렸듯이,

대통령은 콜롬비아에서의 여러분들 혁명당의 노력을 호의적으로 보고 있지 않으니까요. 아무튼 당번을 시켜 장군에게 도움이 될 만한 병기의 재고표를 가져오게 하지요."

장관은 벨을 눌렀다. 그러자 제모를 쓴 당번 사관이 금방 방에 들어왔다.

"소총 재고 목록의 B표를 가져오게."

하고 장관은 명령했다.

당번 사관은 금방 한 장의 인쇄물을 들고 돌아왔다. 장관은 잠시 그것을 들여다보았다.

그는 말했다.

"여기에 보니까, 정부가 관리하고 있는 제9호 창고에 이미 포장된 윈체스터 총이 2천 자루 있습니다. 이것은 모로코 왕이 주문한 것인데, 발주와 동시에 현금을 보내 와야 한다는 것을 주문자가 잊은 것입니다. 우리 나라의 규칙에 따라 구입시에는 즉시 법정 통화에 의한 지불을 하여야 합니다. 그럼, 켈리 군, 만일 자네 친구이신 팔콘 장군께서 바라신다면, 이만한 무기를 원가로 양도해 드리겠네. 여기서 회견을 마치고 싶은데, 용서해 주시겠습니까? 실은 일본 대사와 찰스 머피 씨를 만날 시간이 되어서요."

이 회견이 있은 후 장군은 존경하는 친구 켈리 씨에게 깊이 감사하게 되었다. 명민한 육군장관은 그로부터 이틀 동안 총을 담을 빈 상자를 사 모아서 총 대신 벽돌을 넣고, 그것을 빈 창고에 갖다 쌓는 일에 분주했다.

장군이 '호텔 에스파뇰'에 돌아오자 오브라이언 부인이 다가와서 그의 웃옷깃에 묻은 실 보무라지를 하나 뜯어 내면서 말했다.

"저, 세뇨르, 쓸데없는 참견을 하고 싶지는 않지만 그 원숭이 같은 얼굴에 괭이 같은 눈에다, 마차꾼의 나팔 같은 소리를 내는 악당이 장군님께 무언가 이상한 일을 하려는 게 아녜요?"

"천만에!"

하고 장군은 소리쳤다.

"나의 좋은 벗 켈리 씨에 대한 비난의 말 같은 것은 듣고 싶지 않소."

"아무튼 정원으로 나가세요."

오브라이언 부인은 말했다.

"꼭 말씀드릴 일이 있어요."

그리고 한 시간쯤 지났다고 생각하시라.

"그러면 부인의 말씀은."

하고 장군은 말했다.

"1만 8천 달러만 내면, 이 집의 가구류 일체와 이와 같이 아름다운 정원, 고국 콜롬비아의 정원과 흡사한 이 정원의 1년 사용권을 넘겨 주시겠단 뜻입니까?

"아주 헐값이에요."

하고 부인은 한숨을 쉬었다.

"음!"

장군은 깊숙이 숨을 들이켰다.

"내게 전쟁이 뭐고 정치가 뭐람? 여기는 낙원이야. 조국에는 싸움을 계속하기 위한 용감한 영웅이 얼마든지 있다. 내게 있어 영광이란 무엇이며, 인간과 인간이 서로 쏘아 죽이는 일이 대체 뭐람. 아아! 그래! 나는 여기서 한 사람의 천사를 발견했어. 좋아요, 나는 '호텔 에스파놀'을 사고, 당신을 내 사람으로 만들기로 정했소. 이 돈을 총 따위에 낭비하지는 않겠소."

오브라이언 부인은 퐁파두르 형 금발머리를 콜롬비아 애국자의 어깨에 기댔다.

"어머나, 세뇨르."

하고 부인은 행복한 듯이 한숨을 쉬었다.

"당신은 정말 멋있는 분이세요!"

이틀 후에 무기를 장군에게 넘겨 주기로 한 약속 날짜였다. 무기가 들어 있는 것으로 되어 있는 상자가 임대 창고에 가득 쌓여 있었다. 그리고 육군장관은 그 위에 걸터앉아 동업자인 켈리가 희생자를 끌고 오기를 기다리고 있었다.

그 시각에 켈리 씨는 급히 '호텔 에스파놀'로 가고 있었다. 장군이 책상에 앉아 돈을 세고 있는 것이 보였다.

"나는 무기 구입은 하지 않기로 했소."

하고 장군은 말했다.

"오늘 이 호텔을 샀지요. 머지않아 페리코 시메네스 비라블랑카 팔콘 장군과 오브라이언 부인은 결혼하게 될 거요."

켈리 씨는 마치 목이 졸려 죽는 것 같은 얼굴이 되었다..

"뭐라구, 이 대머리 구두약 영감쟁이야!"

하고 그는 마구 뇌까렸다.

"네놈은 사기꾼이다. 틀림없는 사기꾼이야. 그런 나라가 어디 있는진 모르지만, 그놈의 나라 돈으로 호텔을 사다니……."

"음."

장군은 합계의 금액을 세고서 말했다.

"그게 당신들이 말하는 정치라는 거요. 전쟁이니 혁명이니 하는 것은 결코 바람직스러운 일이 못 되오. 암, 미네르바[7]를 따르는 게 반드시 최선은 아니란 말이오. 결코 그렇지 않소. 호텔을 경영하며, 여기 있는 이 주노, 소 눈의 주노와 같이 사는 편이 훨씬 바람직스럽소. 오오! 이 여인은 어쩌면 이렇게도 아름다운 황금빛 머리를 갖고 있담!"

켈리 씨는 다시 목이 꽉 죄어 버렸다.

"켈리 씨!"

마지막으로 장군은 조용한 어조로 말했다.

"당신은 아직 오브라이언 부인이 손수 만든 콘 비프 해시를 들어 본 적이 없으실 테지?"

1) 리틀 리앨토 ─ 뉴욕의 브로드웨이에 면한 극장가.
2) 오포르토 ─ 포르투갈 서북부에 있는 항구 도시. 포도주 양조업의 중심지이다.
3) 카르타헤나 ─ 남미 콜롬비아의 북해안에 있는 항구.
4) 콜롬비아 지구 ─ 미국 동부 포토맥 강변에 있는 한 지구. 수도 워싱턴이 있다. 특별 행정부로써 각 주와는 별도로 국회의 직접 관할 아래 있다. D. C로 약한다.
5) 녹아웃 드롭스 ─ 음료에 섞는 마취약.
6) 주노 ─ 로마 신화에 나오는 주피터의 아내. 결혼의 여신이다.
7) 미네르바 ─ 로마 신화에 나오는 전쟁의 여신.

사랑의 심부름꾼

공원은 아직 사람이 쏟아져 나오기에는 이른 철이었고, 또 그럴 시간도 아니었다. 그러니 길가의 벤치에 앉아 있는 그 젊은 여자도, 별 생각없이 마음이 움직여 잠시 그 자리에 앉아서 다가오고 있는 봄의 옷자락을 만져 보자는 기분이 되었는지도 모른다. 그녀는 골똘히 생각에 잠겨 꼼짝도 않고 그 자리에 앉아 있었다. 그 얼굴은 약간 우울해 보였는데, 그러나 그 우울은 아주 최근에 생긴 것이 틀림없어 보였다. 왜냐하면 아직도 그것은 그녀의 아름답고 젊은 두 볼의 윤곽을 바꾸어 놓지도 않았고, 그 입술도 굳게 닫혀 있기는 했지만 매력 있는 선이 헝클어지지는 않았기 때문이다.

그때 키가 훤칠하게 큰 청년 하나가 성큼성큼 공원을 가로질러 그녀가 앉아 있는 곳에서 가까운 오솔길을 걸어왔다. 그 뒤에서 여행가방을 든 소년 하나가 따라오고 있었다. 청년은 젊은 여성을 보더니 얼굴이 새빨개졌다가 금방 본래대로 창백해졌다. 그는 그녀의 태도를 살피면서 차츰 다가왔는데, 그 얼굴에는 희망과 불안의 표정이 뒤섞여 있었다. 청년은 그녀에게서 불과 5, 6야드 떨어진 곳을 지나갔지만 그녀는 그의 모습이나 존재에 조금도 아랑곳하는 기미를 보이지 않았다.

청년은 그대로 한 50야드쯤 더 가더니 우뚝 걸음을 멈추고 옆에 있는 벤치에 가서 앉았다. 소년은 여행가방을 내려놓고 빈틈없는 눈으로 수상쩍다는 듯이 청년을 살폈다. 청년은 손수건을 꺼내 얼굴을 닦았다. 손수건도 훌륭했지만, 얼굴도 훌륭하고 풍채도 훌륭했다. 그는 소년에게 말했다.

"저기 저 벤치에 앉아 있는 아가씨에게 심부름을 좀 갔다 오렴. 저 아가씨에게 가서, 나는 지금 샌프란시스코에 가려고 정거장에 가는 길인데, 거기서 알래스카의 사슴사냥 원정대에 참가할 예정이라고 말씀드려. 그리고 말은 해도 편지를 쓰면 안 된다고 해서 할 수 없이 이런 방법으로 사정이 이렇게 된 것을 설명하여 아가씨의 공정한 판단에 마지막 호소를 한다고 해. 그런 취급을 받을 까닭이 없는 사람을 아무 이유도 내세우지 않을 뿐 아니라 해명할 기회도 주지 않고 비난하고 버려둔다는 것은, 내가 믿고 있는 아가씨의 인품답지 않으며, 이런 방법을 쓰는 것은 어느 정도 아가씨의 금지령을 어기는 일이긴 하지만, 이것도 다 아가씨가 공정한 생각을 가져 주셨으면 하는 희망에서라고 말씀드려. 자, 얼른 가서 저 아가씨에게 방금 내가 한 말을 전하고 오렴."

청년은 반 달러짜리 은화를 소년에게 쥐어 주었다. 소년은 때가 꾀죄죄하게 묻은, 그러나 영리해 보이는 얼굴에, 반짝반짝 빛나고 있는 조심스러운 눈으로 잠시 청년을 쳐다보더니 곧 달려갔다. 소년은 얼마쯤 불안한 듯했으나 별로 망설이는 기색도 없이 벤치에 앉아 있는 여자 앞으로 다가갔다. 그리고 삐딱하게 눌러쓴 격자 무늬의 낡은 자전거용 모자챙에 손을 갖다 댔다. 여자는 반감도 호의도 보이지 않은 채 무관심하게 소년을 쳐다보았다.

"아가씨."

하고 소년은 말했다.

"저쪽 벤치에 있는 저 사람이 아가씨한테 '노래와 춤'[1]을 전해 드리라고 나를 보냈어요. 아가씨가 저 사람을 모른다면 아마 뭔가 좋지 않은 일을 꾸미고 있을 테니까, 모르면 모른다구 말하세요. 그러면 달려가서 내가 경찰을 불러 올게요. 아가씨가 저 사람을 안다면 그리 나쁜 사람은 아닌 것 같으니까, 그러면 아가씨에게 말해 달라고 한 뜨거운 사연을 전하겠어요."

젊은 여자는 얼마간 관심을 보이기 시작했다.

"노래와 춤이라고!"

침착하고 아름다운 그녀의 목소리는 이 말이 눈에 보이지 않는 투명한 비꼼의 의상으로 싼 것처럼 들렸다.

"새로운 착상이야—— 연애시에라도 나오는지 모르겠구나. 나는—— 너를 심부름 보낸 저이를 전에는 잘 알고 있었단다. 그러니까 경관을 부를 필요는 없어. 아무튼 네가 갖고 온 '노래와 춤'이나 보여 주렴. 너무 큰소리로 하지는 마. 야외극을 하기에는 아직 시간이 이르고 사람들이 몰려와도 곤란하니까."

"그래요?"

하고 소년은 온몸을 흔들듯이 어깨를 움츠리며 말했다.

"그럼, 아가씨, 내 말 아셨죠? 뭐 대단한 건 없어요. 저 사람은 아가씨에게 이렇게 말해 달랬어요. 칼라와 커프스를 여행 가방에 쑤셔넣고 프리스코[2]로 간대요. 거기서 클론다이크[3]로 뇌조(雷鳥)를 쏘러 간대요. 아가씨가 연애 편지를 쓰거나 집 앞에서 기웃거리거나 하지 말라고 해서 자기의 진실을 알아 달라고 이런 방법을 쓴대요. 아가씨는 자기를 과거의 사람처럼 다루는데, 어떻게든 그 생각을 부숴 버리고 싶어도 그 기회를 안 준대요. 아가씨는 자기를 마구 두들겨 놓고 그 까닭은 말해 주지 않는다고, 이렇게 말해 달랬어요."

젊은 여인의 눈에 싹트기 시작한 가냘픈 관심은 조금도 약해지지 않았다. 아마도 그것은 그녀가 보통의 전달 방법을 금해 버렸으므로, 부득이 이런 수단을 쓰게 된 뇌조 사냥을 떠나는 남자의 독창성 내지는 대담성이 일으켜 놓은 관심이었을 것이다. 그녀는 사람의 그림자가 뜸한 공원에 초라하게 서 있는 조각을 가만히 응시하고 있더니, 이윽고 심부름 온 소년을 돌아보며 말했다.

"저 신사분에게 말씀드려. 이제 와서 새삼 내 이상(理想)에 대해서 설명을 되풀이할 필요는 없을 거라구. 내 이상이 전에는 어떤 것이고, 지금은 어떤 것인지 저분은 잘 알고 계실 거야. 내 이상은 이번 경우에 관한 한, 절대적인 성실과 진실이 무엇보다도 중요하단다. 나는 내 마음을 될 수 있는 한 깊이 연구해 봤으니, 그 결점이 뭔지, 그 요구하는 것이 뭔지 잘 알고 있단다. 그러니까 저분의 변명은 그게 뭐든지 듣고 싶지 않아요. 내가 남의 소문이나 확실찮은 증거로 저분을 책망한 건 아니란다. 그러니 나한테는 잘못이 없어. 저분이 이미 다 알고 계시는 얘기를 다시 듣고 싶어하신다면, 이 얘기를 해 드려도 좋아. 아니, 저분에게 확실히 말씀드려 줘. 그날 저녁때 나는 어머님께 드리려고 장미꽃을 꺾으러 뒷문으로 해서 온실에 들어갔었어. 거기서 저분과 애슈번 양이 복숭아나무 밑에 서 있는 것을 본 거야. 그것은 꼭 아름다운 한 폭의 그림 같더라. 그런데 그 자세와 병치(並置)는 설명을 들을 것도 없이 모든 것을 똑똑히 말해 주고 있었어. 나는 온실에서 나왔지. 그때 나는 장미도 이상도 다 버린 거야. 이 '노래와 춤'을 두목님에게 전해 다오."

"아가씨, 내가 모르는 말이 있어요. 병……병…… 뭔가 하는 말, 그게 뭐죠?"

"병치야…… 접근이라구 해도 좋아. 아니면 보통 있어야 할 위치치고는 너무 가깝다고 해도 좋을 거야."

소년은 모래를 흩뜨리며 달려갔다. 그리고 또 하나의 벤치 앞에 가서 섰다. 청년의 눈이 굶주린 듯 소년에게 물었다. 소년은 눈빛을 반짝이며 들은 말을 변형시켜서 열심히 전하기 시작했다.

"여자라는 건 꿈 같은 이야기나 달콤한 말을 들으면 금방 흐늘흐늘해진다는 걸 알구 있으니까, 다시 아첨하는 말은 듣구 싶지 않대요. 저 아가씨는 아저씨가 온실 안에서 여자를 껴안고 있는 걸 똑똑히 봤대요. 꽃을 꺾으려고 옆으로 발길을 돌렸더니 아저씨가 다른 여자를 껴안고 있더래요. 아주 예쁜 여자였대요. 그건 좋은데 그 때문에 저 아가씬 아주 기분이 나빠졌대요. 아저씨는 멍청하게 서 있지 말구 빨리 기차나 타 버리는 게 좋을 거라구 그랬어요."

청년은 나직이 휘파람을 불었다. 갑자기 무언가 생각이 난 듯 두 눈이 빛났다. 그는 얼른 웃옷 주머니에 손을 넣어 한 다발의 편지를 꺼냈다. 그중에서 한 통을 골라 소년에게 주었다. 그리고 조끼 주머니에서 1달러짜리 은화를 꺼내어 소년에게 주었다.

"이 편지를 저 아가씨에게 갖다 드려라."

하고 그는 말했다.

"그리고 이걸 좀 읽어 보시란다고 그래. 이걸 읽으면 그때의 상황은 설명이 될 거다 ── 만일 당신이 이상으로 삼는 그 개념에 약간의 믿음이라도 함께 갖고 있었다면, 조금도 마음이 상하지 않았을 거요. 당신이 진심으로 소중히 여기는 성실성은 조금도 흔들리지 않고 있소. 당신의 해답을 기다리오 —— 가서 이렇게 말씀드려라."

심부름꾼은 젊은 여인 앞으로 달려가서 섰다.

"저 아저씨는 아무 죄도 없는데 억울한 누명을 덮어썼대요. 자기는 놈팡이가 아니래요. 아가씨, 이 편지를 읽어 보세요. 아저씨는 아주 좋은 사람인 것 같아요."

젊은 여자는 반신반의의 표정으로 편지를 펼쳐서 읽었다.

친애하는 아놀드 선생

지난 금요일에 월든 부인의 리셉션에 참석했을 때, 그 댁 온실에서 마침 저희 딸이 지병(持病)인 심장병 발작을 일으켜 선생의 친절하신 간호를 받게 되어 정말 감사했습니다. 마침 그 자리에 계신 선생께서 쓰러지는 딸을 받아 주시지 않았더라면, 그리고 그때 적절한 치료를 취해 주시지 않았더라면, 딸의 생명은 어떻게 되었을지 모를 일입니다.

딸의 치료를 부탁드릴 수 있도록 한번 왕진해 주신다면 그 이상의 기쁨이 없을 것 같습니다.

로버트 애슈번

젊은 여인은 편지를 접어서 소년에게 돌려 주었다.

"저 아저씬 아가씨의 대답을 기다리구 있는데요."

하고 심부름 온 소년은 말했다.

"뭐라고 대답할까요?"

소년을 쳐다보며 갑자기 반짝 빛난 처녀의 눈은 아름답게 미소를 띠며 젖어 있었다.

"가서 저 벤치에 계시는 분에게 말씀드려 줘."

하고 그녀는 기쁜 듯이 웃으며 말했다.

"내가 만나 뵙고 싶어한다고."

---

1) 노래와 춤 - '사랑의 다리 역할'이라는 뜻이다.

2) 프리스코 - 샌프란시스코를 말한다.

3) 클론다이크 - 캐나다 북서부 유콘 강 유역에 있는 한 지방으로, 1897~1898년의 금 광열로 유명해짐.

추수감사절의 두신사

 우리의 날이 하루 있다. 스스로 미국인입네 하는 사람들이 아닌 진짜
미국 사람들은 모두 옛집으로 돌아가 소다로 부풀린 비스킷을 먹으면
서, 어쩌면 펌프 소리가 전과는 달리 현관에서 저렇게도 가까이 들리
나, 하고 놀라는 날이다. 이날을 축복하라.
 루스벨트 대통령이 주는 날이다. 청교도들에 대한 이야기를 듣지만
그들이 누군지 우리는 잊었다. 아무튼 그들이 다시 상륙해 온다면 격퇴
해 버릴 수 있다. 플리머드록?[1] 글쎄, 더 귀에 익은 말이다. 칠면조
조합이 생긴 이래 많은 사람들은 닭이나 먹을 신세로 전락했다.
 워싱턴에 있는 누군가가 추수감사절 선포에 관한 정보를 그들에게 미
리 누설하고 있나 보다.
 뉴욕에서는 추수감사절이 아주 제도화되어 있다. 11월 마지막 목요일
은 뉴욕이 바다 건너에 있는 본토를 생각하는 1년 중의 단 하루이다.
이날은 순전히 미국적인 날이다. 그렇다, 오직 미국만 가진 명절이다.
 이제는 이야기로 들어가서, 대서양 이쪽의 우리에게도 전통이 있어서
영국의 전통보다 훨씬 빠른 속도로 해묵어 가고 있다는 것을 밝혀야겠
다. 그것은 우리의 정력과 기업심 덕분이다.

스터피 피트는 유니온 스퀘어 공원을 동쪽에서 들어가 분수 맞은편 길 오른쪽으로 세 번째 벤치에 가서 앉았다. 지난 9년 동안 추수감사절마다 오후 1시만 되면 그는 부랴부랴 여기에 와서 자리를 잡았다. 그때마다 찰스 디킨스의 소설 속에서처럼 좋은 수가 생겨서 조끼 밑 가슴 아래 위가 두두룩하게 불러졌기 때문이다.

그러나 오늘 스터피 피트가 해마다 앉는 이 자리에 나타난 것은 그동안의 버릇 때문이지, 자선가들이 생각하듯 가난한 사람들이 이때가 되면 1년에 한 번씩 몹시 배가 고파지는 그 허기 때문에 찾아온 것은 아니었다.

정말 피트는 배가 고프지 않았다. 진수성찬을 먹고 간신히 남은 힘으로 땀을 뻘뻘 흘리며 허덕허덕 걸어오는 길이었기 때문이다. 고깃국 냄새가 스민 피트의 가면 같은 푸석푸석한 얼굴에는 푸른 구즈베리 같은 두 눈이 쿡 박혀 있었다. 숨소리는 짧게 가랑거리고, 상원의원같이 굵은 목의 지방 조직은 곤두선 웃옷 칼라 속에서 가만 있지 않았다. 고마운 구세군 아낙네가 1주일 전에 달아 준 의복 단추가 옥수수 튀기듯 날아가 주위 땅바닥에 흩어졌다. 셔츠 앞이 찢어져 가슴까지 드러난 그는 과연 남루했다. 그러나 부드러운 눈송이를 실은 11월의 찬바람도 그에겐 시원하고 고마울 뿐이었다. 왜냐하면 스터피 피트는 진수성찬을 먹고 지금 칼로리 과다증에 걸려 있었기 때문이다. 먼저 굴에서 시작하여 건포도를 넣은 푸딩으로 끝난 식사에는 이 세상에 있는(그는 그렇게 여겼다) 모든 구운 칠면조와 구운 감자와 치킨 샐러드와 호박 파이와 아이스크림이 다 나왔다. 그래서 그는 목구멍까지 그득 차서 배부른 인간의 경멸스런 눈으로 세상을 바라보고 앉아 있었던 것이다.

그것은 생각도 못 한 잔치였다. 그는 5번가의 어귀에 있는 어느 벽돌

저택 앞을 지나고 있었다. 이 집에는 전통을 존중하는 구가문의 두 할머니가 살고 있었다. 이 할머니들은 심지어 뉴욕의 존재마저 인정하지 않았으며 추수감사절은 오직 워싱턴 스퀘어를 위해서만 선포된 것으로 믿고 있는 노인들이었다. 이 집에는 이날 뒷문에 하인 하나를 세워 놓았다가 정오를 친 뒤에 제일 먼저 지나가는 굶주린 사람을 불러들여서 아주 성찬을 대접하는 풍속이 있었다. 스터피 피트는 마침 공원으로 가는 길에 이 앞을 지나다가 하인에게 걸려드는 바람에 대궐의 관례를 지키게 되었던 것이다.

스터피 피트는 한 10분쯤 앞을 바라보고 있다가, 문득 다른 곳도 보고 싶은 생각이 났다. 무진 애를 써서 간신히 고개를 왼쪽으로 돌렸다. 그러자 그의 눈이 겁에 질려서 튀어나올 것처럼 되었다. 숨이 콱 막히고 해진 신발을 신은 짧은 다리가 오금을 못 펴고 자갈 위에서 허우적거렸다.

늙은 신사가 4번가를 지나서 그의 벤치를 향해 걸어오고 있었기 때문이다.

지난 9년 동안 추수감사절만 되면 이 노신사는 이 자리에 나타나 이 벤치에서 스터피 피트를 찾았다. 노신사는 이 일을 하나의 전통으로 삼고 있었다. 지난 9년 동안 추수감사절 때마다 여기서 스터피를 찾아서는 식당으로 데리고 가서 한 상 잘 차려 주고 그가 먹는 것을 지켜 보는 것이었다. 영국에서는 이런 일을 무의식적으로 한다. 그러나 미국은 어린 나라요, 어린 나라의 9년이면 그리 짧은 기간도 아니다. 노신사는 성실한 미국의 애국자였으며, 미국의 전통을 정립하는 선구자로 자처하고 있었다. 무슨 일이든 아름답게 보이려면 그 일을 한 번도 빼놓지 않고 오랫동안 계속해야 한다. 산업 보험 회사에서 주마다 10센트씩 보험

료를 거두어들이는 일이 그렇고 또는 거리를 청소하는 일이 그렇다.

노신사는 곧장 점잖게 그가 육성하고 있는 '관습'을 향해서 걸어왔다. 사실상 해마다 스터피 피트를 부양하는 것은 영국의 '마그나카르타' 대헌장이나 또는 아침에 잼을 먹는 것 같은 그런 전국적인 성격을 띤 것은 아니었다. 그러나 그것은 첫걸음이었다. 이제는 거의 봉건제도처럼 굳어 있었다. 그것은 적어도 뉴욕, 아니, 에헴! 미국에 있어서도 하나의 관습이 불가능하지 않다는 것을 보여 준 것이었다.

노신사는 깡마르고 키가 큰 육십객이었다. 수수한 검정옷 차림에 자꾸만 흘러내리는 구식 안경을 쓰고 있었다. 머리는 지난 해보다 더 희고 더 듬성했으며, 손잡이가 구부러진 울퉁불퉁한 단장에 더 의지하게 된 것 같았다.

이 고정된 보호자가 앞에 다가오자마자 스터피는 숨을 가랑거리면서, 마치 안주인을 따라가던 살진 강아지가 거리에서 으릉대는 큰 개를 만난 듯이 몸을 떨었다. 날아가 버리고 싶었지만, 산토스 두몬트[2]의 재주로도 그를 벤치에서 떼내지는 못했을 것이다. 두 할머니의 하인들은 맡은 직무를 잘도 해 냈던 것이다.

"안녕하시오."

하고 노신사가 말을 건넸다.

"또 한 해의 변천을 무사히 넘기시고, 아름다운 이 세상에서 건강하게 움직이고 계시는 것을 보니 반갑구려. 그것을 축복하기 위해서만도 이 추수감사절의 선포는 우리를 위해 참으로 잘된 일이라 하겠소. 자, 가십시다, 당신의 몸이 마음의 동작과 조화되도록 식사를 대접해 드리리다."

이것은 해마다 노신사가 하는 말이다. 9년 동안 추수감사절 때마다

해 온 말이다. 이 말 자체가 거의 하나의 관습이 되었다. 독립선언서 이외에는 이에 비견할 만한 것이 없다.

전에는 이 말이 스터피의 귀에 늘 음악처럼 들렸었다. 그러자 지금 그는 눈물겹도록 괴로운 표정으로 노신사의 얼굴을 쳐다보았다. 부드러운 눈송이가 그 땀에 젖은 얼굴에 내리면 순식간에 녹을 지경이었다. 그러나 노신사는 약간 몸을 떨면서 바람에 등을 돌리고 돌아섰다.

스터피는 노신사가 왜 언제나 좀 슬픈 듯이 말하는지 궁금했었다. 노신사가 대를 이을 아들이 없는 것이 언제나 한이 되어 그런다는 것을 그는 몰랐다. 자기가 세상을 떠난 뒤 이 자리에 찾아올 아들, 후세의 스터피 앞에 자랑스레 늠름하게 서서 '선친을 기념해서'라고 말할 아들을 갖고 싶었던 것이다. 그러면 이것은 아주 연례 행사로써 굳어 버릴 것이다.

그러나 노신사는 친척이 없었다. 공원 동쪽의 조용한 거리에 있는 갈색 암사(岩砂)로 지은 쇠잔한 옛 부잣집에서 셋방살이를 하고 있었다. 겨울에는 대형 트렁크만한 온실에 푸서 꽃을 길렀다. 봄이면 부활제 행렬에 끼어 돌아다녔다. 여름에는 뉴저지 주의 산속 농가에 들어박혀 살면서 등의자에 앉아 언젠가는 꼭 찾아 내고 싶은 '오르니토프테라 암프리시우스'과의 나비 이야기를 했다. 그리고 가을에는 스터피에게 저녁을 사 먹였다. 이런 것이 노신사의 일이었던 것이다.

스터피 피트는 몸이 달아오르고 자기 자신이 가엾다는 절망감으로 30초 가량 노신사를 쳐다보았다. 노신사의 눈은 적선하는 기쁨으로 빛나고 있었다. 그의 얼굴에는 해마다 주름이 늘어나도 조그마한 검정 나비 넥타이는 언제나 다름없이 멋있게 매여 있었으며, 와이셔츠는 깨끗하고 하얬으며, 흰 콧수염 끝이 우아하게 말려 올라가 있었다. 이윽고 스터피는 냄비에서 콩이 튀는 듯한 소리를 냈다. 무슨 말을 할 참이었다. 노신사는 과거에 아홉 번이나 이 소리를 들었으므로 당연히 그것을 초대를 수락하는 스터피의 다음과 같은 해묵은 표현으로 해석했다.

"고맙습니다, 영감님. 따라가겠습니다. 대단히 감사합니다. 전 무척 배가 고픕니다요, 영감님."

너무 포식하여 정신은 혼미했지만, 스터피는 자기가 어떤 관습의 기반이 되어 있다는 확신을 뿌리칠 수는 없었다. 자기의 추수감사절의 식욕은 자기 것이 아니었다. 그것은 현행의 출소기한법(出訴期限法)에 의한 것은 아닐지라도, 확립된 관습의 모든 신성한 권리에 의해서 선취권(先取權)을 가진 이 노신사의 것이었다. 물론 미국은 자유의 나라다. 그러나 하나의 전통을 세우려면 누군가 순환부(循環部)가 하나의 순환소수(循環小數)가 되어야 한다. 영웅은 반드시 강철과 금이 있어야만 되는 것은 아니다. 보라, 여기에 다만 서툴게 은을 도금한 쇠와 양철 무기를 휘두르는 영웅이 있지 않은가!

노신사는 1년에 한 번씩 자기 뒤를 따라오는 피보호자를 데리고 남서쪽 그 식당으로 들어가, 언제나 저녁을 대접하던 그 식탁에 앉았다. 식당 종업원들도 그들을 알아보았다.

"그 영감이 온다."

하고 한 웨이터가 말했다.

"감사절 때마다 그 거지에게 밥을 사 먹이는 영감이야."

노신사는 식탁 맞은편에 앉아 앞으로 계속될 유구한 '전통'의 주춧돌이 되어 우유빛 진주알처럼 빛나고 있었다. 웨이터들은 명절 음식을 식탁에 늘어놓고, 스터피는 허기진 사람의 한탄으로 오인된 한숨을 내쉬더니, 칼과 포크를 집어 들고 불멸의 월계관을 위해 고기를 잘라 먹기 시작했다.

　이보다 더 용감하게 적진에 쳐들어간 영웅은 일찍이 없다. 칠면조, 고깃덩어리, 수프, 채소, 파이 등이 앞에 나오기가 무섭게 사라져 갔다. 식당으로 들어올 때 이미 목구멍까지 배가 차있어 음식 냄새가 벌써 그의 신사 체면을 위협했지만, 그는 참된 기사처럼 있는 힘을 다하여 버티었다. 그는 노신사의 얼굴에서 인자한 행복의 빛을, 푸셔 꽃이나 '오르니토프테라 암프리시우스' 과의 진기한 나비에서 얻는 것보다 더 행복스러운 빛을 보았으며, 스터피는 차마 이 빛이 사라지는 것을 볼 수가 없었던 것이다.

　한 시간이 지나자, 스터피는 전투에서 승리하고 의자에 기대앉았다.

　"고맙습니다, 영감님."

하고 그는 마치 구멍난 증기 파이프 같은 소리를 냈다.

　"맛있는 음식을, 정말 고맙습니다."

　그리고는 무거운 몸을 간신히 일으키더니 번들거리는 눈으로 주방을 향해 가기 시작했다. 웨이터 한 사람이 팽이처럼 그를 돌려 문간을 가리켰다. 노신사는 은화로 1달러 30센트를 차근차근히 세고, 웨이터에게도 5센트짜리 세 닢을 팁으로 놓았다.

　두 사람은 해마다 그렇게 하듯이 문 앞에서 헤어져, 노신사는 남쪽으로 가고 스터피는 북쪽으로 향했다.

　첫 모퉁이를 돈 스터피는 잠깐 그대로 서 있었다. 그러더니 올빼미가 날개를 퍼드덕거리듯 누더기를 털고는 더위먹은 말처럼 길바닥에 쓰러졌다.

　구급차로 달려온 젊은 의사와 운전사는 환자가 너무 무거웠으므로 나직이 투덜거렸다. 술 냄새가 없으니 경찰의 범인 호송차에 인계할 구실도 없어서 스터피와 그가 먹은 두 차례의 성찬은 병원으로 옮겨졌다. 그리고 그들은 그를 침대에 뉘어 놓고 메스를 들고는 어떤 문제를 풀 실마리라도 얻을 수 있을까 하는 희망으로 이상한 병을 찾기 위해 그를 조사하기 시작했다.

그런데 보라! 한 시간 뒤 다른 구급차가 노신사를 싣고 왔다. 그래서 또 하나의 침대에 그를 뉘어 놓고 맹장염이라고 떠들어댔다. 노신사는 치료비를 감당할 수 있을 듯이 보였기 때문이다.

그러나 잠시 뒤 젊은 의사 한 사람이 눈이 예뻐서 그가 좋아하는 젊은 간호사 하나를 만나 걸음을 멈추고 두 환자 이야기를 꺼냈다.

"저기 있는 저 훌륭한 노신사 말이야."

하고 그는 말했다.

"굶어 죽을 뻔했다고는 아마 아무도 생각지 못할걸. 긍지 높은 구가 문인가 봐. 나한테 그러는데 사흘 동안 아무것도 안 먹었다니까."

---

1) 플리머드록 ─ 1620년 청교도들이 상륙했다는 매사추세츠 주 플리머드 항에 있는 바위. 그런데 여기서는 미국이 원산인 닭 '플리머드록' 종과 겹쳐서 한 말이다.
2) 산토스 두몬트 ─ (1873~1932년) 브라질 출신인 프랑스 항공기 발명가.

붉은 추장의 몸값

웬지 너무 쉽다고 생각했지. 아, 조급하게 굴지 말아요, 지금부터 애기할 테니까. 이 납치 사건에 착안한 것은 나와 빌 드리스콜이 남부의 앨라배마에 갔을 때야. 나중에 빌이 말했듯이, 정말 '우리도 모르게 도깨비에 홀려 버린' 거지, 깨달았을 때는 이미 늦었으니까.

앨라배마에 핫케이크처럼 납작한 읍이 하나 있지. 하기야 이름은 거창하게 '정상(頂上)'이지만 말이야. 그곳 주민들은 모두 농민들인데, 5월제(五月祭)의 무도회에 모여들 때 흔히 보는 무척 원만한 얼굴들을 한 좋은 사람들뿐이더군.

빌과 나는 둘이 합해서 모두 600달러쯤 밑천을 갖고 있었지만 서부 일리노이 근처에서 사기 복덕방으로 한몫 보려면 아무래도 2천 달러는 더 필요했던 거야. 여관 현관의 층계에 앉아서 우리는 의논했지. 그래서 이런 반시골 같은 읍에선 어린아이를 귀여워하는 마음이 특히 강하다는 애기가 나오고, 거기서 이제 —— 아니, 뭐 다른 까닭도 있었지만 말이야 —— 어린아이를 하나 납치해 보는 것도 괜찮겠다고 생각하게 된 거야. 그 근처는 기자를 보내서 사건을 마구 떠들어댈 만큼 신문사의 세력도 안 미치는 곳이니까 틀림없이 잘될 것 같았지. 서머트 읍 정도면, 고작해야 순경이나 얼빠진 경찰견이 우릴 쫓든지 아니면 「주간농업(週刊農業)」에서 한두 번 호되게 까고 말 줄 알았던 거야. 그래서 이거 수지 맞겠다고 생각했지 뭐.

우리는 애브니저 도시트라는 이 읍 유지의 외아들한테 점을 찍었지. 그애 아버지는 고리대금업잔데, 제법 알아 주는 유지인데도 아주 인색하다고 하더군. 교회에도 땡전 한푼 기부하지 않고, 저당을 잡으면 사정없이 처분해 버리는 그런 작자야. 꼬마 녀석은 10살 먹었는데, 얼굴에는 조그맣게 새긴 것처럼 주근깨가 가득 덮였고, 머리카락은 기차를 기다리는 동안에 정거장 매점에서 사는 잡지 표지 같은 빛깔이었어. 이 애브니저 같으면 틀림없이 몸값으로 2천 달러는 내겠지, 하고 빌과 나는 생각했던 거야. 아, 글쎄 기다리라구, 지금부터 얘기할 테니까.

서미트에서 한 2마일쯤 떨어진 곳에 온통 삼목이 무성한 조그만 언덕이 있다. 이 언덕 뒤쪽 조금 높다란 곳에 굴이 하나 있는데, 거기에다 우리는 식량을 비축했다.

드디어 실행에 옮기기로 한 날 저녁때, 해거름에 우리는 말 한 마리가 끄는 마차를 몰고 도시트 영감 집 앞을 지나갔다. 문제의 그 꼬마가 길바닥에 나와서 맞은편 담 위에 있는 새끼고양이를 향하여 돌을 던지고 있었다.

"얘, 아가!"

하고 빌이 말을 건넸다.

"과자 사 줄 테니, 이 마차에 안 타겠니?"

꼬마가 벽돌 조각을 빌의 눈언저리에다 명중시켰다.

"이 몫으로 그놈의 영감쟁이한테 500달러는 더 우려낼 테다."

수레바퀴에 발을 걸고 마차에 올라앉으면서 빌이 투덜거렸다.

개구쟁이는 웰터 급 흑곰처럼 날뛰었지만, 마침내 우리는 아이를 마차에다 밀어넣고 말을 몰았다. 동굴까지 데리고 온 뒤 나는 삼목 숲 속에 말을 매놓았다가, 어두워진 뒤에 마차를 빌려 온 3마일 떨어진 마을로 가서 돌려 주고, 걸어서 산으로 돌아왔다.

빌은 온 얼굴에 생긴 손톱 자국과 얻어맞은 생채기에 반창고를 붙이고 있었다. 동굴 입구의 큼직한 바위 뒤에는 훨훨 모닥불이 타고 꼬마는 붉은 머리카락에 매의 깃을 두 개 꽂은 채 부글부글 끓고 있는 커피 주전자를 가만히 들여다보고 있었다. 내가 가까이 가자, 꼬마는 막대기를 들이대면서 소리쳤다.

"야, 이 백인놈아, 이 대평원에서 이름을 떨치고 있는 붉은 추장의 진지에, 네놈은 인사도 없이 그냥 들어온단 말이냐?"

"이 꼬마 녀석, 그냥 신이 나서 말이야."

하고 빌이 바지를 걷어올려 정강이의 타박상을 살펴보면서 말했다.

"인디언 놀이의 상대가 돼 주고 있는 판이라구. 버팔로 빌의 연극도 이것에 비한다면 마을 공회당에서 환등(幻燈)으로 돌리는 팔레스타인 풍경만도 못할걸. 나는 덫으로 새나 짐승을 잡는 사냥꾼 올드 헝크인데, 붉은 추장한테 사로잡혀 내일 새벽엔 대가리 껍질이 벗겨지게 된대! 내 참, 이 개구쟁이한테 당해 보라구. 정말 지겨워서, 나 원!"

확실히 아이는 아주 신이 나있는 것 같았다. 동굴에서 야영하는 것이 재미있어서 자신이 납치되어 와 있다는 것도 까맣게 잊고 있었다. 꼬마는 그 자리에서 나에게 스파이 '뱀눈깔'이라는 이름을 지어 주고 곧 부하들이 싸움을 끝내고 돌아오면, 내일 아침 해가 떠오를 때 나를 불태워 죽이겠다고 선언했다.

이윽고 우리는 저녁 식사를 시작했다. 꼬마는 베이컨과 빵과 고깃국

물을 입 안 가득히 쑤셔넣으면서 지껄여 댔다. 식사 중에 꼬마가 한 얘기는 대강 이런 것이었다.

"난 이런 일 굉장히 좋아해. 밖에서 야영해 본 적이 없는걸. 하지만 주머니쥐를 잡아서 기른 일은 있어. 난 저번에 생일이 지났으니까 9살이야. 난 학교 가는 게 제일 싫더라. 쥐가 말이야, 지미톨 버트 아줌마네 달걀을 여섯 개나 먹어 버렸잖아. 이 숲엔 진짜 인디언 있어? 고깃국물 더 줘. 나무가 움직여서 바람이 부는 거야? 우리 집엔 강아지가 다섯 마리가 있었다구. 헝크, 넌 코가 왜 그렇게 빨갛니? 우리 아버진 말이야, 부자야. 별은 뜨거워? 토요일에 에드 워크를 두 번이나 두들겨 패 줬지. 계집앤 싫어. 노끈 없이는 두꺼빌 못 잡지? 황소도 울어? 에이머스 메리의 발가락은 여섯 개라구. 앵무새는 말을 할 줄 아는데, 원숭이나 물고기는 말할 줄 모르나 봐. 얼마에 얼말 보태면 열둘이 되는지 알아?"

2, 3분마다 꼬마는 자기가 눈치 빠른 인디언이라는 것을 생각해 내고는 막대기 총을 집어 들고 동굴 입구로 살금살금 다가가서 못된 백인놈의 척후는 없나 하고 목을 뽑았다.

이따금 인디언처럼 함성을 질러 사냥꾼 올드 헝크를 공포에 떨게도 했다.

꼬마는 처음부터 아예 빌의 혼을 빼놓았던 것이다.

"붉은 추장."

하고 나는 꼬마에게 물었다.

"집에 돌아가고 싶지 않니?"

"왜?"

하고 묻고는 꼬마는 이렇게 말하는 것이었다.

"집은 하나두 재미없어. 난 학교 가는 게 제일 싫거든. 이렇게 야영하고 있는 게 훨씬 좋아. '뱀눈깔' 너 날 집으로 데리고 가진 않겠지?"

"지금 당장은 안 데리고 간다."

하고 나는 대답했다.

"이 동굴에 좀더 있는 거야."

"야, 신난다."

하고 꼬마는 말했다.

"이렇게 재미있긴 생전 처음이야."

우리는 11시쯤 잤다. 폭이 넓은 담요와 홑이불을 몇 장 깔고는 붉은 추장을 가운데에 뉘고 잤다. 꼬마가 달아날 걱정은 없었다. 그런데 꼬마는 우리를 세 시간도 재워 주지 않았다. 벌떡벌떡 일어나서 그 총을 집어 들고는 나와 빌의 귓전에다 대고 '애들아, 가만 있어!' 하고 빽빽 소리치는 것이었다. 어디서 나뭇가지 부러지는 소리가 나거나 나뭇잎이 부스럭거리기만 해도 그때마다 꼬마는 어린이다운 공상을 자극받아서 무법자의 무리가 습격해 왔다고 생각하는 것이었다. 그런 방해를 받으면서 간신히 눈을 붙여 잠이 들었더니, 이번에는 내가 붉은 머리의 사나운 해적에게 납치되어 나무에 꽁꽁 묶이는 꿈을 꾸는 형편이었다.

막 날이 샐 무렵, 나는 빌이 연거푸 날카롭게 비명을 지르는 바람에 잠이 깼다. 그것은 외치는 소리도 고함 소리도 짖는 소리도 아니고, 발광하는 소리도 비명 소리도 아닌, 무릇 남자의 발성 기관에서 나온다고는 상상도 할 수 없는 소리였다. 그저 여자가 귀신이나 송충이를 보았을 때 쥐어짜내는 도무지 듣기에 흉측하고, 겁에 질린 서글픈 비명이었다. 이른 새벽 동굴 속에서 강건하고 겁을 모르는 뚱뚱한 사나이가 쉴새없이 질러대는 비명 소리를 듣는 것만큼 기분 나쁜 일은 없다.

무슨 일인가 하고 나는 후닥닥 뛰어 일어나 보았다. 붉은 추장이 빌의 가슴 위에 걸터앉았는데, 한쪽 손에 빌의 머리카락을 꽉 움켜쥐었고, 나머지 한 손에는 베이컨을 자를 때 쓰는 날카로운 칼을 쥐고 있었다. 간밤에 선고한 대로, 정말로 빌의 머리 가죽을 벗기려 하고 있었던 것이다.

나는 꼬마의 손에서 칼을 빼앗고 다시 자리에 뉘었다. 그러나 이 일이 있은 뒤로 빌은 그만 맥이 탁 풀려 버렸다. 제자리에 눕기는 했으나 꼬마가 곁에 있는 한 다시는 눈을 감으려 하지 않았다. 나는 잠깐 자는 둥 마는 둥 하다가 날이 훤히 샐 무렵 문득, 붉은 추장이 해가 떠오를 때 나를 불태워 죽이겠다고 한 말이 생각났다. 겁이 나거나 무섭지는 않았지만 아무튼 나는 일어나서 파이프를 물고 바위에 기대어 앉았다.

"샘, 왜 그렇게 빨리 일어나나?"

하고 빌이 물었다.

"나? 어깨가 좀 뻐근해서 말이야, 일어나 앉아 있으면 좀 나을까 하구."

"거짓말 마!"

하고 빌이 말했다.

"너 무섭지? 해가 떠오를 때 불태워 죽이겠다는 말을 들었으니까, 정말 당할까 봐 겁이 나서 그러지? 정말이지 꼬마 녀석, 성냥만 보면 능히 하고 말 거야. 이거 정말 야단났는데. 샘, 이런 개구쟁이를 데려가려구 돈을 내는 놈이 있을 것 같아?"

"그야 있지."

하고 나는 대답했다.

"이런 개구쟁이일수록 부모는 더 귀여워하는 법이야. 자, 너도 추장도 일어나서 아침 먹을 준비를 해. 그 동안에 나는 산꼭대기에 올라가서 정찰 좀 하고 올 테니까."

나는 조그만 언덕 꼭대기로 올라가서, 시야가 미치는 데까지 주변을 둘러보았다. 서미트 읍 쪽으로 풀 베는 낫과 갈퀴 같은 것으로 무장한 건장한 농민들이 비겁한 유괴범을 쫓아 부근을 샅샅이 뒤지고 있는 광경을 볼 수 있겠지, 하고 생각했다. 그런데 눈에 띈 것은, 남자 하나가 진한 갈색의 노새를 부리며 밭을 갈고 있는 한가한 경치뿐이었다. 냇물 바닥을 훑는 사람도 없었고, 미칠 듯이 슬픔에 잠긴 양친에게 아무런 실마리도 없다는 전갈을 전해 주러 급히 달려가는 심부름꾼의 모습도 보이지 않았다. 내 눈앞에 펼쳐진 앨라배마의 겉모습에는 한적하고 노곤한 졸음이 번져 있을 뿐이었다. '암만해도' 하고 나는 속으로 생각했다. '이리 떼가 울 안에서 귀여운 새끼양을 납치해 간 줄 아직 모르나 보다. 하느님, 이리들에게 은혜를 베풀어 주소서!' 그리고 나는 아침을 먹으러 산에서 내려왔다.

동굴로 돌아가 보니, 빌은 동굴 벽에서 물려서 숨을 헐떡이고 있었다. 꼬마는 야자 열매의 절반쯤 되는 큼직한 돌을 빌에게 던지려고 움찔움찔 하고 있었다.

"이 꼬마 녀석, 시뻘겋게 익은 감자를 내 등에다 쑤셔넣잖겠어?"
하고 빌이 설명했다.

"그러곤 발로 마구 으깼단 말이야. 그래서 귀싸대기를 한 대 갈겨 줬지. 너 총 가졌지 샘?"

나는 꼬마의 손에서 돌을 빼앗고 간신히 사태를 수습했다.

"두고 봐!"
하고 꼬마는 빌에게 씨근덕거렸다.

"붉은 추장을 때린 놈은, 꼭 복수를 당하고 말 테니까. 두고 봐!"

아침을 먹고 난 꼬마는 주머니에서 노끈을 둘둘 만 조그만 가죽 조각을 꺼내더니, 노끈을 풀면서 동굴 밖으로 나갔다.

"이번엔 또 뭘 할 작정이지?"

하고 걱정스러운 듯이 빌이 말했다.

"저 녀석, 설마 달아나진 않겠지, 응, 샘?"

"그럴 걱정은 없어."

하고 나는 말했다.

"집에 가고 싶은 마음이 없는 모양이니까. 그건 그렇고 몸값을 받아 낼 계획을 짜야겠는데, 꼬마가 없어졌는데도 서미트 읍에서는 별로 떠 드는 눈치가 안 보인단 말이야. 꼬마가 없어진 걸 아직도 깨닫지 못하고 있나 봐. 가족들은 꼬마가 간밤에 제인 아줌마네나 어디 이웃집에 가서 잤겠지 하고 생각하고 있는 모양이야. 아무튼 오늘 안으론 없어진 걸 알게 되겠지. 오늘 밤에 2천 달러 내놓고 꼬마를 찾아가라구 영감에게 편지를 써야겠어."

마침 그때, 다윗이 투사 골리앗을 쓰러뜨렸을 때 지른 함성을 연상시키는 고함 소리가 들렸다. 붉은 추장이 주머니에서 꺼낸 것은 돌팔매질에 쓰는 가죽이었던 것이다. 꼬마는 그것을 머리 위에 빙빙 돌리고 있었다.

나는 재빨리 몸을 피했지만 쿵 하고 육중한 소리가 들리더니 빌이 끙하고 안장을 벗길 때 말이 내는 일종의 한숨 소리를 냈다. 검둥이의 머리 같은 큰 달걀만한 돌이 빌의 왼쪽 귀 뒤에 명중했던 것이다. 빌은 완전히 뻗어서 접시 닦을 물을 끓이고 있던 프라이팬을 덮치며 불 속에 쓰러졌다. 나는 빌을 옮겨 눕히고 반 시간 동안이나 찬물을 머리에 끼

엎어 주어야 했다.

이윽고 빌은 깨어났다. 그리고 귀 뒤를 만지면서 말했다.

"샘, 성경 속에서 내가 좋아하는 인물이 누군지 알아?"

"자, 진정하라구."

하고 나는 말했다.

"곧 나을 테니까."

"헤롯[1] 왕이야."

하고 빌은 말했다.

"이봐, 샘 설마 나 혼자 여기 두고 가 버리진 않겠지?"

나는 밖으로 나가서 꼬마를 붙들고 얼굴의 주근깨가 따닥따닥 소리가 나도록 쥐어박아 주었다.

"너, 얌전히 있지 못하면."

하고 나는 경고했다.

"당장 집으로 쫓아 보내 버릴 테다. 얌전하게 있을래, 안 그럴래?"

"난 그냥 장난으로 그랬는데."

하고 꼬마는 시무룩해져서 말했다.

"올드 헝크를 해칠 생각은 없었어. 하지만, 그놈은 왜 나를 때렸지? 응, 뱀눈깔, 나를 집으로 안 보낸다면 얌전히 있을게. 그리구 오늘 블랙 스카우트 놀이를 시켜 준다면 얌전히 있을게."

"나는 그런 놀이 모른다."

하고 나는 말했다.

"빌 아저씨하구 해라. 오늘은 그 아저씨하구 노는 거야. 나는 일이 있어서 좀 나갔다 올 테니까. 자, 안으로 들어가서 아저씨와 화해하는 거야, 상처가 나게 해서 미안합니다 하고 사과란 말이야. 안 그러면 당장 집으로 쫓아 보내 버릴 테다."

나는 꼬마와 빌을 악수시킨 다음 빌을 한쪽으로 데리고 가, 이 동굴에서 3마일쯤 떨어진 포플라 글로브라는 조그만 마을에 가서, 납치 사건이 서미트에서 어떤 반응을 일으키고 있는지 되도록 자세히 조사해 오겠다고 말했다. 그리고 오늘 중으로 도시트 영감에게 몸값을 요구하고, 그 지불 방법을 지시한 강경한 편지를 보내는 것이 상책이라고 생각했다.

"이봐, 샘."

하고 빌은 말했다.

"여태껏 나는 말이야, 지진도, 화재도, 홍수도, 도박도, 남포질도, 경찰 수사도 열차 강도질도, 태풍도, 무슨 일이고 눈 하나 깜짝 않고 너를 도와 왔어. 저 두 발 가진 꽃불 귀신 같은 꼬마를 잡아 올 때까지 난 한 번도 겁을 먹은 적이 없단 말이야. 그런데 이제 난 꼬마한테 두 손 바짝 들었어. 샘, 나와 저 꼬마 너무 오래 단둘이 있게 하지 마."

"점심 때가 조금 지나면 돌아올게."

하고 나는 말했다.

"내가 돌아올 때까지 저 꼬마와 놀아 주구, 얌전히 있게 해 두는 거야. 그럼, 도시트 영감에게 편지를 써야겠다."

빌과 나는 종이와 연필을 꺼내 편지를 쓰기 시작했고 그 동안 붉은 추장은 담요를 몸에 두르고 동굴 입구에서 왔다갔다하며 감시를 해 주었다. 빌은 몸값을 2천 달러가 아니라 1천 5백 달러로 하자고 울다시피 사정했다.

"부모의 애정이라는, 누구나 다 아는 도덕 현상을 트집잡을 생각은 손톱만큼도 없지만 말이야."

하고 빌은 말하는 것이었다.

"그래도 상대는 인간이잖아, 저런 주근깨투성이의 살쾡이 같은 40파운드 덩어리 하나로 2천 달러나 우려낸다는 건, 암만 생각해도 비인간적이야. 나는 1천 5백 달러로 해 보고 싶어. 모자라는 건 내 몫에서 빼도 좋아!"

그래서 빌을 안심시키기 위해 나도 승낙하고, 둘이서 다음과 같은 편지를 만들어 냈다.

애브니저 도시트 귀하

우리는 귀하의 아드님을 서미트에서 멀리 떨어진 장소에다 숨겨 놓고 있다. 귀하나 혹은 가장 눈치 빠른 탐정이 아드님을 발견하려고 애써 봐야 헛일이다. 아드님을 되찾을 수 있는 유일한 조건은 다음과 같다. 우리는 아드님의 반환에 고액 지폐로 1천 5백 달러를 요구한다. 이 금액은 오늘 밤 안으로 귀하의 회답과 같은 지점, 같은 상자(이것은 뒤에 적는다)에 넣어 둘 것. 이 조건을 승낙한다면, 오늘 밤 8시, 회답을 서면으로 적어 한 사람의 심부름꾼을 시켜 배달해야 한다. 포플라 글로브 마을로 통하는 가로의 아울 크리크를 건너면 오른쪽 보리밭 울짱 가까이에 약 200야드 간격으로 세 그루의 큰 나무가 서 있다. 그 세 번째 나무의 맞은편 울짱 말뚝 밑에 조그만 마분지 상자가 놓여 있다. 심부름꾼이 이 상자에 회답을 넣고 즉각 서미트로 돌아가야 한다. 만일 귀하가 배신을 기도하거나, 상기의 요구에 응하지 않을 경우, 귀하는 두 번다시 아드님을 보지 못할 것이다. 만일 요구 금액을 지불하실 경우는 아드님은 세 시간 이내에 안전하게 귀하에게로 인도될 것이다. 이 조건은 최종적인 것이며 만일 이에 응하지 않을 경우 앞으로의 연락은 일체

끊길 줄 아시라.

두 사람으로부터

나는 편지에다 도시트의 주소를 쓰고 주머니에 쑤셔넣었다. 막 떠나려고 하는데 꼬마가 다가와서 말했다.

"뱀눈깔, 아저씨가 없는 동안 블랙 스카우트 놀이를 해도 된다고 했지?"

"그래 해도 된다."

하고 나는 말했다.

"빌 아저씨가 같이 놀아 줄 거다. 그런데 그게 대체 어떤 놀이냐?"

"내가 블랙 스카우트가 되는 거야."

하고 붉은 추장은 설명했다.

"인디언이 습격해 오는 것을 알려 주려구, 개척촌(開拓村)의 방위 울짱까지 말을 달려가야 해. 난 이제 인디언 놀이엔 진력이 났어. 블랙 스카우트가 되고 싶단 말이야."

"그래, 알았다."

하고 나는 말했다.

"별로 대수로운 것도 아니겠군. 그 억센 야만인들을 무찌를 작전을 빌 아저씨가 도와 줄 거야."

"그래서, 난 뭘 하는 거냐?"

하고 좀 수상쩍다는 듯이 빌이 꼬마를 쳐다보며 물었다.

"말이 되는 거야."

하고 블랙 스카우트는 말했다.

"두 손과 무릎을 꿇고 엎드리는 거야. 말이 없으면 울짱까지 달려갈 수 없잖아?"

"계획이 어느 정도 진행될 때까지 꼬마를 즐겁게 만들어 줘야 해!"
하고 나는 빌에게 귀띔했다.

"적당히 해 두라구."

빌은 엎드렸다.

눈이 덫에 걸린 토끼 같았다.

"방위 울짱까지 얼마나 머냐, 꼬마야?"
하고 빌은 쉰 목소리로 물었다.

"90마일이야."
하고 블랙 스카우트는 대답했다.

"속력을 힘껏 내지 않으면 늦어, 자, 달려!"

블랙 스카우트는 빌의 등에 올라타고 발꿈치로 그 옆구리를 찼다.

"제발."
하고 빌은 말했다.

"될 수 있는 대로 빨리 돌아와다오, 샘. 몸값을 1천 달러 이하로 할
걸 그랬다. 야 차지 마라! 더 이상 차면 일어나서 호되게 패줄 테
다!"

나는 걸어서 포플라 글로브에 가서 우체국을 겸한 잡화가게에 앉아,
장사하러 그곳에 찾아온 마을 농민들과 이야기를 나누었다. 얼굴에 수
염이 텁수룩하게 난 사나이가 애브니저 도시트 영감님 댁 아들이 길을
잃었는지 납치당했는지 해서, 서미트 읍에서는 굉장한 소동이 벌어지고
있다고 말했다. 알고 싶은 것은 이것이었으므로, 나는 담배를 사고 완
두콩 값을 물어 보곤 하다가, 편지를 슬쩍 우체통에 넣고 밖으로 나왔
다. 우체국장은 한 시간쯤 있으면 우체부가 서미트로 가는 우편물을 가

지러 올 것이라고 말했었다.

동굴로 돌아가 보니 빌과 꼬마가 보이지 않았다. 동굴 부근을 샅샅이 뒤져 보고 한두 번은 위험을 무릅쓰고 야호 하고 외쳐도 보았으나 대답이 없었다.

그래서 파이프를 붙여 물고 이끼 낀 둑에 앉아 일이 어떻게 되나 기다려 보기로 했다.

반 시간쯤 지나니, 부스럭부스럭 하는 소리와 함께 관목을 헤치고 빌이 동굴 앞 조그만 빈터로 비틀거리며 걸어나왔다. 그 뒤에서 꼬마가 방글방글 웃으면서 척후병처럼 발자국 소리를 죽이고 따라오고 있었다.

빌은 걸음을 멈추더니, 모자를 벗고 붉은 손수건으로 얼굴을 닦았다. 꼬마도 빌에게서 8피트쯤 떨어진 뒤에서 걸음을 멈추었다.

"샘."

하고 빌이 말했다.

"너는 나를 배신자라고 생각할지도 모르지만 어쩔 도리가 없었어. 나도 이래보여도 남자야, 남자로서의 오기도 있다구. 남에게 짓밟히구서 잠자코 물러날 내가 아냐. 하지만 인간은 때로 오기구 배짱이구 죄다 사라질 때가 있는 법이야. 꼬마는 가 버렸어. 내가 집으로 돌려보냈지. 이제 모든 게 다시 원점으로 돌아가 버렸다구."

빌은 계속했다.

"옛날 순교자들 중에는, 자기가 차지한 특별 돈벌이를 단념하느니 차라리 죽는 편이 낫다구 말한 자도 있었지만, 그자들도 내가 받은 초자연적인 고통을 겪은 적은 없었을 거야. 나도 그 약탈품에는 될 수 있는 대로 충실하려구 했는데 일에는 정도가 있다구."

"무슨 변을 당했나, 빌?"

하고 나는 물어 보았다.

"방위 울짱까지 1인치도 에누리 없이 정확히 90마일을 그놈을 태우고 달려갔단 말이야."

하고 빌은 설명하기 시작했다.

"그런 다음 개척자들이 무사히 구출되니까 말 먹이라고 귀리를 주는데 그 대용품이라구 모래를 주니 어떻게 먹나. 그리구 그 뒤 한 시간 동안은 어째서 구멍 속은 텅 비었느냐, 어째서 길은 좌우로 갈렸느냐, 어째서 풀은 초록색이냐. 이런 걸 묻는 꼬마에게 일일이 설명해 줘야 했단 말이야. 아니 샘, 인간이라면 참는 것도 이쯤이 한계가 아닐까? 나는 그놈 목덜미를 쥐고 산에서 끌어내렸지. 그러는 도중에도 꼬마놈은 마구 내 정강이를 걷어차지 않겠어. 덕분에 내 무릎 아래는 온통 멍투성이고, 손은, 특히 엄지손가락은 두세 번씩 물려서 이제 감각도 없다구."

"아무튼 꼬마는 이제 없어."

하고 빌은 계속했다.

"집으로 돌아갔다구. 나는 서미트 읍으로 가는 길을 가르쳐 주고는, 엉덩이를 한 번 걷어차서 8피트쯤 읍쪽으로 쫓아 보냈지. 몸값이 날아간 건 분하지만, 그렇게라도 하지 않구선 이 빌 드리스콜이 정신병원으로 가야 할 지경이라구."

빌은 숨을 헐떡거리고 있었는데, 이제 장밋빛으로 상기된 그의 얼굴은 이루 말할 수 없는 안도감과 차츰 더해 가는 만족감으로 덮여 있었다.

"빌."

하고 내가 물었다.

"네 집안에 심장병을 앓으신 분은 없지?"

"없어."

하고 빌은 대답했다.

"말라리아와 사고 이외의 지병은 없다구. 왜?"

"그렇다면, 뒤를 좀 봐."

빌은 고개를 돌려 꼬마를 보더니 얼굴빛이 싹 변하면서 땅바닥에 털썩 주저앉아 손에 잡히는 대로 풀과 잔가지를 마구 뜯기 시작했다.

한 시간쯤 나는 빌이 혹시 돌지 않았나 하고 걱정했다. 그래서 나는 우리 계획을 얼른 실천에 옮겨서 도시트 영감이 이쪽 제의에 응한다면 몸값을 가지고 오늘 밤 안으로 달아날 참이라고 빌에게 말해 주었다. 그러자 빌도 간신히 힘을 되찾고 꼬마에게 힘없는 미소를 던지면서, 좀 기분이 나아지면 러일전쟁(露日戰爭) 놀이를 하여 러시아 병정이 되어 주마고 약속했다.

나는 계획의 허를 찔러서 붙들릴 위험 없이 몸값을 손에 넣을 수 있는, 전문적인 납치범도 깜짝 놀랄 묘안을 갖고 있었다. 회답이 —— 그리고 뒤에 돈이 그 밑에 놓여 있게 되어 있는 나무는 길가의 울짱 옆에 서 있었는데, 그 주위는 사방에 아무것도 없는 허허벌판이었다. 그래서 만일 경찰대가 편지를 찾으러 오는 사람을 감시하려면 들판을 가로지르거나 거리로 질러오거나 멀리서 쉽게 알 수 있을 것이다. 그러나 누가 그런 계략에 걸려들겠는가. 8시 반에는 벌써 나는 그 나무 위에 올라가 청개구리처럼 교묘히 숨어서 심부름꾼이 오기를 기다리고 있었던 것이다. 정확히 그 시간에 이제 제법 청년티가 나는 한 소년이 자전거를 타고 달려오더니, 울짱 말뚝 밑에서 마분지 상자를 발견하고 접은 종이 쪽지를 그 속에 던져 놓더니 서미트 쪽으로 페달을 밟고 돌아갔다.

나는 한 시간쯤 기다려 보고 이제 안심해도 되겠다고 판단한 후 나무에서 미끄러져 내려와 편지를 꺼내 들고 울짱을 따라 살금살금 숲까지 와서는 다시 30분쯤 걸려서 동굴로 돌아왔다. 그리고는 편지를 펴서 칸델라 옆으로 들고 가서 빌에게 읽어 주었다. 펜으로 쓴 읽기 힘든 필적이었는데 사연을 요약하면 다음과 같은 것이었다.

겁을 모르는 두 사람 귀하

오늘 우편으로, 내 자식의 반환에 대해서 몸값을 요구하시는 귀하의 편지를 틀림없이 받았습니다. 귀하의 요구는 너무 비싼 것 같아서, 여기에 대안을 제의하겠습니다. 아마도 수락해 주실 줄 믿고 있습니다. 귀하가 조니를 내 집에 데려오셔서 현금으로 250달러를 지불해 주신다면 자식을 귀하들로부터 인수하는 데 동의합니다. 내방은 야간에 하시는 편이 좋을 것입니다.

왜냐하면 이웃 사람들은 벌써 내 자식이 행방불명이 된 줄 믿고 있으며, 내 자식을 데리고 오는 사람을 발견했을 때, 그 사람에게 어떤 짓을 할는지 나로서는 책임을 질 수 없기 때문입니다.

애브니저 도시트

"이놈의 악당."
하고 나는 말했다.
"이런 뻔뻔스런 제의를 하다니!"
하지만 빌을 돌아보고 나는 망설이지 않을 수 없었다. 벙어리나 표정이 풍부한 동물에서나 볼 수 있는 세상에서 가장 서글픈 눈을 하고 있었던 것이다.

"샘."

하고 빌은 말했다.

"따져 보면 250달러가 어쨌다는 거야. 그만한 돈은 우리도 있잖아. 이 꼬마하고 하룻밤만 더 자다간 난 아마 틀림없이 정신병원으로 가게 될 거야. 도시트 씨라는 분은 참으로 훌륭한 신사일 뿐 아니라, 이런 관대한 요구밖에 하지 않는 걸 보면 아주 너그러운 분 같아. 너 설마 이 기회를 놓치진 않겠지?"

"사실은 말이야."

하고 나도 말했다.

"뭐가 뭔지 알 수 없는 이놈의 꼬마한테, 나도 어지간히 두 손을 들고 있는 판이야. 이놈을 집으로 데려다 주구, 몸값을 지불하구서 달아나기로 하자."

그날 밤 우리는 아이를 집으로 데리고 갔다. 아빠가 은장식을 단 총과 사슴 가죽으로 만든 구두를 사 놓았다. 그리고 내일은 모두 곰사냥을 간다고 속이고 간신히 데리고 갔던 것이다.

애브니저네 현관문을 두드린 시간은 정각 12시였다. 처음 계획으로 되었다면 나무 밑에 있는 상자에서 1천 5백 달러를 손에 넣고 있어야 할 바로 그 시각에, 빌은 도시트의 손에다 250달러를 넘겨 주고 있었던 것이다.

꼬마는 우리가 저를 집에 남겨 두고 가 버릴 것 같은 눈치를 채더니 증기 오르간처럼 소리를 지르면서 거머리같이 빌의 다리에 매달리잖겠어? 영감이 반창고를 뜯듯이 꼬마를 빌에게서 천천히 뜯어내더군.

"애를 얼마 동안 붙잡아 놓을 수 있습니까요?"

하고 빌이 물어 보데.

"나도 이젠 전처럼 힘은 없지만."

하고 도시트 영감이 대답하더군.

"글쎄 한 10분쯤은 장담할 수 있을 거요.

"됐습니다요."

하고 빌은 말하더군.

"10분만 있으면 중부나 남부나 중서부의 주를 지나서 캐나다 국경을 향해 열심히 달리고 있을 겁니다요."

그래서 캄캄한 밤인데다가 빌은 또 뚱뚱해서 달리는 데는 나와 그저 그렇고 그런데도, 내가 따라붙을 때까지 서미트 읍에서 좋이 1마일 반은 앞서가 있더란 말이야.

---

1) 헤롯 — 어린 그리스도를 살해하기 위해 베들레헴의 어린아이를 모두 죽인 유대의 왕. 〈마태복음〉 2장.

물레방아 있는 교회

레이클랜즈는 상류 사회 사람들이 몰려드는 피서지 안내서에는 그 이름이 실려 있지 않다. 그것은 크린치 강의 조그만 지류를 따라 나간 캠벌랜드 산맥의 나지막한 돌출부에 있다. 원래 레이클랜즈는 한적한 협궤철도(狹軌鐵道)의 연선에 스무 채 가량의 집이 서 있는 평화로운 마을이다.

어쩌면 이 철로가 솔밭 속에서 길을 잃고 무서움과 쓸쓸함에 못 이겨 레이클랜즈로 달려온 것이 아닌가 하는 생각도 들고, 아니면 레이클랜즈가 길을 잃고 미아가 되어 철로가에 몰려서 기차가 집에 데려다 주기를 기다리고 있는 것이 아닌가 하는 생각도 든다.

그리고 또 어째서 여기를 레이클랜즈라고 부르게 되었는지 그것도 이상한 일이다. 레이크(호수)가 있는 것도 아니고, 주변의 랜드(토지)도 별다른 가치가 없을 만큼 빈약하다.

이 마을에서 반 마일쯤 떨어진 곳에 '독수리의 집'이 있다. 조사이어 랭킨이 경영하는 이 큼직하고 넓은 저택은, 저렴한 비용으로 산공기를 마시러 오는 손님들이 주로 숙박한다. 그런데 이 '독수리의 집'의 경영은 유쾌하도록 서툴다. 새로운 장식으로만 바꿀 줄은 모르고 예스러운 장식으로만 바꾼다. 게다가 대체로 우리네 가정과 다름없이 마음이 푹 놓이도록 거두어 주지 않고 즐거워질 만큼 집 안이 흐트러져 있다. 그러나 여기에는 깨끗한 방과 맛있고 풍부한 음식도 마련되어 있다. 나머지는 모두 손님과 솔밭에 맡겨져 있다. 자연은 약수와 포도 덩굴 그네와 크리켓 놀이[1]를 제공해 준다. 크리켓의 쇠문도 여기서는 나무 막대기다. 감사해야 할 인공의 것이라고는, 1주일에 두 번 통나무로 지어진 여홍장에서 베풀어지는 무도회의 바이올린과 기타 음악이 고작이다.

'독수리의 집'의 단골 손님들은 요양을 즐기기 위해서 뿐 아니라 필요해서 찾아오는 사람들이었다. 그들은 참으로 바쁜 사람들로, 이를테면 톱니바퀴를 1년 내내 어김없이 회전시키기 위해 2주일에 한 번은 태엽을 감을 필요가 있는 시계나 다름없었다. 산 아래 읍에서 찾아오는 학생도 있고, 때로는 예술가도 눈에 띄며, 산의 오랜 지층(地層)을 조사하는데 넋이 빠져 있는 지질학자도 찾아온다. 몇몇의 호젓한 가족들이 한여름을 여기서 보내는 일도 있고, 레이클랜즈에서는 '학교 선생님'으로 통하는 그 부지런한 종교 부인 단체의 지칠 대로 지친 회원도 한두 사람 찾아오곤 한다.

'독수리의 집'에서 4분의 1마일쯤 떨어진 곳에, 만일 '독수리의 집'이 안내서라도 발간한다면 아마도 틀림없이 '명소'라고 손님들에게 소개할 만한 것이 있다. 그것은 아주 해묵은 물레방앗간인데, 이제는 방앗간 구실은 하지 않는다. 조사이어 랭킨의 말을 빌리면, '이것은 미국에서 단 하나뿐인 물레방아가 있는 교회이고, 세계에서 단 하나뿐인 걸상과 파이프 오르간이 있는 물레방앗간'이다. '독수리의 집'에 드는 손님들은, 안식일(安息日)마다 이 해묵은 물레방앗간 교회에 나가서, 죄를 깨끗이 씻은 그리스도 교도는 경험과 고뇌의 절구에 빻아지고 체질되어 쓸모 있게 되는 밀가루와 같은 것이라고 말하는 목사의 설교를 듣는다.

해마다 초가을이 되면 에이브라함 스트롱이라는 인물이 '독수리의 집'에 찾아와서, 존경과 사랑을 받는 소중한 손님으로서 잠시 동안 묵고 간다. 레이클랜즈에서는 그를 '에이브라함 신부님'이라고 부른다. 왜냐하면 머리가 새하얗고 얼굴이 늠름하고 그러면서도 상냥하고 혈색이 좋은데다 웃음소리가 매우 맑으며, 늘 입고 다니는 검정 옷과 차양 넓은 모자가 얼핏 보기에 신부처럼 보였기 때문이다. 새로 온 손님도 사나흘만 그를 접하고 있으면 어느 새 이 친근한 호칭으로 그를 부르게 되곤 했다.

에이브라함 신부는 멀리서 일부러 이 레이클랜즈에 찾아왔다. 그는 북서부의 어느 활기찬 도시에 살고 있다. 그곳에서 그는 제분 공장을 몇 개 갖고 있었는데, 걸상과 파이프 오르간이 있는 조그만 방앗간이 아니라, 개미가 제 집 주위를 돌듯 화물 열차가 종일 그 주위를 기어다니는 거대하고 흉한 산더미 같은 제분 공장이었다. 그러면 지금부터 에이브라함 신부와 교회가 된 물레방앗간에 얽힌 이야기를 소개하기로 한다. 왜냐하면 이 두 이야기는 하나이기 때문이다.

이 교회가 아직도 물레방앗간이었을 무렵, 스트롱 씨는 이 방앗간의 임자였다. 이 지방에서 이 사람만큼 유쾌하고 온통 밀가루를 묻히고도 행복한 방아꾼은 없었다. 그는 방앗간과 길 하나를 사이에 둔 조그만 오두막집에 살고 있었다. 그의 일하는 솜씨는 서툴렀지만 방앗삯이 싸서, 산간에 사는 사람들은 몇 마일 밖에서건 바윗길을 허덕거리며 그의 방앗간까지 곡물을 날라 오곤 했다.

이 방아꾼의 생활의 기쁨은 어린 딸 아글레이아[2]였다. 아마빛 머리의 뒤뚱뒤뚱 걸어다니는 어린아이 이름치고는 너무 거창하지만 산지에 사는 사람들은 흔히 멋있고 의젓한 이름을 좋아한다. 어머니가 어느 책에서 이 이름을 발견하고 자기 딸에게 붙여 준 것이었다. 그런데 아글레이아 자신은 어릴 때 평소에 이 이름으로 불리는 것을 싫어하여, 멋대로 자기를 덤즈라고 불렀다. 방아꾼과 그의 아내는 몇 번이나 아글레이아를 달래고 구스르면서, 이 이상한 이름이 어디서 나왔는지 그 출처를 알아내려고 했지만 헛일이었다. 마침내 두 내외는 하나의 의견에 도달했다. 집 뒤의 조그만 마당에 어린 딸의 마음을 끈 로도 덴드론[3]의 꽃밭이 있었다. 아마도 딸은 '덤즈'라는 이름에 자기가 특히 좋아하는 이 꽃의 어려운 이름과 무언가 상통하는 것이 있다고 생각했나 보다 하고 해석해 버린 것이다.

아글레이아가 4살이 되었을 때, 딸과 아버지는 날마다 오후가 되면 물레방앗간 안에서 조촐한 행사를 치름으로써 하루의 일과를 끝내고 있었다. 날씨만 좋으면 으레이 행사가 벌어졌다. 저녁 식사가 준비되면, 어머니는 딸의 머리를 정성껏 빗겨 주고 깨끗한 앞치마를 입혀서 방앗간으로 아버지를 마중하러 보냈다. 방아꾼은 딸이 방앗간 입구에 나타나는 것을 보면, 밀가루를 덮어쓰고 온통 하얗게 되어 나오면서, 손을 흔들며 이 지방에 옛날부터 전해 내려오는 방아꾼의 노래를 부르는 것이었다. 그것은 이런 노래였다.

물방아가 돌아가면
밀가루가 빻아지네.
밀가루를 덮어쓰고
방아꾼은 즐겁네.
아침부터 밤까지

노래 속에 살아가네.
큰애기를 생각하면
이런 일도 즐겁네.

노래가 끝나면 아글레이아가 웃으면서 달려와 소리쳤다.

"아빠, 덤즈를 집에 데려다 줘."

그러면 방아꾼은 덥석 딸을 안아 어깨에 얹고, 방아꾼의 노래를 부르면서 성큼성큼 저녁 식사를 향해 행진해 갔다. 날마다 저녁때면 반드시 이 행사가 벌어졌다.

아글레이아가 4살의 생일을 맞이한 지 1주일이 지난 어느 날, 소녀의 모습이 홀연히 사라졌다. 마지막으로 보았을 때 소녀는 집 앞 길바닥에서 들꽃을 따고 있었다. 잠시 후 어머니가 너무 멀리 가지 않도록 주의시키려고 나와 보았을 때는, 이미 딸의 모습은 보이지 않았다.

물론 아글레이아를 찾기 위한 온갖 노력이 다 기울여졌다. 이웃 사람들이 몇 마일 사방에 걸쳐 숲과 산속을 샅샅이 뒤지고 다녔다. 물레방아로 흘러드는 수로며 시냇물 바닥을 멀리 둑 밑까지 훑어보았지만 아무런 흔적도 발견되지 않았다. 그 하룬가 이틀 전에 가까운 숲 속에서 집시 가족이 야영하고 있었다. 어쩌면 그들이 아이를 납치해 갔는지도 모른다는 말이 나돌았다. 그러나 집시의 포장마차를 쫓아가서 뒤져 보았으나 역시 아무것도 발견할 수 없었다.

방앗간 주인은 2년쯤 이 물방앗간에서 더 살았으나 그 동안에 딸을 찾는 희망은 깨끗이 사라졌다. 내외는 북서부로 이사해 갔다. 2, 3년이 지나는 동안에 그는 제분업이 번창한 그 지방 도시에서 근대적인 제분 공장의 주인이 되었다. 스트롱 부인은 아글레이아를 잃은 마음의 상처에서 끝내 다시 일어나지 못하고, 이사간 지 2년 만에 세상을 떠났으며, 스트롱 씨는 혼자 남아 슬픔을 견디지 않으면 안 되었다.

생활이 유복해지자 에이브라함 스트롱은 다시 레이클랜즈와 옛 물레방앗간을 찾았다. 그곳 풍경은 그에게는 가슴 아픈 추억이었다. 그러나 그는 강한 사람이었다. 그래서 겉보기에는 언제나 명랑하고 친절했다. 그가 문득 이 해묵은 물레방앗간을 교회로 개조할 생각을 한 것은 이때였다. 레이클랜즈 사람들은 너무나 가난해서 교회를 세울 수가 없었다. 그보다 더 가난한 산간벽지 사람들은 물론 이들을 원조할 힘이 없었다. 따라서 사방 20마일 안에는 교회가 하나도 없었던 것이다.

방앗간 주인은 되도록 물레방앗간의 외관을 바꾸지 않기로 했다. 커다란 상사식(上射式) 물레바퀴는 그대로 남겨 두었다. 이 교회를 찾는 젊은이들은, 물레바퀴의 물컹하게 썩어 가는 목재에 흔히 자기 이름의 머리글자들을 새기곤 했다. 둑의 일부가 허물어져서, 깨끗하고 맑은 산골의 물이 거침없이 잔잔한 파도를 일으키면서 바위 바닥을 흐르고 있었다. 방앗간의 내부는 크게 바뀌었다. 방아굴대, 방아확, 벨트, 도르레 등은 물론 모두 제거되었다. 가운데의 통로를 사이에 두고 걸상이 두 줄로 놓이고 그 안쪽은 한 단 높게 설계되어 설교단이 설치되었다. 삼면의 머리 위 2층에는 좌석이 마련되고 내부와 층계로 연결되어 있었다. 2층에는 오르간, 진짜 파이프 오르간이 있었다. 이것은 '옛 물방앗간 교회'의 신도 모두에게 자랑거리였다. 오르간의 연주자는 피비 서머즈 양이었다. 레이클랜즈의 소년들은 주마다 주일 예배 때 그녀를 위해 교대로 오르간의 공기 펌프질을 해 주는 것을 자랑으로 삼았다. 설교자는 배인 브릿지 목사였는데, 예배일에는 '다람쥐 계곡'에서 늙은 백마를 타고 어김없이 찾아왔다. 일체의 비용은 에이브라함 스트롱이 부담

했다. 1년에 설교자에게는 500달러, 피비 양에게는 200달러를 지불했다.

이렇게 하여 옛 물레방앗간은 아글레이아를 기념하기 위해, 일찍이 그녀가 살던 마을 사람들에게는 하느님의 은총을 받는 고마운 장소로 개조되었던 것이다. 아글레이아의 짧은 생애는 많은 사람의 70년보다 큰 선행을 가져다 준 것 같았다. 그런데 에이브라함 스트롱은 그 밖에 또 하나 그녀를 기념하는 것을 만들었다.

북서부에 있는 그의 공장에서 '아글레이아 표' 밀가루를 발매하기 시작한 것이다. 그것은 더 바랄 수 없이 훌륭한 품질의 밀로 만든 것이었다. 온 나라 사람들은 '아글레이아 표' 밀가루에 두 가지 값이 있다는 것을 알았다. 하나는 최고의 시가이고, 또 하나는 공짜였다.

사람들은 곤궁에 빠뜨리는 재해, 이를테면 화재나 홍수, 태풍이나 파업이나 기근 따위가 일어나면, 그것이 어디서 일어나든 곧 '아글레이아 표' 밀가루가 '공짜'로 풍족히 수송되었다. 그것은 신중한 주의로 충분히 제공되었으며, 더욱이 자유로이 분배되었고 굶주린 사람들은 1페니도 값을 내지 못하게 했다. 도시의 빈민가에 큰 불이 일어나면 반드시 소방 단장의 마차가 먼저 현장에 도착하고 이어 '아글레이아 표' 밀가루를 실은 짐차가 도착했으며, 그 다음에야 소방차가 온다고들 쑥덕거리게 되었다.

이것이 아글레이아를 기리는 에이브라함 스트롱의 또 하나의 기념비였던 것이다. 시인의 눈에는 이것이 아름다움의 주제로는 너무 실리적으로 보일는지 모른다. 그러나 어떤 사람들에게는, 순수하게 빻은 하얀 밀가루가 사랑과 자선의 사명을 띠고 운반되어 가는 것이, 이를테면 그 기념비가 상징하는 지금은 죽고 없는 사랑하는 딸의 영혼 같은 것이라는 생각과 연결되어 마음 훈훈해지는 아름다운 일로 여겨질 것이 틀림없다.

그러던 어느 해인가, 캠벌랜드 지방에 불황이 닥쳐왔다. 어디서나 흉작이고 전혀 수확을 얻지 못한 땅도 있었다. 게다가 산사태가 사람들의 재산에 큰 손해를 입혔다. 수렵에서도 수확이 아주 적어서 사냥꾼들은 식구를 연명시킬 만한 것마저 거의 들고 돌아오지 못했다. 레이클랜즈 일대가 특히 심했다.

이 소식을 들은 에이브라함 스트롱은 즉각 명령을 내렸다. 조그만 협궤철도가 레이클랜즈에 '아글레이아 표' 밀가루를 부리기 시작했다. 밀가루는 '옛 물방앗간 교회'의 2층에 쌓아 두고 교회에 오는 사람들에게 저마다 한 부대씩 들려 보내라는 것이 스트롱 씨의 지시였다.

그리고 2주일 뒤, 에이브라함 스트롱은 여느 해와 마찬가지로 '독수리의 집'을 찾아와서 다시 '에이브라함 신부'가 되었다.

이 해에는 '독수리의 집'의 손님도 다른 때보다 적었다. 그 가운데 로즈 체스터 양이 끼어 있었다. 체스터 양은 애틀랜타에서 왔는데, 어느 백화점에 근무하는 여점원이었다. 그녀는 난생 처음으로 휴가 여행이라는 걸 가져 보기 위해 이곳에 왔다. 백화점의 지배인 부인이 언젠가 한 여름을 '독수리의 집'에서 보낸 적이 있었다. 부인은 로즈 양을 무척 귀여워해서, 3주일 휴가 때는 꼭 그리로 가라고 권했다. 그리고 지배인 부인은 랭킨 부인 앞으로 소개장을 써서 로즈에게 들려 보냈다. 랭킨 부인은 기꺼이 로즈를 맞이하여 스스로 그녀의 감독과 뒷바라지를 맡아 주었다.

체스터 양은 그리 건강하지 못했다. 나이는 20살쯤 되었으며, 옥내 생활 때문에 안색이 나쁘고 허약했다. 그러나 레이클랜즈에서 한 주일쯤 보내는 동안에 못 알아볼 만큼 혈색이 좋아지고 힘을 되찾았다. 그때는 9월 초였으며, 캠벌랜드 지방이 가장 아름다울 계절이었다. 산의 나무들은 단풍으로 불타고, 공기는 샴페인처럼 맛있었으며, 밤은 상쾌하고 시원해서 '독수리의 집'의 푹신한 담요를 덮고 싶을 정도였다.

에이브라함 신부와 체스터 양은 아주 의좋은 친구가 되었다. 늙은 제분 공장주는 랭킨 부인에게서 체스터 양의 형편에 관한 얘기를 들었다. 그리하여 그의 관심은 자활의 길을 걸어가는 이 연약하고 외로운 처녀에게로 금방 쏠렸던 것이다.

체스터 양은 산지가 처음이었다. 지금까지는 줄곧 따뜻하고 평탄한 아틀란타 시에서 생활해 왔으므로 캠벌랜드 지방 자연의 웅대함과 변화가 기뻐, 체재중에는 한 순간 한 순간을 다 즐기고 싶어했다. 얼마 안 되는 저금은 여러 가지 경비를 생각하여 면밀히 예산을 짜두어서 다시 직장에 돌아갔을 때 얼마나 남을 것인가 하는 것까지 다 알고 있었다.

체스터 양이 말벗으로서 또는 친구로서 에이브라함 신부를 알게 되었다는 것은 참으로 다행한 일이었다. 그는 레이클랜즈 부근의 산속 어느 길이나 봉우리나 고개나 모르는 곳이 없었다. 그로 인해 그녀는 솔밭 속 나무에 덮인 어둑어둑한 오솔길의 거룩한 아름다움이며, 그대로 드러난 바위의 장관이며, 공기가 수정처럼 해맑은 상쾌한 아침이며, 신비로운 정적에 찬 꿈 같은 황금빛 오후를 알게 되었다. 이리하여 그녀의 건강은 회복되고 마음도 밝아졌다. 누구나 아는 에이브라함 신부의 밝은 웃음소리처럼, 그녀도 여자다움이 담뿍 담긴 따뜻한 웃음을 갖게 되었다. 두 사람은 똑같이 타고난 낙천가였으며, 온화하고 부드럽고 밝은 얼굴로 사람들을 대하는 방법을 터득하고 있었다.

어느 날 체스터 양은 숙박객 중 한 사람에게서 에이브라함 신부의 실

종된 딸 이야기를 들었다. 얼른 나가 보니 제분 공장주는 광천 약수터 옆에 있는 그가 좋아하는 통나무 벤치에 앉아 있었다. 그는 이 귀여운 친구가 손을 살며시 자기 손바닥 안으로 밀어넣으면서, 눈물이 글썽한 눈으로 자기를 쳐다보고 있는 것을 깨닫고 은근히 놀랐다.

"에이브라함 신부님."

하고 그녀는 말했다.

"정말 안됐어요. 저는 신부님의 어린 따님에 관해서, 지금까지 전혀 모르고 있었어요. 하지만 틀림없이 찾으시게 될 거예요. 아아, 정말 찾게 되셨으면 좋겠어요."

제분 공장 주인은 금방 씩씩한 미소를 띠며 그녀를 내려다보았다.

"고마우이, 로즈 양."

하고 그는 여느 때의 밝은 어조로 말했다.

"하지만 아마 아글레이아는 이제 찾지 못할 게야. 처음 몇 해 동안은 부랑자들에게 납치되었을 테니 틀림없이 아직 살아 있겠지 하는 희망이 있었으나 이제 그 희망도 사라졌어. 아마 물에 빠져 죽었나 보이."

"그렇게 절망하지 마세요. 어쩌면 그럴지도 모른다는 불안감 때문에, 얼마나 애를 태우셨는지 저는 잘 알 수 있어요. 그런데도 신부님은 언제나 쾌활하시구, 끊임없이 남의 무거운 짐을 가볍게 해 주시려 하고 계세요. 정말 에이브라함 신부님은 다정한 어른이세요."

"정말 로즈 양이야말로 다정한 처녀야."

하고 제분 공장주는 로즈의 흉내를 내며 웃었다.

"로즈 양만큼 동정심 많은 사람도 드물걸."

문득 체스터 양은 장난기가 발동했다.

"저어, 에이브라함 신부님."

하고 그녀는 말했다.

"만일 신부님의 그 잃어버린 따님이 저라면 어떻게 될까요? 정말 낭만적이 아니에요? 하지만 신부님은 만일 제가 따님이라면, 아마 달갑지 않으실 거예요."

"아니 아니, 꼭 그렇게만 되었으면 좋겠구먼."

하고 제분 공장주는 정색을 하며 대답했다.

"만일 아글레이아가 살아 있다면 무엇보다도 로즈 양처럼 귀여운 처녀로 성장해 있었으면 좋으련만 하고 나는 바라고 있지. 어쩌면 정말로 로즈 양은 아글레이아인지도 모르겠는걸?"

그녀의 장난기에 장단을 맞추어 그는 계속했다.

"혹시 우리가 물방앗간에 살고 있을 때 일을 기억하고 있지 않나?"

체스터 양은 금방 진지하게 생각에 잠겨 버렸다. 그 큼직한 눈동자는 무언가 먼 것을 모호하게 응시하고 있었다. 에이브라함 신부는 그녀가 별안간 진지해진 것이 우스웠다. 이렇게 그녀는 한참 동안 앉아 있다가 입을 열었다.

"틀렸어요."

그녀는 깊은 한숨을 쉬면서 간신히 말했다.

"물레방아에 대해서 아무것도 생각이 나질 않아요. 신부님의 저 색다른 조그만 교회를 보기 전까지, 전 물레방아를 한 번도 본 적이 없는 것 같은 기분이 들어요. 만일 제가 신부님 따님이라면, 무언가 틀림없이 기억하고 있을 거예요. 그렇잖아요? 정말 유감스러워요, 에이브라함 신부님."

"나 역시 유감스럽군."

하고는 다시 달래듯이 그는 말했다.

"하지만 로즈 양, 설마 누군가의 딸이었다는 기억은 있을 테지. 물론 양친은 기억하고 있겠지?"

"네, 잘 기억하고 있어요.⋯⋯ 특히 아버지는. 아버지는 신부님과는 아주 딴판인 사람이었어요, 에이브라함 신부님. 저는 그저 장난으로 말씀드려 본 것뿐이에요. 자, 이제 많이 쉬셨죠? 오늘 오후에는 송어 떼가 헤엄치고 있는 연못에 데려다 주시겠다구 약속하셨잖아요? 저는 아직 송어를 본 적이 없는걸요."

그 뒤 어느 날 오후 늦게, 에이브라함 신부는 혼자서 옛 물방앗간을 찾아갔다. 그는 흔히 그곳에 가서 걸상에 앉아 길 하나를 사이에 둔 맞은편 오두막에 살고 있을 때를 회상하곤 했다. 세월이 슬픔의 날카로움을 무디게 해 주어, 이제는 그 무렵을 생각해도 그리 고통스럽지는 않았다. 그러나 우울한 9월의 오후, 에이브라함 스트롱이 '덤즈'가 날마다 노란 고수머리를 휘날리며 달려들어오던 곳에 앉아 있을 때만은, 레이클랜즈 사람들이 언제나 그의 얼굴에서 보던 그 미소가 없었다.

제분 공장주는 꼬불꼬불 가파른 길을 천천히 걸어올라갔다. 나무가 길 바로 옆에까지 무성하게 자라나 있어서 그는 모자를 벗어 들고 그늘 밑을 걸어갔다. 다람쥐 몇 마리가 오른쪽에 있는 해묵은 울짱의 횃대 위를 즐거운 듯이 쪼르르르 뛰어다니고 있었다. 메추라기가 보리 그루터기 속에서 새끼를 부르고 있었다. 나직이 기운 해가 서쪽으로 트인 계곡에 연한 황금빛 광선을 힘차게 방사하고 있었다. 9월 초! 아글레이아가 행방불명이 된 날이 며칠 후로 다가와 있었다.

산나무 덩굴에 절반쯤 덮인 해묵은 상사식 물레방아는, 나무 사이로 흘러내리는 따뜻한 햇살을 받아 얼룩져 있었다. 길 맞은편의 오두막은 아직도 서 있었지만, 올겨울의 사나운 바람에는 아마 견디지 못할 것 같았다. 나팔꽃과 야생의 호리병박 덩굴이 벽에 온통 퍼져 있었으며, 문짝도 경첩 하나로 간신히 붙어 있었다.

에이브라함 신부는 물방앗간 물을 밀고 조용히 안으로 들어갔다. 거기서 그는 이상한 듯이 걸음을 멈추었다. 안에서 누가 애달픈 듯이 훌쩍거리며 우는 소리가 들렸기 때문이다. 보니 체스터 양이 어둑어둑한 벤치에 앉아, 두 손에 펼쳐 든 편지에 얼굴을 파묻고 울고 있었다.

에이브라함 신부는 다가가서, 그 억센 손 하나를 그녀의 손 위에 묵직하게 포개 놓았다. 그녀는 얼굴을 들고 가냘픈 소리로 그의 이름을 부르고는 무슨 말을 하려고 했다.

"아니, 아니, 로즈 양."
하고 제분 공장주는 부드럽게 가로막았다.

"지금은 아무 말도 하지 마. 마음이 슬플 때는 조용히 실컷 우는 게 제일 좋지."

늙은 제분 공장주는 자기도 깊은 슬픔을 겪어 왔으므로, 사람의 가슴 속에서 슬픔을 쫓아내 주는 데는 마술사였다. 체스터 양의 흐느낌은 차츰 가라앉았다. 곧 그녀는 가장자리 장식이 없는 조그만 손수건을 꺼내어 자기 눈에서 에이브라함 신부의 큼직한 손에 굴러떨어진 눈물을 살며시 닦았다. 그리고 얼굴을 들어 눈물이 가득 고인 눈으로 방긋이 웃었다. 체스터 양은 언제나 눈물이 마르기 전에 미소를 지을 줄 알았다. 그것은 에이브라함 신부가 슬픔 속에서 웃는 얼굴을 보일 수 있는 것과 같았다. 이 점에서 두 사람은 매우 닮았다.

제분 공장주는 그녀에게 아무것도 묻지 않았다. 그러나 체스터 양은 자진해서 털어놓기 시작했다.

그것은 어느 때나 젊은 사람들에게는 매우 중요한 일로 여겨지고 늙은 사람들에게는 추억의 미소를 불러일으키는 아주 흔한 이야기였다. 이렇게 말하면 상상이 가겠지만, 그 주제는 연애였다. 매우 착하고 여러 가지 장점을 가진 한 청년이 애틀랜타에 살고 있었다. 그는 체스터 양이 애틀랜타의 어느 여자보다도, 아니 그린란드에서 파타고니아에 이르기까지 그 어떤 여자보다도 뛰어나게 아름다운 성품을 가졌다는 것을 알았다. 그녀는 지금 자기를 울린 그 편지를 에이브라함 신부에게 보였다. 그것은 남자다운 애정이 담뿍 담긴 편지이기는 했으나 착하고 훌륭한 세상 청년들이 쓰는 어느 연애편지나 다름없이 다소 과장과 성급함을 엿볼 수 있었다. 그는 지금 당장 결혼을 해 달라고 청혼하고 있었다. 그녀가 3주일 여행을 떠나고부터 자기는 이제 참아 가기가 힘겨워졌다고 호소하였다. 곧 회답을 달라고 간청하고는, 만일 그것이 호의적인 회답이라면 협궤철도고 뭐고 상관없이 레이클랜즈로 곧장 뛰어가겠다는 것이었다.

"그런데, 대체 무엇이 곤란하단 말이지?"

하고 제분 공장주는 편지를 다 읽고 나서 물었다.

"저는 그이와 결혼할 수 없어요."

하고 체스터 양은 대답했다.

"그 사람과 결혼하고 싶기는 한데 말이지?"

하고 에이브라함 신부는 물었다.

"네, 저는 그이를 사랑하고 있어요. 하지만……."

그녀는 고개를 푹 숙이고 다시 흐느꼈다.

"자, 자, 로즈 양."

하고 제분 공장주는 달랬다.

"나를 믿어 줘. 미주알고주알 캐묻진 않겠지만, 아마 로즈 양은 나를 믿어 줄 것으로 알고 있는데."

"저는 신부님을 진심으로 믿고 있어요."

하고 처녀는 말했다.

"제가 어째서 랄프의 청혼을 거절해야 하는지, 그 까닭을 말씀드리겠어요. 저는 보잘것없는 여자예요. 이름도 없구요. 지금 부르고 있는 이름은 가명이에요. 랄프는 훌륭한 청년이거든요. 저는 진심으로 랄프를 사랑하고 있어요. 하지만 저는 그이의 아내가 될 수 없어요."

"무슨 말을 하는 거지?"

하고 에이브라함 신부는 말했다.

"로즈 양은 양친을 기억하고 있다고 했잖아? 그런데 어째서 이름이 없다는 게야, 나는 이해할 수 없는걸."

"확실히 양친은 기억하고 있어요."

하고 체스터 양은 설명했다.

"슬프도록 잘 기억하고 있어요. 제 첫 기억은 어느 먼 남부에서의 생활이었어요. 저희들은 몇 번이나 여러 도시와 주로 옮겨 다니며 살았어요. 저는 목화도 따고, 공장에서 일하기도 했어요. 먹을 것과 입을 것이 떨어진 적이 자주 있었어요. 어머니는 더러 상냥하게 대해 주셨지만 아버지는 언제나 난폭해서 저를 자주 때렸어요. 아버지도 어머니도 게을러서, 한군데에 눌러앉아 살 수 없는 분들이었나 봐요.

어느 날 밤, 애틀랜타에 가까운 강가 조그만 읍에 살고 있었을 때 일인데, 양친이 대판 싸움을 했어요. 서로 추잡스럽게 마구 욕을 해 대는데, 그때 저는 알게 된 거예요. 아아, 에이브라함 신부님, 저는 그때 비로소 안 거예요, 저한테는 권리마저 없다는 것을. 아시겠죠, 저는 이름을 가질 권리마저 없었던 거예요. 저는 누구의 딸인지도 모르는 사람이었던 거지요.

　그날 밤, 저는 집을 뛰쳐나왔죠. 애틀랜타까지 걸어가서 일자리를 얻었어요. 그리고는 제가 멋대로 로즈 체스터라는 이름을 짓구, 그때부터 줄곧 혼자 힘으로 살아온 거예요. 이제 제가 랄프와 결혼할 수 없는 이유를 아셨죠? 아아, 저는 아무래도 그이에게 이런 얘기를 털어놓을 수가 없어요."

　이 경우, 그 어떤 동정보다도 그녀에게 힘을 주고 그 어떤 연민보다도 효과가 있는 것은, 그녀의 슬픔을 아주 대수롭지 않게 다루어 주는 일이었다. 그래서 에이브라함 신부는 그렇게 했다.

　"난 또 뭐라구, 그런 건가?"

하고 신부는 말했다.

　"원 참, 어처구니없기는. 나는 무언가 아주 큰 지장이라도 있는 줄 알았지. 만일 그 청년이 훌륭한 남자라면, 로즈 양의 가문 따위는 털끝만큼도 개의치 않을 거야. 이봐요, 로즈 양, 내 말을 잘 들어요. 그 사람이 사랑하고 있는 것은 로즈 양 자신이야. 방금 나한테도 말했듯이 솔직하게 그에게도 털어놓는 거야. 그러면 그는 반드시 그런 일은 일소에 붙이고, 오히려 점점 더 로즈 양을 사랑하게 될 거야."

　"저는 도저히 말할 수가 없어요."

하고 체스터 양은 슬픈 듯이 말했다.

　"저는 그이와도, 아니 다른 누구와도 결혼하지 않겠어요. 저는 결혼할 권리가 없는걸요."

　그때 햇살이 비치는 길을 흔들흔들 걸어오고 있는 긴 그림자 하나가 두 사람의 눈에 들어왔다. 그리고 그와 나란히 또 하나의 짧은 그림자가 깡충깡충 따라오는 것이 보였다. 누군지도 모를 두 개의 그림자는 곧 교회로 다가왔다. 가까이 다가오자 긴 그림자는 오르간 연습하러 온 피비 서머즈 양의 것이고 짧은 그림자는 12살난 토미 티그의 것이라는 걸 알 수 있었다. 오늘은 토미가 피비 양을 위해서 오르간에 공기를 넣어 주는 날인 모양이다. 토미의 맨발은 자랑스러운 듯이 길바닥의 먼지를 차올리고 있었다.

피비 양은 라일락 나뭇가지 무늬의 사라사 드레스를 입고 있었으며 귀 위에는 조그맣게 돌돌 말린 머리카락이 예쁘게 드리워져 있었다. 그녀는 에이브라함 신부에게 무릎을 굽혀 공손히 인사하고, 체스터 양에게는 가볍게 말린 머리카락을 흔들어 의례적으로 가볍게 인사했다. 그리고 조수 소년과 함께 급히 층계를 지나 오르간이 있는 2층으로 올라갔다.

아래층의 짙어 가는 황혼의 어스름 속에서, 에이브라함 신부와 체스터 양은 아직도 떠나지 못하고 머물러 있었다. 두 사람 다 말이 없었다. 아마도 저마다 자기의 추억에 잠겼던 모양이다. 체스터 양은 턱을 괴고 어딘가 먼 곳을 응시하고 있었다. 에이브라함 신부는 그 옆의 벤치 사이에 서서 바깥의 길과 허물어져 가는 오두막집을 깊은 감개로 내다보고 있었다.

그 순간 주의의 풍경이 일변하여 20년 전의 과거로 그를 데리고 갔다. 왜냐하면, 토미가 펌프질하고 있는데, 피비 양이 오르간에 들어간 공기의 양을 알아보려고 오르간의 저음부 건반을 계속 누르고 있었기 때문이다. 에이브라함 신부에게는 이제 교회는 안중에 없었다. 이 조그만 목조 건물을 흔들고 있는 깊은 진동음은 그에게는 오르간 소리가 아니라 낮게 둥둥거리는 물레방아의 소리였다. 분명히 옛날의 상사식 물레방아가 돌고 있다고 그는 생각했다. 옛날 산속의 물방앗간에서 온통 밀가루 투성이가 되어 있던 그 명랑한 방아꾼으로 되돌아간 느낌이었다. 이미 저녁때였다. 아글레이아가 저녁을 먹으러 가자고 곧 노란 고수머리를 휘날리며 깡충깡충 길을 가로질러 올 것이다. 에이브라함 신부의 눈은 오두막집의 부서진 문에 가서 가만히 못 박혔다.

그때 또 하나 이상한 일이 일어났다. 머리 위의 2층에는 밀가루 부대가 몇 줄이나 길게 쌓여 있었는데, 아마도 쥐가 그 중의 하나에 구멍을 뚫었던지 커다랗게 울려 퍼지는 오르간 소리의 진동으로 2층의 마룻바닥 틈으로 밀가루가 흘러 떨어져 에이브라함 신부를 머리에서 발끝까지 새하얗게 만들어 버린 것이다. 그러자 늙은 제분 공장주는, 벤치의 통로로 나가서 두 팔을 흔들며 그 방아꾼의 노래를 부르기 시작했다.

물방아가 돌아가면
밀가루가 빻아지네.
밀가루를 덮어쓰고
방아꾼은 즐겁네.

그러자 이때 기적이 일어났다. 체스터 양이 벤치에서 몸을 일으키더니, 밀가루처럼 새하얀 얼굴로 백일몽을 꾸는 사람처럼 눈을 크게 뜨고 에이브라함 신부를 쳐다보았다. 그가 노래를 부르기 시작하자 그녀는 두 팔을 그에게 내밀었다. 입술이 떨렸다. 꿈꾸는 듯한 어조로 그녀는 말했다.

"아빠, 덤즈를 집에 데려다 줘!"

피비 양은 오르간의 저음부 건반에서 손을 뗐다. 그녀는 훌륭히 자기 역할을 다한 것이었다. 그녀가 울린 소리가 닫혀 있던 기억의 문을 두들겨 부순 것이다. 에이브라함 신부는 한 번 잃어버렸던 딸 아글레이아를 두 팔로 꽉 껴안았다.

레이클랜즈를 찾는 사람들은 더 자세한 이야기를 들을 수 있을 것이다. 이 이야기의 뒷얘기가 어떻게 발전했는지, 또 9월의 어느 날, 집 없는 집시가 덤즈의 앳된 귀여움에 마음에 끌려서 납치해 간 그때의 경위 같은 것을 들려 줄 것이다. 그러니 상세한 것은 '독수리의 집' 나무 그늘의 포치에 편안히 앉을 때까지 기다리는 게 좋겠다. 나로서는 피비 양의 힘찬 저음이 아직도 조용히 울리고 있는 동안에 끝내는 편이 나을 것 같다.

그러나 내 생각으로 이 이야기의 하일라이트는 에이브라함 신부와 그의 딸이 너무나 기뻐서 오히려 말도 못하고 '독수리의 집'으로 돌아가고 있을 황혼의 어스름 길에서 일어난 것 같다.

"아버지."

하고 그녀는 약간 주저하면서 아직도 믿어지지 않는 듯한 어조로 말했다.

"아버지는 돈을 많이 갖고 계세요?"

"돈이 많이 있느냐구?"

하고 제분 공장주는 말했다.

"글쎄, 그것도 해석 나름이지. 달님이라든가 뭐 그와 같이 비싼 것을 사고 싶은 게 아니라면, 많다고 해도 좋겠지."

"애틀랜타에 전보를 치려면, 돈이 무척 많이 들까요?"

언제나 세밀하게 돈을 계산하는 버릇이 있는 아글레이아가 물었다.

"아, 그래."

작게 한숨을 쉬면서 에이브라함 신부는 말했다.

"이제 알았다, 랄프를 부르고 싶단 말이지?"

아글레이아는 정답게 방긋이 웃으며 아버지를 쳐다보았다.

"그 사람더러 기다려 달래야겠어요."

하고 딸은 말했다.

"전 이제야 겨우 아버지를 찾았잖아요? 그러니까, 한참 동안 아버지와 단둘이 살고 싶어요. 그 사람에겐 좀 기다려 달라고 말할래요."

World Best

---

1) 크리켓 놀이 ― 잔디 위에 조그만 쇠문을 여섯 개 세워, 그 사이에 나무망치로 나무 공을 쳐서 통과시키는 놀이.
2) 아글레이아 ― 그리스 신화에 나오는 빛의 여신.
3) 로도 덴드론 ― 만병초 속의 식물.

《마지막 잎새 *The Last Leaf*》 바로 읽기

미국 단편 소설의 귀재

　미국은 짧은 역사만큼이나 문학의 역사도 오래되지 않다. 그리고 영국이나 유럽의 문학 경향에 많은 영향을 받았기 때문에 진정한 미국 문학의 태동은 19세기에 이르러서였다. 어빙과 쿠퍼에 의해서 개척된 미국 문학은 이후 호돈과 포우, 그리고 헤밍웨이 등의 천재적 작가들에 의해서 세계적 문학으로 발전하게 되었다. 이러한 문학의 성숙과 심화는 미국의 경제적, 사회적 발전과 무관하지 않다. 미국은 19세기에 들어 각종 산업화의 진전으로 경제대국으로 부상하게 되었으며, 이에 따라 문화적 심화와 다양화가 이루어졌다. 미국, 특히 뉴욕은 전 세계의 경제뿐만 아니라 예술의 중심지가 되었다. 많은 예술인들이 이 신세계의 꿈과 이상을 글로써, 그림으로써, 음악으로써 표현해 내었다. 그 중에서도 문학은 다른 예술 분야보다 비약적인 발전을 이루었다. 경제적 부유한 미국인들의 문화적 욕구를 채워 주기 위해 무수한 잡지들이 새로 생겼으며, 그 지면들을 통해 많은 문학 작품들, 특히 단편 소설이 활기차게 발표되었다. 단편 소설은 그 구성의 간결함과 의미의 함축성으로 인해 미국인들의 기질에 어울렸으며, 다른 어떤 문학 장르보다도 인기가 높았다. 따라서 작가들도 단편 소설에 대한 관심과 창작열이 높았으며, 훌륭한 작품들을 쓰고자 노력했다. 특히 단편 소설의 시조(始祖)라 일컬어지는 포우는 단편 소설에 대한 이론적 정의와 함께 많은 작품들을 발표해 동시대와 후세 작가들에게 많은 영향을 끼쳤다.

이러한 사회적, 문학적 흐름을 배경으로 뉴욕의 문학계에 등장한 오 헨리는 특유의 해학적 언어 구사와 애수어린 내용으로 단편 소설의 매력을 높이고 대중화한 작가이다. 오 헨리는 가장 미국적이며, 미국적 삶의 여러 단면들을 가장 잘 그려 낸 단편 작가이다. 19세기 말의 미국은 근대 자본주의의 발흥기에 있었다. 미국의 대표적 도시인 뉴욕에는 근대 자본주의가 낳은 샐러리맨의 소시민적 생활이 만연하였으며, 오 헨리는 주로 이러한 미국 소시민 사회의 유머러스하면서도 애환이 섞인 생활을 독특한 필치로 그려 냈다. 그는 어느 곳보다 뉴욕을 사랑했으며, 그곳의 가난한 소시민들의 불우한 이야기를 소재로 하여 익살과 동정, 애수로써 따뜻한 인정미가 넘치는 글을 썼던 것이다. 따라서 그의 작품에는 해학이 깃든 재치와 함께 애수의 정이 스며들어 있으며, 인간에 대한 깊은 통찰과 동정어린 시선이 깃들어 있다.

오 헨리의 단편 소설은 그의 특유한 표현 기교들인 방언, 유머, 기지, 페이소스 등이 작중 인물의 성격, 사건 및 배경과 교묘히 어우러지어 독자에게 진한 인상과 깊은 감동을 준다. 또한, 오 헨리의 작품 세계의 매력은 그 독특한 언어 구사라 할 수 있다. 그는 웹스터 사전을 늘 지니고 다닐 정도로 풍부한 어휘 사용과 독특한 어휘 선택에 있어서 뛰어남을 보였다. 따라서 내용의 깊이가 해박한 언어 구사에 의해 더욱 심화되었으며, 감동의 빛을 더했다. 아울러 이야기의 전개에 있어 지루하지 않고 간결한 점, 그리고 주제의 초점을 향해 모든 것이 집중되도록 사건을 진행시키는 기교와 의외의 결과로 이야기를 끝맺는 결말 수법 등은 오 헨리를 단편 소설의 귀재(鬼才)로 평하기에 부족함이 없는 내용들이다.

비록 그의 작품들이 인물의 심리 묘사와 내용의 철학적 깊이가 부족하다는 비난을 받기도 하고 때로는 틀에 박힌 소설이라는 평을 받기도 하지만, 유머와 위트, 그리고 페이소스 속에 깃들인 인간애의 정신은 읽는 이에게 찡한 감동과 따뜻한 웃음을 자아내기에 충분하다.

이야기꾼의 어린 시절

'미국의 모파상(Yankee Maupassant)'이라 일컬어지는 오 헨리는 1862년 9월 11일, 노스캐롤라이나 주(州) 길포드 카운티의 그린즈버로에서 태어났다. 그린즈버로는 블루리지 산맥 기슭에 있는 인구 2천 5백 명 정도의 조그마한 마을이었는데, 그는 이곳에서 성장기(成長期)를 보내면서 문학가로서의 자질을 키웠다.

오 헨리의 본명은 윌리엄 시드니 포터(William Sidney —— 나중에 Sydney로 고침 —— Porter)이다. 그의 아버지 앨저넌 시드니 포터는 의사로 마을에서 개업하고 있었으며, 처음에는 사람들과도 잘 사귀고 환자에게도 친절하여 꽤 평이 좋았으나, 차츰 발명하는 일에 골몰하기 시작하여 병원을 돌보지 않게 되자, 나중에는 미치광이 취급을 받게 되었다. 소용도 없는 기계와 장치의 발명에 정신을 빼앗겨, 가산을 다 날리고, 결국 만년에는 술만 마시는 폐인이 되었다.

어머니 메리 제인 버지니아 스웨임은 그린즈버로의 학교에서 프랑스어와 미술을 배웠는데, 미술에 재주가 있었고 문장도 좋았다고 한다. 젊을 때부터 기지에 차고, 특히 언어에 대해서는 날카로운 센스를 갖고 있었다. 이 어머니의 소질은 그대로 오 헨리에게 전해졌으나, 불행히도

메리는 오 헨리가 3살 때 폐병을 앓다가 30살의 젊은 나이로 세상을 떠나고 말았다.

이렇게 해서 이후 어린 오 헨리의 양육은 숙모인 라이너 포터라는 노처녀가 맡게 되었다. 그녀는 생활비를 버는 수단으로 집 안에 사숙(私塾)을 차려 이웃 아이들을 가르치기 시작했는데, 오 헨리도 이 사숙에서 기초적인 교육을 받았다. 숙모 라이너는 조카 오 헨리가 매우 공부에 열의를 갖고 있을 뿐 아니라 문학을 올바로 감상하는 능력을 가졌음을 간파하고, 그에게 책에 대한 사랑을 가르치고 문학에 대한 흥미를 불어넣어 주었다. 오 헨리는 이 시기에 숙모의 지도로 스코트, 디킨즈, 대커리, 콜린즈, 뒤마 등의 명작을 애독했으며, 특히 디킨즈는 전 작품을 몇 번이고 되풀이해서 읽었다.

아버지가 의사 노릇을 못하고 숙모가 살림살이를 다 맡아서 꾸려 나가는 형편이었으므로, 소년 오 헨리는 15살 때에 상급 학교 진학을 포기하고, 같은 동네에서 큰아버지가 경영하는 약국에서 약제사 견습 일을 하게 되었다. 이 약국 겸 가게는 마을 사람들의 집회소처럼 되어 있었기 때문에 많은 부류의 사람들이 모여들었다. 따라서 오 헨리는 이곳에서 다양한 사람들의 개성과 생각을 경험할 수 있었는데, 이것은 훗날에 그의 문필 활동에 귀중한 자료가 되었다. 특히 어려서부터 그림에 재주를 갖고 있던 오 헨리는 이곳을 드나드는 여러 사람들의 모습을 스케치 형식으로 그리곤 했는데, 인물의 특징을 간결한 선으로 날카롭게 표현하는 이 희화(戱畵)의 수법은 그가 나중에 단편 소설의 창작에서 구사한 바로 그 수법이었던 것이다.

새로운 인생 경험

20살의 청년이 된 오 헨리는 약제의 일로 우연히 알게 된 같은 마을의 제임스 홀이라는 의사한테서, 텍사스의 목장에 있는 자기 아들 리 홀을 찾아가는 데 동행하지 않겠느냐는 권유를 받았다. 마침 일에 싫증이 나고, 건강도 좋지 않았던 그는 요양도 할 겸 새로운 인생을 찾아 텍사스로 갈 결심을 했다.

1882년 3월, 오 헨리는 의사 홀 부처와 함께 텍사스를 향해 그린즈버로 역을 떠났다. 리 홀이 관리하고 있는 목장은 면적이 40만 에이커나 되고, 가축의 수도 소가 1만 2천 마리, 양이 6천 마리나 되는 넓은 평원 같은 곳이었다. 본래 호기심이 강한 오 헨리는 이 땅의 기후, 풍토, 인정, 관습 같은 것에 깊은 흥미를 느꼈다. 이 고장에는 비가 적고 정주자가 없었지만, 울창한 숲이 전과자에게는 안성맞춤이어서 텍사스뿐 아니라 멕시코로부터 온갖 범죄자가 흘러들어와서 숨어 살았다. 오 헨리는 목장의 관리인인 리 홀한테서 무법자와 산림 경비대, 그리고 카우보이 등의 이야기를 자주 듣곤 했는데, 그것은 훗날 그의 남서부를 무대로 한 단편 소설 속에 여러 가지 형태로 재생되었다.

오 헨리는 이 목장 생활 동안에 승마나 사격, 그리고 노래를 즐기며 색다른 경험을 접하게 되었는데, 그러는 중에도 틈틈이 책 읽기에 정진하였다. 바이런, 디킨즈, 셰익스피어, 밀턴, 맥콜리, 기번 등의 작품을 탐독하였으며, 이와 함께 프랑스 어와 독일어, 그리고 스페인 어 등의 어학 공부에도 열중하였다. 또 영어 공부도 결코 게을리하지 않고, 언제나 웹스터 사전을 곁에 두고는 여가만 있으면 펼쳐 보곤 하였다. 나중에 독자뿐만 아니라 평론가까지 놀라게 한 그 풍요하고 다채로운 어휘는 이 무렵에 익힌 것이다. 그에게는 사전이 단지 낱말의 뜻을 알기 위한 것이 아니라 사상의 원천이자 언어의 보물 창고였던 것이다.

텍사스의 목장 생활은 약 2년 동안 계속되었다. 1884년 22살 생일을 맞은 오 헨리는 목장 생활에 작별을 고하고 그 주의 수도인 오스틴으로 갔다. 그는 목장에서 알게 된 한 광산업자의 소개로 그린즈버로 출신인 조하럴이라는 사람 집에서 지내게 되었다. 그리고 잠시 어떤 약품 회사에 근무했는데, 마치 약국의 점원 같은 일이었으므로 시시해서 두 달쯤 다니다 그만두고, 한참 동안 그림을 그리거나 책을 읽으면서 무료를 달랬다. 이듬해 가을, 오 헨리는 친구의 아버지가 경영하는 토지 회사에 사무원으로 들어갔으며, 그곳에서 1887년 텍사스 토지 관리 사무소로 옮길 때까지 약 2년 동안 근무했다.

목장에서 신세를 진 리 홀이 1886년 말 텍사스 토지 관리관으로 선출되었으며, 그는 홀의 권유로 다음해 1월에 텍사스 토지 관리국 제도계에서 조수로 일하게 되었다. 여기서 그는 1891년 1월까지 4년 동안 근무했는데, 처음에는 등기계(登記係)에서 일했으며, 급료는 한 달에 100달러였다. 일은 별로 흥미가 없었으나 토지 문제를 에워싼 분쟁의 실태를 세밀히 관찰할 수 있었다. 그 분쟁 사건들은 많은 극적 요소를 내포하고 있어서 그의 상상을 자극하기에 충분했으며, 이것은 나중의 작품 활동에 아주 귀중한 체험이 되었다.

평온 속에 성숙된 삶

1886년 오 헨리는 주 의사당의 준공을 기념하는 축하 무도회에서 에이돌 에스티스(Athol Estes)라는 18세의 소녀를 만나 사랑에 빠졌다. 그녀는 평소에 아주 사소한 일에 대해서도 입 속으로 나직이 기도를 하는 버릇이 있었으며, 신앙심이 두텁고 마음이 고운 여성이었다. 오 헨리는 곧 그녀에게 청혼하여 에이돌 양친의 반대에도 불구하고 1887년 7월 1일에 결혼했다. 그가 25살, 에이돌은 19살이었다. 두 사람은 오 헨리가 근무하는 토지 관리사무소 가까운 곳에 조그만 집을 얻어 신혼 살림을 차렸다. 두 사람의 신혼생활은 행복했다. 그는 진심으로 에이돌을 사랑했고, 에이돌도 병약한 몸이지만 헌신적으로 그를 섬겼다.

소설을 쓰라고 권한 것도 그녀였다. 원래 그는 그림 그리는 것만큼 글을 쓰는 것을 좋아했고, 그때까지 몇 편인가 스케치풍의 글을 쓰기도 했으나, 소설가가 될 생각은 하지 않았고, 자신도 없었다. 그러나 아내의 격려를 받고 쓴 두 편의 스케치풍 소품 《마지막 승리》와 《사소한 착오》를 어느 잡지사에 보냈더니, 이것이 채택되어 처음으로 원고료를 받았다. 또 1887년 9월에는 디트로이트의 「프리 프레스」 사에서 원고 청탁을 해 왔고, 이어 「업 투데이트」 지에도 기고하게 되었다. 그러나 오 헨리의 본격적인 문학 활동은 아직도 먼 장래의 일이었다.

1890년에 토지 관리관 리 홀이 지사 선거에 출마하여 낙선했기 때문에, 오 헨리도 이듬해 1월에 토지 관리 사무소를 그만두었다. 그리고 한 달 뒤에 퍼스트 내셔널 은행의 출납계에 들어갔다. 그 무렵 내셔널 은행의 경영은 엉망이었다. 당좌 예금의 대월은 허다했고, 은행 임원이나 시의 유력자들은 서명조차 없이 예사로 현금을 꺼내 갔다. 그 중에는 돈을 꺼낸 일조차 잊어서, 귀띔해 주면 오히려 출납 계원을 호통치는 형편이었다. 오 헨리는 출납계원이 된 것을 무척 후회했지만, 달리 생활비를 벌 수단도 없고 해서 별수없이 은행 근무를 시작했다.

1894년 4월 「아이코너클래스트(우상 파괴자)」라는 월간 신문을 발행하던 브랜이라는 사람이 오스틴을 떠나면서 이 신문을 공장과 함께 250달러에 내놓았다. 그는 아내와 친구들의 원조로 이것을 사서, 「롤링 스톤(구르는 돌)」이라고 제목을 바꾸어 주간지로 발행하기로 했다. 곧 그는 은행을 그만두고 신문의 경영과 편집에 전념했다. 기사도 자신이 직접 썼으며, 편집이 끝나면 밤에 길거리를 돌아다니며 기사 자료를 찾아다녔다. 인생의 패잔병들이 몰려드는 뒷골목의 구질구질한 술집에서 그들을 상대로 싸구려 술을 나누기도 하고, 호화로운 저택에서 열리는 상류 계급의 파티에 참석하여 신사 숙녀라고 일컬어지는 사람들의 생태를 들여다보기도 했다. 이런 밤의 탐방을 통해서 차츰 그는 인생의 맛을 아는 날카로운 관찰자로 탈바꿈해 갔던 것이다.

그러나 신문 경영은 적자만 누적될 뿐이었다. 발행 부수도 불과 1천 5백 부 정도였으며, 그 이상은 늘지도 않았다. 게다가 신문에 게재한 그의 희화가 독일계 시민의 반감을 사서 광고 수입이 갑자기 줄어들었다. 마침내 1895년 4월 17일 호를 마지막으로 「롤링 스톤」은 폐간되고 말았다.

반 년쯤 놀다가 프리랜스 기자로서 「클리블랜드 플레인딜러」 지에 기사를 쓰게 되었다. 이윽고 그는 친구들의 도움으로 「휴스턴 포스트」 신문사에 취직이 되어, 그해 11월 가족과 함께 휴스턴으로 옮겼다. 이 신문의 경영자 존 스턴은 오 헨리가 보기드문 그림 재주를 가진 것을 알고 그에게 희화를 그리게 하여 「포스트」 지에 실었다. 그즈음 휴스턴은 경쟁이 심하여 시민들도 정치 운동에 열을 올리고 있었으므로, 시사 문제와 결부해서 풍자한 그의 희화는 「포스트」 지의 인기물이 되었으며, 다른 신문들도 앞을 다투어 이것을 옮겨 실었다.

이리하여 수입도 늘어가고 지위도 안정되어 오랜만에 평온한 가정 생활을 즐기고 있는데, 난데없이 재난이 들이닥쳤다.

고난 속에 싹튼 문학에의 열정

1896년 2월, 오 헨리는 퍼스트 내셔널 은행으로부터 고소를 당해 공금 횡령 혐의로 오스틴 경찰서에 체포되었다. 그 무렵 아내 에이돌의 병세가 악화되었으므로, 그 이유를 들어 보석 절차를 밟아 가까스로 집에 돌아올 수 있었다.

그는 「휴스턴 포스트」 지의 일을 계속했으나, 많은 독자들이 좋아하고 환영한 그의 희화도 1896년 6월 22일자로 종말을 고했다.

다음 달 7월 초 재판을 받기 위해 오스틴으로 향하던 그는 도중에서 오스틴 행 기차로 바꾸어 타는 대신 뉴올리언즈 행 기차를 탔다. 그곳에서 이름을 바꾸어 「뉴올리언즈 델터」라는 신문사에서 잠시 기자 생활을 하다가 곧 중미에 있는 온두라스의 트루히요로 달아났다. 여기서 앨제닝스라는 사나이와 알게 되었다. 앨은 열차 강도질을 하고 경찰에게 쫓겨 아우 프랭크와 함께 이곳에 도망해 와 있었는데, 강도치고는 너무나 사람이 좋고 싹싹해서 오 헨리와 금방 친해졌으며 곧잘 셋이서 바닷가를 거닐고, 시내를 쏘다니고, 술집에서 포커를 하곤 했다. 이곳에서의 체험도 그의 작품에 풍부한 자료를 제공하였다.

그러는 동안에 아내 에이돌이 위독하다는 소식이 들려 왔다. 돌아가면 체포될 것이 뻔했지만, 아내를 만나고 싶은 마음을 걷잡을 수가 없었다. 1897년 1월 하순 수척할 대로 수척해져 병상에 누워 있는 아내 앞에 모습을 나타냈다.

2월 1일, 친구와 함께 법원에 출두하여 다시 보석을 신청했다. 보증인이 된 장인과 친구들이 적극적으로 힘을 쓴 덕분에 이제 다시는 도망치지 않는다는 조건부로 보석이 허가되었다.

그는 밤낮으로 열심히 아내를 간호했다. 그러나 에이돌은 끝내 건강을 회복하지 못하고, 그가 돌아온 지 5개월 남짓한 1897년 7월 25일, 에이돌은 남편 품에 안겨 29년이라는 짧은 생애를 마감했다.

아내가 죽은 뒤에 열린 재판에서 오 헨리는 유죄 선고를 받고 5년 형을 언도 받았으며, 이듬해 4월 25일 오하이오 주 교도소에 수감되었다.

오 헨리의 범죄 사실은 오늘까지도 수수께끼로 남아 있다. 퍼스트 내셔널 은행의 경리는 전근대적으로 엉성하기 짝이 없었으므로, 은행 감사 때 장부의 숫자가 맞지 않는 것이 지적되자 당시의 출납 계원인 오 헨리에게 책임을 떠맡겨 버렸다는 설도 있고, 은행 돈을 「롤링 스톤」지의 적자를 메우기 위해서 썼다는 설도 있어서, 여전히 어느 쪽인지 분명하지 않다.

교도소 생활은 그가 상상한 것보다 훨씬 비참한 것이었다. 그는 그 비참함에 대해 "여기서는 자살이 피크닉처럼 흔하다.", "여기서는 폐병이 가정의 독감보다 더 흔하다.", "나는 인간의 생명이 여기서처럼 싸구려로 간주될 줄은 상상도 못했다.", "여기서는 인간이 영혼도 감정도 없는 동물로 간주되고 있다."라고 술회하고 있다.

그러나 당시의 교도소가 아무리 무서운 곳이라 해도, 만일 그가 교도소 생활을 체험하지 않았더라면 과연 미국 문학사에 남는 단편 작가 오 헨리가 태어났을지는 의심스럽다. 그만큼 이곳에서의 체험은 그의 작가적 성장에는 귀중한 것이었다.

교도소에서 그는 모범수였다. 약국에서 일한 경험이 도움이 되어 약국 일을 하게 되었는데, 교도소의 의사나 직원들은 그의 성실한 인품과 겸허한 태도에 호의를 느끼고 나중에는 존경하게 되었다. 그는 열심히 소설을 썼다. 소설의 세계에 몰입함으로써 잔혹한 현실을 잊고 싶었는지도 모른다. 작품이 완성되면 친구를 통해서 잡지사에 보냈다. 1899년 당시 꽤 유명했던 「맥 클뤼어」라는 잡지에 〈휘파람 딕의 크리스마스와 스타킹〉이라는 단편 소설이 처음으로 오 헨리의 이름으로 실렸다. 당시 교도소 간수쟁이었던 오린 헨리(Orrin Henry)의 이름에서 딴 오 헨리라는 필명은 이후 미국 문학사뿐 아니라 세계 문학사에 길이 남는 이름이 되었다. 그가 교도소에서 쓴 작품은 모두 12편이나 되었다.

5년 형기를 모범수로서 3년 3개월로 단축하고, 1901년 7월에 석방되었다. 바로 오 헨리는 죽은 아내의 친정에 맡겨 두었던 딸 마거리트가 있는 피츠버그로 갔다. 그리고 이듬해 봄까지 거기에 머물면서 창작에만 몰두했다.

뉴욕의 로맨티스트

1902년 봄 뉴욕에 나온 오 헨리는 「에인즐리 매거진」의 편집장 길먼 홀을 찾았다. 일찍이 그의 천재성을 간파하고 있던 홀은 그를 위해 메디슨 스퀘어 가까이에 아파트를 얻어 주고 열심히 집필을 권했다. 이에 힘을 얻은 오 헨리는 의욕적으로 단편 소설을 써냈다. 뉴욕에 온 지 1년도 되기 전에 그의 서명이 든 작품들이 여러 잡지와 신문 일요판에 발표되었다. 뉴욕 「선데이 월드」지의 일요판에 편당 100달러로 매주 한 편씩 작품을 제공한다는 계약을 맺은 것은 1년 반쯤 지난 뒤였다. 1주일에 한 편이라는 이 놀라운 저력은 1903년에 시작되어 1906년까지 4년 동안 계속되었다. 이 기간이 오 헨리가 가장 다작한 시대이다.

이러한 지칠 줄 모르는 창작욕으로 인해 명성도 얻고 수입도 늘었다. 한 달에 500달러 내지 600달러의 수입이 생겼다. 이제 당당한 인기 작가가 되었다. 당시는 엠브로즈 비어스, 잭 런던, 스티븐 크레인 등이 한창 인기가 있었는데, 오 헨리의 단편은 그들의 작품과는 다른 의미로 더욱 저널리즘과 독자들의 환영을 받았다.

「선데이 월드」지와 계약하고 나서 그의 작품 무대는 거의 뉴욕에 한정되어 버렸다. 당시 미국은 근대 자본주의의 발흥기에 있었는데, 미국의 대표적 도시인 뉴욕에는 근대 자본주의가 낳은 샐러리맨의 소시민적 생활이 넘치기 시작하여, 오 헨리에게 아주 안성맞춤의 무대를 제공해 주었던 것이다. 그는 낮이나 밤이나 틈만 있으면 거리에 나가서 공원 구석을 서성거리기도 하고, 먼지 낀 골목을 헤매기도 하고, 싸구려 술집을 드나들기도 하며, 세밀히 실제 인생의 뒷면을 관찰하여 그것을 작품 속에 반영시켰다. 이 무렵 그의 일상 생활은 지칠 줄 모르는 탐방과 그것을 소재로 한 창작의 집필이었다. 그는 "내가 쓰는 이야기의 줄거리는 어디에나 뒹굴고 있다."고 말하고 있지만, 그의 이야기의 배경은 어디까지나 뉴욕 그 자체였다. 그는 어느 곳보다 뉴욕을 사랑했다. 근대 자본주의의 중심지 뉴욕에서 도시적 환상이 낳은 부(富)와 가난이 얽어진 삶의 이면을 발견한 오 헨리는 뉴욕의 환상을 그린 로맨티스트인 동시에, 불우하게 살아가는 소시민들의 이야기를 그린 휴머니스트이기도 했던 것이다.

1904년에 첫 단편집 《양배추와 임금님》이 나왔다. 이 작품집에는 그의 대표작인 《되살아난 개심》을 비롯해 그의 초기 작품들이 실렸다. 1906년에 제2단편집 《4백만》이 나옴으로써 그의 작가적 명성과 지위는 확고한 것이 되었다. 《4백만》은 당시의 뉴욕 인구를 나타내는 숫자이며, 모두 뉴욕을 그린 것이다. 《20년 뒤》, 《경관과 찬송가》, 《크리스마스의 선물》, 《정신 없는 브로커의 로맨스》 등, 오늘날에도 그의 걸작으로 간주되고 있는 명작들이 이 속에 많이 수록되어 있다. 특히 우리 나라에 잘 알려진 《마지막 잎새》도 이 작품집에 들어 있다.

《4백만》은 또 오 헨리의 단편의 특징인 '결말의 의외성'을 매우 뚜렷하게 보여 준 것으로 알려져 있다. 잠잠하게 이야기를 진행해 가다가 마지막에 가서 뜻밖의 결말을 지어 독자를 깜짝 놀라게 하는 그 '전환' 수법은 독자로 하여금 작품을 끝까지 읽게 하는 마력적 요소로 작용하였다. "나는 이야기의 결말을 생각지 않고 쓰기 시작하는 일도 흔하고, 마지막까지 줄거리를 다 세워 놓고 쓰는 수도 있으며, 또 때로는 미리 정해 둔 결말에 맞추어서 이야기를 지어 나가는 수도 있다."고 그는 말했다. 이처럼 불필요한 과장과 지리한 신소리와 지나친 자랑을 다소 섞기는 하나, 인물과 상황, 이야기의 성격과 인간성의 관계를 일관하여 올바로 포착하고 있는 것은 틀림없다. 이것이 그가 언제까지나 많은 독자를 잃지 않는 이유인 것이다.

1907년, 뉴욕의 생활에서 취재한 또 하나의 단편집 《손질 잘한 램프》가 나오고, 같은 해에 텍사스에서의 체험을 기초로 한 단편집 《서부의 마음》이 나왔다. 이어 1908년에는 《도시 소식》과 《점잖은 사기꾼》이, 그리고 이듬해인 1909년에는 《운명의 길》과 《선택권》의 두 단편집이 나왔다. 다시 1910년에는 《순 장삿속으로》가 출판되었는데, 이것이 그의 생존 중에 나온 마지막 단편집이었다.

갇혀 버린 문학에의 꿈

1905년 봄, 오 헨리는 소꿉친구인 샐리 콜먼이라는 여자로부터 뜻밖의 편지 한 통을 받았다. 《목장의 마담 보핍》의 지은이가 어릴 때 자기와 놀던 윌리엄 포터 같은 기분이 드는데 아니냐는 문의의 편지였다. 이에 답장을 낸 것이 계기가 되어 어린 날의 우정이 되살아나게 된 두 사람은 결혼을 약속하게 되고, 이윽고 2년 뒤인 1907년 12월 27일에 내시빌에서 결혼식을 올렸다. 첫 번째 아내인 에이돌이 죽고 새로 시작한 가정 생활이었지만, 이 결혼 생활은 그리 행복하지 않았던 것 같다. 이 무렵부터 그의 집필 속도가 매우 느려지기 시작했으며, 음주벽과 낭비벽이 심해져서 상당한 수입에도 불구하고 경제적으로 여의치 않은 생활을 하였다. 창작과 가정 생활의 불협화음에서 오는 고통은 일이 잘 풀리지 않는 초조감으로 인해 더욱 커져만 갔고, 결국 두 번째 아내와의 사이도 차츰 틈이 생겼다. 그리하여 가을에 그는 아내와 딸을 내시빌의 처가에 맡기고, 자기는 혼자 뉴욕의 그리니치 빌리지의 아파트로 옮겼다. 그리고는 자기만의 세계에 틀어박혔다.

원래 그는 사교적인 사람이 아니었다. 사람들 앞에서 명랑하게 행동하긴 했지만, 음성적이고 내향적인 성격의 소유자였다. 수줍고 변덕스러운 데다가 아무에게도 흉금을 털어놓고 이야기하는 일이 없었다. 고집스럽고 완고하게 자기 세계를 지켰으며, 자기 내부로는 아무도 발을 들여 놓게 하지 않았다.

이 자기 폐쇄적인 성향을 은행에서의 공금 횡령과 결부시켜, 전과가 알려지는 것이 두려워 교제를 싫어하게 된 것이 아닌가 하고 설명하는 사람도 있지만, 아마도 그것은 타고난 성격이었던 것 같다. 그러나 그가 전과자라는 과거가 알려지는 것을 두려워하고 싫어했던 것은 사실이며, 1909년 조지 매커댐과 인터뷰했을 때도, 뉴올리언즈에서 온두라스로 도망갔던 일과 3년여에 걸친 감옥살이에 대해서는 극력 연막을 치거나 혹은 일부러 회피했다. 「뉴욕 선데이 타임즈」에 실린 이 인터뷰 기사에서 오 헨리는 "어떤 방법으로 소설을 쓰는가?"라는 질문에, "언제나 쓰기 전에 되도록 이야기의 줄거리를 머릿속에 짜 둔다. 그리고 일단 펜을 들면 단숨에 써내어 편집자에게 넘긴다. 그리고 다시 읽어보거나 퇴고하는 일은 거의 없다.”고 대답하고 있다. 이어 슬럼프에 빠질 때는 어떻게 하느냐는 질문에 “슬럼프에 빠지면 석 달 동안 한 줄도 못 쓰는 일이 흔하다. 그런 때는 억지로 쓰려고 하지 않고, 거리에 나가서 돌아다니곤 한다. 거리의 군중 속에 들어가 삶의 고동과 박력을 직접 피부로 느끼는 것이다. 작가에게는 이 이상의 자극제가 없을 줄 안다.”고 말하고 있다.

1909년에는 극작에도 손을 댔지만, 성공하지는 못했다. 그런데 같은 해 폴 암스트롱이 그의 단편 《되살아난 개심》을 《지미 발렌타인》으로 각색하여 상연했더니 크게 히트가 되었다.

1910년에는 여섯 편의 단편과 두 편의 시가 여러 잡지에 발표되었다.

건강을 해친 오 헨리는 1909년 일단 아내와 딸이 있는 내시빌로 돌아가서 1년쯤 정양한 뒤 이듬해 3월 다시 뉴욕으로 돌아왔다. 그때부터 죽음을 맞이할 때까지의 마지막 석 달 동안은 사람도 만나지 않고 전화 수화기도 내려놓은 채 혼자 아파트 방에 들어박혀, 병과 싸우면서 집필을 계속했다. 특히 그가 병원으로 운반되어 가기까지의 며칠 동안을 어떻게 지냈는지는 여전히 수수께끼로 남아 있다. 다만 침대 밑에 빈 여러 개의 위스키 병이 뒹굴고 있었을 뿐이다.

그의 임종은 의사 한 사람만이 지켜 보았을 뿐이다. 죽은 이튿날 1910년 6월 6일자 「뉴욕 트리뷴」지는 오 헨리의 죽음을 알리는 기사 속에서 사인은 간경변(肝硬變)이었다고 전하고, 다음과 같은 의사의 말을 싣고 있다.

“그의 긴장은 극도로 악화되어 있다. 소화 기관은 못 쓰게 되고 신경

은 손도 못 댈 상태였다. 그리고 심장은 조그만 쇼크도 견디어 내지 못
할 만큼 악화되어 있었다."

오 헨리는 노스캐롤라이나의 내시빌에 매장되었는데, 소박한 화강암
묘비에는 다만 '윌리엄 시드니 포터 1862~1910'라고 적혀 있을 뿐이
다.

유머와 위트, 그리고 페이소스 속에 담긴 휴머니즘

오 헨리가 죽은 뒤, 유고 단편집 《회전 목마》가 발간되었다. 이 속에
는 그의 가장 유머러스한 작품으로 알려져 있는 《붉은 추장의 몸값》과
아름다운 문장으로 잘 알려져 있는 《장님의 휴일》과 그 밖에도 《우리들
이 걷는 길》, 《1달러의 값어치》 등 뛰어난 작품이 수록되어 있다.

이듬해인 1911년에는 《엉망진창》이 출판되었는데, 여기에는 온두라
스에서 사귄 앨 제닝스의 경험담을 기초로 한 《열차 강도》, 뉴욕에 나
온 시골 카우보이를 주인공으로 한 《날씨의 챔피언》, 그 밖에 미모의
귀부인과 내성적인 청년의 덧없는 모험을 그린 《기회를 놓친 귀신》 등
이 수록되어 있다.

이어 1912년에 출판된 《구르는 돌》에는 《샌튼의 안개》와 《꼭두각시
인형》 등의 기지에 찬 작품들이 들어 있는데, 이것은 작자가 젊었을 때
쓴 희화적인 가벼운 스케치풍의 이야기로써 그다지 그의 작품 중에서
수준이 높은 편은 아니다. 다만 여기에는 미완성으로 끝난 《꿈》이라는
단편이 수록되어 있어 특기할 만하다.

1917년에는 단편집 《잡동사니》가 나왔다. 이것은 제목처럼 잡동사니
를 모은 것은 아니나, 오 헨리의 대표 작품들과 비교하면 다소 작품성
이 떨어진다. 이 밖에도 1920년에는 7편의 시와 짧은 스케치를 모은

《오 헨리집》이 한정 출판되었다. 여기에 수록된 《도가니》는 그의 시 중에서 가장 잘된 작품이고, 《잡을 수 없는 환락가》는 그가 「뉴욕 월드」에 발표한 첫 단편으로써 기억할 만한 것이다.

오 헨리는 10년이 채 안 되는 작가 생활 동안에 13권의 단편집과 1권의 시집을 포함해 총 300여 편의 작품을 남겼다. 전형적인 단편 작가로서 단편 소설밖에 쓰지 않았으며, 그가 끝내 경제적인 여유를 누릴 수 없었던 것은 바로 이 때문이었다.

미국의 단편 소설을 이해하기 위해서는 오 헨리의 단편 소설을 이해해야 한다. 이것은 그의 작품들이 가장 미국적인 삶의 여러 모습을 가장 자세하고 선명하게 그려 내고 있기 때문이다. 착상의 기발함과 구성의 교묘함 등을 통해서 보여 준 그의 천재성은 그를 미국 문학사에서 사라지지 않을 인물로 만들어 주었다. 그의 작품이 전해 주는 따뜻한 웃음과 찡한 정서적 울림은 유머와 위트, 그리고 페이소스 속에 깃들어 있는 휴머니즘 때문이다. 기발한 아이디어, 독특한 어휘 선택, 결말의 의외성, 다양한 인생의 단면으로 이루어진 그의 작품들이 단순한 재미만 주는 것이 아니라 깊은 감동과 지울 수 없는 인상을 주는 것은 그 속에 스며들어 있는 작가의 고결한 휴머니즘 때문인 것이다. 오 헨리의 전기를 쓴 로버트 알폰소 스미스는 미국 문학사를 장식한 뛰어난 단편 작가들인 어빙, 포우, 호돈, 하트 등과 비교해서 "오 헨리는 미국의 소설을 인간화했다."고 말했는데, 이것은 오 헨리 문학의 본질을 꿰뚫은 적절한 평언이라고 할 것이다.

오 헨리 연보

1862년 9월 11일, 미국 노스캐롤라이나 주 길포드 카운티의 그린즈버
로에서 내과 의사인 아버지 앨저넌 시드니 포터와 어머니 메리
제인 버지니아 스웨임 사이의 셋째 아들(첫째는 1858년 사산, 둘
째는 1860년 출생)로 태어남. 윌리엄 시드니 포터가 본명임.

1865년(3세) 3월 26일, 동생 데이빗 위어가 태어남(그 해 죽음). 9월,
어머니 메리가 폐병으로 죽음. 가족이 할머니와 숙모 라이너의
집으로 옮겨감. 이후 헨리의 양육은 숙모 라이너 포터에게 맡
겨짐.

1867년(5세) 숙모 라이너가 생활을 위해 자기 집에 차린 사숙(私塾)에
입학하여 공부를 시작함. 이 시기에 숙모의 기도로 스코트, 디
킨즈, 대커리, 콜린즈, 뒤마 등을 애독하고, 특히 디킨즈는 전
작품을 몇 번이고 되풀이해서 읽음.

1876년(14세) 라이너의 사숙을 졸업. 이때 문학과 그림에 재주를 보
임.

1879년(17세) 숙부가 경영하는 약국에서 약제사 견습 일을 시작함.

1881년(19세) 8월, 노스캐롤라이나 약제사 협회로부터 개업 약제사 면

허를 받음.

1882년(20세) 3월, 본래 건강이 좋지 못했기 때문에, 같은 마을의 의사 제임스 홀 부처의 권유를 받아 텍사스 남서부로 감. 제임스 홀의 둘째 아들 리 홀 부처의 초청을 받고, 라살 카운티 목장에 묵으며 미개척지에서의 가축 관리에 정통하게 됨. 만화가로서의 재능을 나타내기 시작함. 이 동안에 바이런, 디킨즈, 셰익스피어, 스몰렛, 대커리, 밀턴, 핍스록, 맥콜리, 기번, 골드스미스 등의 작품을 탐독함.

1884년(22세) 목장 생활을 마감하고, 텍사스 주의 수도인 오스틴으로 감. 목장에서 알게 된 한 광산업자의 소개로 그린즈버로 출신인 조하럴이라는 사람 집에서 기거하며, 그림과 독서에 열중함.

1885년(23세) 가을, 친구 아버지가 경영하는 토지 회사에 사무원으로 들어감. 약 2년 동안 여기에서 근무함.

1886년(24세) 주 의사당의 준공을 기념하는 축하 무도회에서 에이돌 에스티스 로치와 처음 만남. 오스틴의 식료품상 P. G. 로치의 양딸인 에이돌은 당시 18살인데, 신앙심이 두텁고 마음이 고운 소녀였음.

1887년(25세) 3월, 텍사스 국유지 국장(國有地局長)에 취임한 리 홀외 감독 아래 있는 관리국 제도계에 조수로 근무함. 7월 1일, 에이돌 에스티스와 결혼함. 아내의 권유로 두 편의 스케치풍 소품 〈마지막 승리〉와 〈사소한 착오〉를 씀.

1888년(26세) 5월, 아들을 낳았으나, 곧 잃음. 9월, 아버지 앨저넌 사망.

1889년(27세) 9월, 딸 마거리트 워스 태어남. 아내 폐결핵에 걸림.

1891년(29세) 리 홀이 주지사 선거에 패해 공직에서 물러남. 그로 인
해 오 헨리도 직업을 잃게 됨(1월 21일). 2월, 오스틴의 퍼스트
내셔널 은행의 금전 출납계에 취직함.

1894년(32세) 3월, 은행에 근무하는 한편, J. P. 크래인과 공동으로
「롤링 스톤」이라는 유머 주간지를 발행함(이듬해 4월 17일 폐
간). 출납 결손 문제로 12월 은행을 그만둠.

1895년(33세) 7월, 은행 문제로 재판을 받음. 배심원들은 무죄를 주장
했으나 연방 은행 검사관은 재심을 청구함. 친구들의 도움으로
「휴스턴 포스트」 지에 특별 기자직을 얻어 많은 스케치와 단편
을 6개월에 걸쳐 발표.

1896년(34세) 2월, 휴스턴에서 기소되어 같은 달 체포됨. 장인 로치
등의 원조에 의해 2천 달러의 보석금을 내고 석방됨. 7월, 재
판을 받기 위해 오스틴 법정으로 가는 도중, 뉴올리언즈로 도
망. 그 뒤 다시 온두라스의 트루히요로 도망함. 두 곳에서의
체험이 그의 작품에 풍부한 자료를 제공하게 됨.

1897년(35세) 1월, 아내의 병 때문에 오스틴으로 돌아옴. 2월, 다시
장인과 친구들의 도움으로 보석금 4천 달러를 내고 이듬해 2월
의 공판까지 신병 구속을 면하게 됨. 5월, 숙모 라이너 사망.
7월, 아내 에이돌 죽음. 딸 마거리트와 함께 아내의 친정으로
옮겨감.

1898년(36세) 2월, 재판이 시작돼 3월 25일, 유죄 판결을 받음. 공금
횡령죄로 4월 25일부터 5년간 오하이오 주 컬럼버스의 연방
교도소에서 복역하게 됨. 9월, 〈라바 캐넌의 기적〉이 'W. S.

포터'라는 이름으로 세이트플의 「파이오니어 프레스」지와 맥
클뤄어 계 신문에 게재됨.

1899년(37세) 5월, 「에인즐리 매거진」지에 '존 아버드노트'라는 필명
으로 시 〈격려〉를 발표함. 12월, 「맥 클뤄어」지에 처음으로 오
헨리라는 필명으로 단편 〈휘파람 딕의 크리스마스와 스타킹〉을
발표함. 이 외에도 복역 중 7편의 작품을 여러 잡지에 발표함.
복역 태도가 좋아 3년 3개월로 감형됨.

1901년(39세) 7월, 출옥함.

1902년(40세) 2월, 〈하그레이브즈의 1인 2역〉을 발표함. 4월, 「에인즐
리 매거진」지의 편집장 길먼 홀의 권유를 받아 뉴욕으로 감.
잡지계에서 오 헨리의 이름이 주목을 받게 됨.

1903년(41세) 4월, 〈되살아난 개심〉을 「코스모폴리탄」지에, 〈운명의
길〉을 「에인즐리 매거진」지에 발표. 이 해 뉴욕 「선데이 월
드」지와 계약을 맺고, 매주 1편씩 단편을 기고, 12월부터 발
표하기로 함(원고료는 1편당 100달러). 그 뒤 100편 이상의 작
품을 씀.

1904년(42세) 2월, 《20년 뒤》. 3월, 《마녀의 빵》, 《정신 없는 브로커의
로맨스》. 8월, 《가구 딸린 셋방》. 10월, 《아이키 션스타인의
미약》, 《희생타》. 11월, 《양배추와 임금님》. 12월, 《경관과 찬
송가》 등 이 1년 동안에 75편의 단편을 발표함. 이 해에 첫 단
편집인 《양배추와 임금님》이 출간됨.

1905년(43세) 4월, 《식단표의 봄》, 《악운의 충격》을 발표함. 10월, 《마
지막 잎새》, 《나팔 소녀》. 12월, 《크리스마스의 선물》을 발표
함. 이 해 54편의 단편을 발표함.

1906년(44세) 4월 제2단편집 《4백만》을 출판하여 세계적 명성과 인기를 얻음. 7월, 《벽돌가루 연립주택》을 발표. 이 해 19편의 단편을 발표함.

1907년(45세) 6월, 뉴욕의 생활에서 취재한 또 하나의 단편집 《손질 잘한 램프》를 출간함. 7월, 《붉은 추장의 몸값》 발표. 10월, 텍사스에서의 체험을 기초로 한 단편집 《서부의 마음》을 출간함. 12월 7일, 어릴 때 친구인 샐리 린제이 콜먼(39세)과 결혼함. 가정 생활과 바쁜 문필 생활과의 조화에 고민하게 됨. 이 해 11편의 단편을 발표함.

1908년(46세) 5월, 《도시 소식》. 11월, 《점잖은 사기꾼》을 출판함. 이 해 29편의 단편을 발표함.

1909년(47세) 4월, 《운명의 길》을 발표함. 아내 샐리를 고향인 내시빌로 돌려 보내고, 딸 마거리트를 뉴저지 주 잉글우드의 기숙 학교에 넣은 다음, 자신은 혼자 뉴욕의 그리니치 빌리지의 아파트로 옮김. 10월, 《좋아하는 작품》을 출판함. 이 해 8편의 단편을 발표함. 특히 극작에도 손을 대나, 성공하지 못함. 반면에 폴 암스트롱이 그의 단편 《되살아난 개심》을 《지미 발렌타인》으로 각색하여 상연해 전국적인 성공을 거둠. 더블데이 레이지사가 오 헨리 출판사로 되어, 초기 저작의 출판을 얻음.

1910년(48세) F. P. 애덤스와 공동으로 자작 단편의 희곡화를 시도함. 3월, 《순 장삿속으로》를 출판함. 6월 5일, 과로, 과음, 간경변, 당뇨병으로 인해 뉴욕 종합 병원에서 사망. 노스캐롤라이나의 내시빌에 묻힘. 《맥을 짚어 보다》와 단편집 《회전 목마》가 유고로 발표됨.

• 〈마지막 잎새〉로 유명한 미국 작가 오 헨리.

• 워싱턴 스퀘어의
서쪽에 있는 주역.
화가나 작가들이
모여 사는 그리니치
빌리지 거리.

• 그리니치 빌리지 거리의 화랑.

• 오 헨리가 석방된 후
작품 활동에 몰두했던
뉴욕 시가.

Hyewon World Best

황금을 바구니에 가득 담아
후손에게 물려 주는 것보다
한 권의 책을 가르쳐 주는 것이 낫다.
재물은 쓸수록 없어지지만
지식과 지혜는 사용할수록 늘어나기 때문이다.

Hyewon World Best

황금을 바구니에 가득 담아
후손에게 물려 주는 것보다
한 권의 책을 가르쳐 주는 것이 낫다.
재물은 쓸수록 없어지지만
지식과 지혜는 사용할수록 늘어나기 때문이다.